ET MONTER LENTEMENT
DANS UN IMMENSE AMOUR…

Après avoir été professeur de lettres puis journaliste, Katherine Pancol écrit un premier roman en 1979 : *Moi d'abord*. Elle part ensuite à New York en 1980 suivre des cours de *creative writing* à Columbia University. Suivront de nombreux romans dont *Les hommes cruels ne courent pas les rues*, *J'étais là avant*, *Un homme à distance* ou encore *Embrassez-moi*. Elle rentre en France en 1991 et continue à écrire. Après le succès des *Yeux jaunes des crocodiles*, elle a publié en 2008 *La Valse lente des tortues* et en 2010 *Les écureuils de Central Park sont tristes le lundi*.

KATHERINE PANCOL

Et monter lentement dans un immense amour...

ROMAN

ALBIN MICHEL

© Editions Albin Michel S.A., 2001.
ISBN : 978-2-253-15424-2 -1ʳᵉ publication - LGF

A Charlotte, à Clément,
à Laurent Bonelli.

« Si tout le reste périssait et qu'il demeurât, lui,
je continuerais d'être, moi aussi,
et si tout le reste demeurait et que lui fût anéanti,
l'univers me deviendrait un formidable étranger :
je ne semblerais plus en faire partie. »

Les Hauts de Hurlevent,
Emily BRONTË

La femme, énorme, vêtue d'une ample robe grise, n'a qu'un œil, un œil trouble et laiteux comme une huître, gonflé de larmes, de reproches, son corps enfle et enfle encore, vacille, puis s'ébranle et se dirige vers le lit où l'enfant s'est réfugiée sous les couvertures, petite bête ramassée sur sa honte, la honte d'avoir mal agi, la honte d'avoir failli. C'est sa faute, c'est sa très grande faute, elle le sait. La femme à l'œil de Cyclope s'approche et, plus elle avance, plus elle se dilate dans la pièce, avale tout l'air, il ne lui en reste plus à elle pour respirer. Elle se débat, jette les bras en avant pour repousser l'énorme femme, haute comme une mont-golfière qui, c'est sûr, va l'étrangler de ses puissantes mains-battoirs. Elle pousse d'abord un petit cri étouffé par la peur puis un hurlement qui déchire la nuit, déchire l'enveloppe de la femme en robe grise qui se penchait sur elle, les mains en avant... Un hurlement qui la réveille. Le matelas tangue, elle en agrippe les bords. La peur qui l'étreint l'ouvre en deux, un flot de larmes jaillit de ses entrailles, emportant la femme à l'œil de Cyclope dans un torrent de boue jaune et sale qui emplit la pièce, menace de l'engloutir, de la faire périr. Elle lutte contre ce flot boueux, elle lutte mais elle n'a plus de forces, bientôt, plus de forces...

Elle remonte ses genoux sous son menton, plaque ses mains sur ses oreilles, enfonce son visage dans les draps froissés. Ne plus voir, ne plus savoir, oublier. Oublier cette faute insigne, ce presque crime... Ah ! oublier, se dit-elle en se berçant de ses bras lancés autour de ses épaules, je donnerais tout pour oublier, me faire pardonner, pardonner...

Elle saute dans le taxi comme un enfant dans une flaque d'eau, claque la portière et lance, joyeuse : « A l'aéroport », sort un poudrier de sa poche, vérifie que tout est en ordre. Pour lui, pour lui qui revient, qui revient, qui revient... Toutes ses lettres le disent bien. Je serai là, le 23, à l'aéroport, aie confiance. Il a vaincu les dragons, les trolls et les elfes malins qui lui barraient la route. Il revient, il revient de loin, d'un pays dont on ne revient presque jamais. Elle n'est pas en retard, elle n'a pas besoin de regarder sa montre ni de houspiller le chauffeur pour qu'il aille plus vite, change de file, passe à l'orange. De dos, elle aperçoit la queue de cheval poivre et sel du chauffeur, qui serpente sur son col. A dix-huit ans il refaisait le monde, aujourd'hui il conduit un taxi, un tapis de boules de buis sur son siège... Il revient, il revient. Sa dernière lettre le dit bien. Elle n'est pas en retard, elle n'a pas besoin de se presser. Il revient, il revient. Elle chantonne et sort à nouveau son poudrier. Y en a qui ont du bol, ça c'est sûr, c'est pas moi qu'on attendrait comme ça, ma femme quand je rentre le soir, c'est à peine si elle se retourne ! Me donne envie de dormir dans ma tire...

L'aéroport brille sous le soleil tel un cube de glace armé d'acier. Bleu et blanc, il tremble dans la chaleur moite de ce mois d'août. Le compte est bon, gardez tout, c'est pour vous... et votre femme. Faites-lui un petit cadeau, un bouquet de fleurs, elle sera plus gentille et se lèvera quand vous rentrerez le soir. Elle veut que le monde entier soit heureux, aujourd'hui.

Le monde entier. Elle distribue de l'amour autour d'elle en marchant. De l'amour, des étoiles, des rayons de force pure pour irradier le monde, aimez-vous les uns les autres, la vie est belle, si belle quand on aime comme je l'aime. Lui. Lui. Lui.

Son avion est annoncé. Pas de retard. Pas de retard. Il a promis. Je serai là le 23. Il sera là, le 23. Il le lui a écrit. Là. Le 23. J'ai la preuve, rédigée de sa main, sur du beau papier vélin.

C'est la première chose qu'elle a vue de lui : sa main, sa main droite.

Elle s'apprêtait à pousser la porte de l'immeuble quand une main est venue s'abattre à côté de la sienne. Large, très large, brune, avec des poils sur les doigts écartés. Des poils noirs sur des doigts de marin. La main qui poussait la lourde porte en bois blond, la main qui ouvrait la grille de l'ascenseur, la refermait. La main qui voletait d'un bouton à l'autre, malicieuse, légère et puis sa voix forte, profonde, vous allez à quel étage, et enfin son visage carré et curieux, de gros sourcils, une grande bouche, deux yeux très noirs qui la regardaient attentivement comme s'il lisait le mode d'emploi d'un médicament. Un visage posé sur un corps haut comme la grand-voile d'un bateau. Et puis une chaleur qui partait de ce sourire, de ces yeux noirs et se répandait dans l'ascenseur, dans son corps, qui lui chauffait les joues, le creux entre les seins, les paumes de la main, faisait perler des petites gouttes de sueur au-dessus de ses lèvres. L'homme la contemplait et elle le contemplait, interdite, émerveillée, et plus elle le contemplait, interdite et émerveillée, plus il grandissait, grandissait, se cognait aux parois étriquées de l'habitacle, elle ne voyait plus que lui, il lui remplissait les yeux, la bouche, le cou, la gorge, les poumons, le ventre. Envie de se jeter contre lui, mordre son corps, se perdre dans sa chaleur, le manger, le manger. Au cinquième, chez le docteur Boulez. Chez le docteur Boulez, comme moi... Ah... On ne se connaît pas et on va chez le même docteur, le docteur Frédéric Boulez, c'est drôle, non ? Elle fait oui de la tête, puis non, non, juste c'est drôle, oui. Ah ! vous voyez, vous voyez, il éclate de rire comme s'il était heureux, si heureux qu'il ne pouvait qu'éclater de rire pour laisser exploser sa joie nouvelle. Il rit et il devient encore plus grand, géant qui ouvre les bras, crache du feu, transforme l'ascenseur en fusée. Ce qui est moins drôle, c'est que cet homme lui est soudain devenu indispensable. Elle secoue la tête pour chasser cette idée saugrenue, voyons, voyons, ce n'est pas le moment, pas le moment du tout. Le bras de l'homme barre l'ascenseur et vient buter contre la paroi. Elle lève la tête vers lui et l'interroge : que me voulez-vous ? Pour désarmer l'inconnu. Pour qu'il reprenne sa place de parfait inconnu. Pour l'empêcher de parler, de dire ce qu'elle ne veut pas entendre. Il n'y a que la banalité pour faire reculer l'exceptionnel. Parler du temps, de la météo, de la ville en été, de la pollution, cela empêche les grandes émotions, fige les serments, mouille les plus beaux feux d'artifice. Ils le savent bien les gens, ils ne font que ça, dire des banalités, pour que rien ne vienne les déranger.

— Vous croyez au coup de foudre ?

Elle ne répond pas.

— Je crois qu'on est arrivés, dit-elle en essayant de repousser la grille de l'ascenseur du bout de sa chaussure.

Mais il ne bouge pas. Son bras tel un madrier lui barre la route.

— Embrassez-moi, s'il vous plaît. Embrassez-moi.

Elle ne peut pas, elle ne peut pas. Le bout de son pied bute contre la grille noire, une fois, deux fois. Elle sent la chaleur dans son corps, toute la chaleur de la cage d'ascenseur, toute la chaleur qui va de lui à elle, de elle à lui. Elle garde les yeux baissés et son pied heurte la grille en cadence, on dirait le bruit d'une chaîne de forçat. Ne rien dire, attendre que la chaleur retombe, qu'il enlève son bras, la laisse sortir.

— C'est parce qu'on n'a pas été présentés que vous refusez de m'embrasser ? Parce que je suis un inconnu... Dites-moi que vous n'êtes pas comme ça. Dites-le-moi. Donnez-moi une autre raison mais pas celle-là.

Et comme elle demeure muette, les yeux rivés sur le bout de ses pieds, comme un début de réponse gonfle ses lèvres mais ne parvient pas à franchir l'obstacle des lèvres closes, comme les mots se bousculent n'importe comment dans sa bouche fermée, scellée pour ne pas se mettre en danger, ne pas parler surtout, ne pas parler...

— Oh ! Je sais... C'est parce que vous me trouvez laid... Pardonnez-moi. Je me prends toujours pour un autre, un bel homme blond aux yeux limpides qui séduirait toutes les femmes avec son habit de lumière...

— Oh ! Non..., elle a crié, je ne vous trouve pas laid !

— Comme vous avez dit ça ! Que c'est beau la façon dont vous avez protesté ! C'est comme un cri d'amour... Je sais maintenant que vous avez une bonne raison pour ne pas m'embrasser sinon vous m'embrasseriez, n'est-ce pas ?

— Je veux sortir maintenant. Laissez-moi...

— Mais vous reviendrez, n'est-ce pas, vous reviendrez ?

— Je ne peux pas. Je ne peux pas.

— Vous pouvez tout mais vous ne le savez pas.

— Non, je ne peux pas. C'est impossible, même. Vous comprenez ?

— Rien n'est impossible. Je peux tout comprendre. Je comprends bien qu'il y a cinq minutes, je pouvais vivre sans vous et que maintenant je ne peux plus. C'est cela même qu'on appelle la vie, que tout puisse vous arriver à n'importe quelle heure, n'importe comment, quand vous vous y attendiez le

14

moins. C'est ça la vie. Le reste, c'est de la survie, ce n'est pas pour vous. Ni pour moi d'ailleurs.

— Arrêtez ! Je ne veux pas entendre, pas entendre !

— Fermez les yeux...

Elle plaque les mains sur ses oreilles et secoue la tête.

— Je ferme les yeux, je vous imagine auprès de moi, j'imagine mille aventures avec vous, vous et les oiseaux, vous connaissez les arlequins plongeurs ? vous et les geysers, vous et les volcans, vous au bord d'une cascade, vous saviez qu'on pouvait respirer les cascades, les mille gouttelettes d'une gerbe de cascade qui remontent dans l'air avant de tomber ? Et les tremblements de terre qui ouvrent la terre en deux et dessinent de grosses croûtes de roches noires comme des lèvres calcinées ? Vous connaissez tout ça ? C'est mon royaume et je vous l'offre !

Elle ne veut rien entendre

Jusqu'à ce qu'elle pénètre dans cet immeuble aux belles pierres de taille, aux plaques dorées avec le nom de tous les docteurs gravés en noir, sa vie était écrite. C'est si bon d'avoir sa vie tout arrangée. Il n'y a plus qu'à s'asseoir, à mettre les pieds sous la table, à lisser la serviette sur ses genoux, à attendre qu'on vous serve. On peut demander : qu'est-ce qu'on mange ? si on est curieuse, vorace ou mal élevée mais elle ne l'est pas. Elle se laisse faire. Elle a décidé de s'asseoir à cette table-là et on ne doit pas lui en demander davantage. Elle a décidé de s'asseoir à cette table parce qu'elle aimait la nappe, les chiffres brodés de la belle nappe blanche, les verres en cristal de Venise, la corbeille en argent pour le pain, la porcelaine blanche presque bleue quand on la penche un peu dans la lumière... Elle aimait tout dans cette table dressée là pour elle, pour lui plaire. Elle aimait surtout la grande tranquillité qui y régnait, l'absence d'inquiétude, de questions, et maintenant cette main faisait irruption dans sa vie, tirait la nappe d'un seul coup, renversait verres et couverts et réclamait toute l'attention ! Cette grande bouche riait en arrachant la nappe damassée, disait : embrassez-moi et après, pourquoi pas, épousez-moi, suivez-moi au bout du monde, venez danser avec moi sur des volcans, des poudrières, des voies lactées. Il avait un air de bout du monde, cet homme-là. Un air de marin échoué par hasard dans cet ascenseur avant de repartir poser son sac ailleurs. Elle ne peut pas l'embrasser.

Et comme elle ne répond pas, comme elle ne le regarde pas, qu'elle fixe obstinément le bout de ses chaussures en faisant tinter sa chaîne de forçat, il enlève son bras-madrier et s'écarte, écoutez, mademoiselle, je ne suis pas un voleur, je ne prends jamais rien de force, je n'aime pas la force, je suis un homme chaste et doux, je vous dirai un jour le poème de Rimbaud, j'aime qu'on m'offre ce que je demande, allez, passez votre chemin, oubliez-moi mais, moi, je vous emporte, je vous imprimerai comme une poussière d'étoile dans ma mémoire et vous enfouirai blessure légère dans les plis de mon cœur étonné, vous voyez comme j'ai envie de vous parler d'amour, vous entendez, les mots se bousculent dans ma bouche pour rouler à vos pieds, j'ai envie de vous embrasser, oh ! j'ai envie de vous embrasser si fort que je crois qu'il vaut mieux qu'on se sépare tout de suite, adieu, je n'aurais pas cru qu'on pouvait aimer si violemment, si vite. Il lui dit ces mots-là les yeux dans les yeux, il lui a relevé le menton et elle tremble, ces mots sonnent comme une retraite, une défaite, un adieu, déjà son corps se brise à l'idée de ne plus le sentir là, tout près à se frôler, avec cette chaleur entre eux, oh ! arrêter le temps dans cet ascenseur... Elle s'était habituée à l'avoir auprès d'elle, sa bouche a faim de sa bouche, ses bras dessinent la forme de sa taille, ses pieds se dressent sur la pointe pour l'embrasser, pour poser sa bouche chaude sur ses lèvres dures et douces, ah ! goûter sa bouche, rien qu'une fois, une seule fois, le sacrement du baiser sur la bouche. Et, en même temps, ce sont ces mots-là, ces mots où il se retire, où il renonce, ces quelques petits mots sans importance puisqu'ils ne se connaissent pas, qui la lient irrémédiablement à lui. Ce mouvement de retrait ouvre un précipice sous ses pieds qu'elle croyait si assurés il y a quelques minutes à peine, et elle tend les bras vers lui pour qu'il la sauve. Oh non ! ne partez pas, acceptez mon indécision, mon silence, si vous saviez, si vous saviez... elle a envie de crier mais elle ne dit rien. Si elle parle, elle est perdue, elle le sait, elle ne pourra pas s'empêcher de lui dire, et alors il sera le plus fort, elle ne pourra rien contre lui, elle peut déjà si peu, si peu, elle peut se taire, baisser les yeux, pincer la bouche, rentrer les épaules, réprimer l'envie forcenée de le suivre chez les arlequins plongeurs.

Il ouvre la grille de l'ascenseur, la pousse presque sur le palier, presque devant la porte du docteur Boulez, sonne à la porte du cabinet et la fait entrer. Sans la suivre, sans pénétrer avec elle dans le cabinet du docteur Boulez où il a pourtant, lui aussi, rendez-vous. Elle a froid, elle frissonne, elle frotte ses épaules de ses mains glacées, jure qu'elle ne remettra plus jamais cette robe légère, si légère qu'elle n'a pas gardé la chaleur de l'inconnu. Il ne la suit pas. Elle entend la porte se fermer derrière elle. Elle donne son nom à la secrétaire, oui, mademoiselle, le docteur vous attend, toutes mes félicitations, mademoiselle, le docteur m'a mise au courant. Elle suit la secrétaire en frissonnant.

Quand elle est ressortie, il n'était pas là.

Il était parti.

Elle avait peut-être rêvé.

Elle a pris l'habitude de rêver quand la vie est trop maigre.

Elle s'endort en suçant ses rêves comme des sucres d'orge, vaguement écœurants mais si réconfortants, elle tète toujours les mêmes histoires, un brigand masqué sur son cheval blanc l'emporte dans son royaume charmant. Ce n'est qu'un rêve.

Elle a soupiré, haussé les épaules, appelé l'ascenseur, elle a souri devant son incorrigible légèreté. C'est plus fort que toi, tu t'inventes des histoires, tu as si peur que ça ? Peur de cette vie nouvelle qui pointe son nez, de la belle nappe blanche, des convives rassemblés ? C'est bien toi, de trembler chaque fois qu'il faut t'engager. Cet étranger n'était qu'un prétexte pour prendre la poudre d'escampette. Elle rit, elle a envie de chanter devant cette peur identifiée, elle l'a démasquée, elle a gagné, Mon Dieu, que d'ennemis je charrie en ma seule personne, je me bats contre une armée, je dois me promettre un jour d'être parfaite. Parfaite ? Tu n'y penses pas, bon, alors, d'être droite et belle d'âme, de tordre le cou aux mesquineries, vilenies, étourderies qui gâtent la vie des uns, la vie des autres, font des trous dans ma conscience, me cousent de remords, crèvent le noir de mes plus belles nuits.

L'ascenseur s'arrête, elle ouvre la porte. Tressaute en apercevant un homme à l'intérieur, mais ce n'est pas lui, ce n'est pas lui. Cet homme-là est cravaté et droit. Elle n'inspire pas de poème à cet homme-là. Il attend qu'elle s'engage et referme la porte. Elle a été si heureuse une demi-seconde, une longue, longue demi-seconde à l'idée de l'avoir retrouvé, à l'idée de pouvoir se répandre dans ses bras, se suspendre à son cou, lui murmurer : emmenez-moi, emmenez-moi, si heureuse qu'elle se rembrunit, mais alors je l'attends pour de bon, cet homme de passage que je connais depuis toujours, cet inconnu aux mains d'ogre velu, ce n'était pas un reflet, une peur déguisée. Oh, mon Dieu ! Faites que je le retrouve ! C'est lui que j'attendais et je ne le savais pas !

Elle ressort aussitôt, claque la grille et s'en va sonner à la porte du docteur Boulez. Excusez-moi, dit-elle à la secrétaire étonnée, je dois absolument retrouver un homme, un homme qui a rendez-vous ici avec le docteur, il me l'a dit, je ne me souviens plus de son nom, il est grand, brun, massif, carré, il a de grandes mains, il a pris l'ascenseur avec moi, il avait lui aussi rendez-vous, il faut absolument, s'il vous plaît, il faut que je le retrouve. C'est impossible, nous ne communiquons pas les noms de nos patients, mademoiselle. Mais si, je vous en supplie, il le faut, si vous saviez, je l'ai laissé partir et depuis je peux à peine respirer, non, non, jamais nous ne communiquons l'identité des malades, elle a dit malades cette fois-ci. Malades. Elle sent se refermer sur elle une lourde grille, une solitude atroce qui rend la vie blanche et lisse comme un mur d'hôpital, elle est perdue dans un dédale, oh ! mademoiselle, je vous en supplie, si vous saviez, si vous saviez quelle idiote j'ai été, quelle mijaurée, mais un homme comme celui-là, on se jette à ses pieds, on le remercie de faire irruption dans votre vie et moi, je l'ai laissé partir, mais elle ne dit rien, elle s'excuse de faire tant de bruit, de si mal se conduire, d'être si étourdie. C'est vrai, elle oubliait qu'elle était une convive autour de la table dressée, qu'elle devait bien se tenir. Elle lit le règlement dans les yeux de la secrétaire et bafouille des excuses en se retirant. La secrétaire la suit pour vérifier qu'elle reprend bien le droit chemin, qu'elle ne s'égarera plus, elle lui ouvre la porte, la surveille un instant, referme derrière elle, elle reste, là, les bras ballants, sans plus de forces, sans plus de raisons non plus d'attendre, attendre quoi ? Elle pose son front contre le mur blanc et lisse, ferme les yeux. Elle pourrait attendre ici qu'il revienne, qu'il reparte, qu'il se montre. Elle pourrait prendre racine, petite humaine têtue qui s'incruste, insiste, réclame, tempête.

Elle pourrait tant de choses dans ses rêves, elle peut si peu dans sa vie.

Elle a peur, elle le sait, tu as peur de ton ombre, lui dit sa mère en se moquant, peur du bruit de tes pas sur le gravier, peur de la brosse qui court dans tes cheveux, peur de l'eau de la douche qui ruisselle sur ta peau, ma pauvre enfant, un chat famélique a plus d'audace que toi, pourtant tu étais forte, enfant, forte comme une graine de géant, c'est après que ça s'est gâté, après, je ne sais pas pourquoi, tu as changé, le sais-tu, toi, le sais-tu ? Que s'est-il passé pour que cette enfant si forte, si gaie, si enjouée s'écroule comme un château de cartes, tiens, je reprendrais bien un peu de thé et de cake à l'orange, on ne m'ôtera pas de l'idée qu'il s'est passé quelque chose, j'ai vu un petit pull cet après-midi, charmant, mais j'attendrai les soldes, c'est plus raisonnable, mon cher mari disait toujours que je n'étais pas raisonnable, je le suis devenue pourtant, bien obligée, mais il n'est plus là pour le voir, c'est toujours comme ça, les meilleurs partent les premiers, mais mon Dieu ! qu'a donc cette enfant ?

C'est alors qu'elle a entendu les voix, elle était sur le palier, elle ne savait quoi faire, partir ou l'attendre, partir ou l'attendre, quand des voix se sont élevées derrière la porte fermée, celle du docteur Boulez d'abord qui disait : ne t'en fais pas, mon vieux, ne t'en fais pas, tu vas t'en tirer, si tu avais pris l'affaire trop tard, c'est alors qu'il n'y aurait plus eu d'espoir, mais là, tu vas voir, qu'avez vous donc, mademoiselle ? Vous semblez hors de vous... Et la secrétaire de raconter l'irruption de cette jeune femme affolée qui cherchait un homme, un client du docteur Boulez, qui exigeait de connaître son nom et son adresse, vous savez la jeune fille que vous avez reçue à quinze heures et dont vous m'aviez parlé juste avant avec tant d'entrain, celle-là même, pourtant elle avait l'air charmante la première fois mais ensuite, une vraie furie et que lui avez-vous dit, que lui avez-vous dit ? demande sa voix à lui qu'elle reconnaît tout de suite, sa voix chaude qui lui brûle les joues dans l'ascenseur, que je ne donne ni le nom ni l'adresse des clients. Il faut que je parte tout de suite à sa recherche ! Excuse-moi, mon vieux, je te tiens au courant, je t'appelle. C'était une affaire de première nécessité, mademoiselle, vous n'auriez jamais dû la renvoyer, jamais.

La porte s'était ouverte... le temps avait changé de loi, changé de forme, changé de poids, il s'était détraqué, métamorphosé, chaque seconde ressemblant à une dune de sable dans un sablier, s'écoulant chargée de mille grains de temps, d'histoires, de légendes, chaque minute empruntant la couleur d'une saison, le rouge de l'automne et des joues enfiévrées, le blanc de la neige et le sarment gelé, l'or du feu qui brûle et vous fond dans les flammes, le bleu du ciel intense où les âmes se rejoignent. Un lent défilé d'images qui s'étiraient, s'étiraient sous leurs yeux enchantés, tous les deux paralysés, immobiles, pétrifiés, osant à peine tendre le bras, tendre la main pour se retrouver, se regardant de loin, se parlant en langage muet, vous êtes là, vous aussi, vous m'attendiez alors, je vous attendais ici, vous ne savez pas à quel point je, j'ai cru que j'étais perdue, perdue, mais comment avez-vous fait pour, et comment avez-vous pu sans que je, sans que vous, vous êtes là, c'est tout, je suis là pour vous, venez, je vous emmène, emmenez-moi, emmenez-moi où vous voudrez, où je voudrai ? je voudrais vous emmener partout avec moi, venez, venez, suivez-moi.

Ils étaient retournés dans l'ascenseur, il avait mis ses bras autour de ses épaules, l'avait attirée à lui, tout doucement en la berçant, en la berçant, moi aussi je croyais que je vous avais perdue et je devenais fou, je cherchais un moyen pour voler votre adresse, apprendre votre nom, faire le siège de votre immeuble, pauvre secrétaire, elle aurait eu affaire à un autre fou, il rit et lance sa gorge en arrière, elle respire l'odeur de cet homme, pose sa main sur sa joue pour toucher la peau, toucher de ses doigts brûlants la peau de cet homme dont elle ne peut déjà plus se passer, juste pour vérifier, vérifier qu'il est bien vivant, bien présent, caresser sa peau, appuyer ses doigts sur ses pommettes, sur son cou, tout en gardant les yeux grands ouverts pour se convaincre qu'elle ne rêve pas, je ne suis pas dans un rêve, je ne suis pas dans un rêve, ce n'est pas une de mes histoires inventées pour oublier que le monde est trop petit, trop raisonneur, trop logique, il est là contre moi et j'épluche sa peau, je glisse mes doigts dans son cou, je pince sa peau, je pourrais lui faire mal, il crierait, et je saurais que ce n'est pas un rêve...

— Un jour vous serez ma femme et vous ne le savez pas.

— Je ne peux pas, je ne peux pas.

— Je serai plus fort que tous vos liens. Je les déferai un à un...

— Je me marie demain.

— Demain ? Si vite...

— C'était hier, c'était l'hiver. Mon Dieu ! Que vais-je faire ?

— Vous allez dire non.

— Dire non ? Je venais d'apprendre à dire oui.

— Vous allez dire non pourtant, je vous apprendrai.

— J'ai peur...

— Mais vous n'aurez plus peur puisque je suis là.

— Vous me demandez de tout perdre.

— Pour tant gagner, vous verrez.

Ensuite, ensuite... Ils avaient marché, s'arrêtant dans tous les coins et les recoins pour se dévorer de baisers, de regards, de prières, ils s'asseyaient sur un banc et se contemplaient, muets, ébahis, il y a une heure à peine ils marchaient à grands pas sur la terre ferme, sans danger, sans désir, sans baisers à disperser au vent léger, la vie ne valait pas grand-chose une heure avant, pas grand-chose, elle n'avait pas de nom, elle n'en méritait pas, on la prenait, on l'empruntait, on la suivait le nez en l'air, on traversait dans les clous, on regardait les vitrines, il y avait des étiquettes sur chaque marchandise, un mode d'emploi pour chaque objet, un début, un milieu, une fin. On en ramassait à la pelle des vies comme ça qui n'en valaient pas la peine, des vies qui ne vous rendent ni vraiment tristes ni vraiment gais, des vies taillées à la douzaine, des petites vies de rien du tout qui sont les vies de tout le monde. Ils allaient tous les deux chez le docteur Boulez, le nez au vent, les mains dans les poches.

Et soudain...

Soudain, c'était une autre vie...

Chaque angle de rue, chaque coin de porte était un refuge où ils s'arrêtaient et s'abreuvaient de baisers et de mots à ne pas oublier, viatiques pour le voyage qui les attendait. Ils essayaient le tu et revenaient au vous pour mieux reprendre le tu et déguster le vous. Vous verrez, vous verrez, je vous donnerai la force désirée, vous n'aurez presque rien à faire, qu'à répéter les mots par moi murmurés, vous croyez, vous croyez, demandait-elle en désirant y croire de toutes ses forces, si tu savais comme j'ai peur. Foudroyés sans avoir rien demandé, innocents pèlerins frappés par l'éclair. Alors c'est ça, l'amour, elle se disait en le regardant, c'est ça et je ne le savais pas. Alors c'est pour elle que je souffre depuis tout ce temps, pour elle que tout ça est arrivé, se disait-il en la serrant sous la porte cochère. Tout ce mal enduré, ces tortures, ces doutes, ces arrachements du cœur, pour la rencontrer ici, dans cette ville si ordonnée, si belle, riche de tant de grâce. Tout a un sens, une raison qu'on ignore et qu'on refuse parce qu'on ne veut pas souffrir. C'est quand j'ai ployé la nuque et accepté la souffrance qu'elle m'a été envoyée comme une feuille qui tombe de l'arbre et me renverse en m'effleurant. Il lui ébouriffait les cheveux et la reprenait contre lui pour l'inscrire à jamais dans le grain de sa peau. Quand on aura du temps, tout le temps pour nous, je vous raconterai l'homme que j'étais avant de vous rencontrer et vous écarquillerez les yeux d'effroi, j'aurai peur de vous ? pas de moi mais de tous les artifices qui encombrent ma vie à l'heure d'aujourd'hui, c'est pour cela que je vous ai rencontrée, pour faire de l'ordre. Et vous, vous m'apportez le désordre, vous saccagez ma vie si bien rangée, il le fallait, ce n'était pas pour vous cet ordre-là mais vous ne le saviez pas, oui mais moi, j'étais bien comme ça, il ne suffit pas d'être bien, tu l'apprendras, il faut être ensemble, à l'unisson, et haut, très haut, à hauteur d'aigle afin de voir et de goûter la vie dans ses plus petits détails...

Ils avaient marché longtemps, longtemps, à la fin ils ne se parlaient plus, ils se tenaient par la main, par le bras, se regardaient et lisaient dans le regard de l'autre tout ce qu'il n'était plus besoin de prononcer à voix haute.

Au pied de son immeuble, il lui dit qu'il devait partir, le soir même, un avion l'emportait au loin, il lui fallait partir, il ne voulait pas expliquer, c'était indigne d'eux, indigne de la flamme en eux, mais elle devait le croire, avoir foi en lui.

Je voudrais vous demander une chose, dit-il. Une seule chose...

Tu peux tout me demander, tu le sais.

Ecoute, écoute, je parle sérieusement. C'est important.

Je t'écoute, je t'écoute sérieusement.

Je voudrais que jamais, tu entends, jamais tu ne perdes confiance en moi. Même si les éléments les plus terribles, les plus noirs me confondent, m'habillent de traîtrise, de tromperie, te prouvent que je t'ai abandonnée, meurtrie, que jamais tu ne les croies, que toujours tu espères... Promets-moi.

Je te le promets.

Que tu n'écouteras ni les autres ni celle qui est en toi et qui doute toujours.

Je te le promets.

Que jamais tu ne me travestiras de lâcheté, de duplicité, de cynisme.

Jamais.

Que toujours tu auras foi en moi envers et contre tout, envers et contre tous.

Toujours.

Alors je peux marcher la tête haute et le cœur léger, armé comme un guerrier qui rit devant l'épée. Alors je peux conquérir le monde, détourner les océans et les rivières, irriguer les déserts, te guérir des plus fortes fièvres, te parer des plus belles fleurs. Alors, si tu me donnes ta confiance, je peux tout, mon amour.

Je te donne ma confiance pour toujours, mon amour.

Il l'avait embrassée une dernière fois, une dernière fois il l'avait imprimée contre son corps, une dernière fois il avait murmuré mon amour, mon amour et s'était éloigné. Elle s'était appuyée contre le mur, l'avait regardé s'éloigner sans bouger, les yeux fixés sur son dos de voile hissée, c'est la dernière image qu'elle garderait de lui, un homme de dos qui disparaît... elle était montée dans son petit appartement, avait poussé la porte, étonnée, c'est de là qu'elle était partie, innocente et légère ce matin même, c'est de là, de ce même appartement où tout était resté à la même place alors qu'en elle tout avait été bouleversé. Les fauteuils, le lit, la table, les tapis la regardaient comme si elle était une étrangère, elle non plus ne les reconnaissait pas, plus très sûre d'être chez elle. Elle avait titubé jusqu'à son lit, avait ôté ses chaussures et s'était glissée tout habillée dans les draps pour continuer son rêve dans le noir, grelotter sous les couvertures en pensant à lui, tout son corps avait mal de ne plus l'avoir contre elle, chaque grain de sa peau, chaque battement de sang dans ses veines le réclamait, où es-tu ? Où es-tu, homme dont je ne sais rien, même pas le nom, je dois être folle et demain...

Demain je me marie, le sang battait dans sa tête, lui enserrant les tempes d'un bandeau d'acier, même pas la force de me lever, de prendre un comprimé, même pas la force, et demain je me marie, demain je me marie, comment dit-on « non », quand dit-on

« non », dois-je dire « non » ce soir ou demain matin
en me levant, avant le café, après le café, avant de
m'être lavé les dents, oh ! ma tête, ma pauvre tête, je
n'aurai jamais la force de dire « non », jamais le courage, j'aurais dû partir avec lui, je ne sais même pas
où il est parti, je ne sais rien de lui, rien de lui, c'est
une histoire de fous, demain je me réveillerai et
j'aurai tout oublié, tout oublié, dormir, dormir pour
que tout redevienne comme avant.

Le lendemain, quand sa mère avait sonné à sa
porte, elle n'avait pas répondu. Elle avait sonné
encore et encore, tambouriné, frappé, frappé fort,
crié son nom à travers le battant épais, s'était indi-
gnée, mais enfin Angelina ? que fais-tu ? c'est moi ta
mère, tu sais quel jour nous sommes aujourd'hui ?
Angelina, tu m'entends ? Ça alors ! Ma petite fille,
que se passe-t-il ? Partagée entre les larmes et l'indi-
gnation, elle était allée chez le concierge prendre le
double des clés et avait pénétré dans l'appartement
à pas de loup, craignant de trouver sa fille étranglée,
lardée de coups de couteau comme dans ces faits
divers qui remplissent les journaux, pas étonnant, à
vivre comme des animaux on se conduit en animaux,
la cuisine était rangée, un verre d'eau dans l'évier, le
salon vide, aucune trace d'agapes ni de libations, la
salle à manger impeccable avec la table en acajou de
la grand-tante Pasquier qui brillait de tout son lus-
tre, pas le moindre vêtement abandonné qui signa-
lerait le désir hâtif, la reddition précipitée, alors elle
avait poussé la porte de la chambre lentement, craignant la mare de sang, les draps chamboulés, les
meubles renversés, mais non, rien de tout ça, le
grand lit à peine ouvert et le corps de sa fille encore
habillée, replié dans un coin, elle dort sur un coin de
lit comme si elle gênait, comme si elle voulait laisser toute la place, mais enfin ! tu as vu l'heure, Angelina ! Tu as oublié quel jour on était ! Allez ! Debout !
A la douche ! Tu as préparé tes affaires, j'espère,
Angelina, je te parle ! Elle ne bouge pas, elle geint fai-

blement, tente de lever une main pour se protéger de la lumière quand sa mère ouvre les doubles rideaux, mais sa main retombe, pas de forces, plus de forces, plus de place dans la gorge pour laisser passer les mots, plus de souffle pour les expulser, ces mots qui la brûlent, plus de salive pour les détacher les uns des autres et qu'ils prennent sens, juste un rai de lumière qui filtre entre ses yeux gonflés et un bourdonnement dans les oreilles. Maman, maman, elle parvient à articuler mais si faiblement que sa mère ne l'entend pas et continue à vrombir telle une abeille affolée, cherche la robe de mariée, les souliers, la couronne de fleurs d'oranger, le jupon, les bas, la jarretière, le bouquet de fleurs, les gants, le collier de perles, maman, maman, mais c'est trop d'efforts, elle retombe dans la fièvre qui la dévore. En lambeaux. Elle s'en va morceau par morceau, la fièvre fait son travail purificateur, efface toutes les traces d'un passé qui l'encombre, efface les baisers, les soupirs d'autres corps sur son corps, récure, frictionne, torchonne, aspire, gratte, énerve, ampute. Elle s'abandonne au travail de fourmi carnivore de la fièvre, ses os lui font mal, sa gorge la tisonne, un cheval fou galope dans ses tempes.

Il fallut tout annuler, monsieur le maire et les témoins, les fleurs et le banquet, monsieur le curé et les demoiselles d'honneur, la pièce montée et le foie gras, l'orchestre et les grandes salles du château, la famille et les invités, les alliances et le plateau en argent, le lancer de jarretière et le champagne millé-simé, les applaudissements et les toasts portés. Il fallut tout annuler, la presque mariée étant alitée, la noce était remise à plus tard, de nouveaux faire-part seraient rédigés, les cadeaux, pour le moment, ne seraient pas renvoyés mais aucun ne serait ouvert afin qu'ils puissent être remisés au cas où, au cas où... La mère de la presque mariée sanglotait, les demoiselles d'honneur boudaient dans leurs belles robes à ruchers, les presque beaux-parents réglaient la note du traiteur et du château, les garçons rangeaient leur matériel en pouffant, ils n'avaient jamais vu ça, de mémoire de garçon jamais vu ça, les musiciens aussi plaisantaient, une petite valse ferait passer cette légère aigreur qu'on respirait dans l'air, une petite valse, mais personne n'osait commencer, les fleurs des bouquets penchaient leur long col blanc en signe de compassion, les enfants s'empiffraient sous les tables pendant que les adultes faisaient la queue au vestiaire. La noce avait la gueule de bois des lendemains de fête sans avoir rien célébré. Les invités arrivaient bruyants et essoufflés, ils repartaient à pas feutrés et chuchotant, un grand malheur, on ne sait d'où vient le mal mais il est foudroyant, c'est sûr. Chacun y allait de son pronostic, chacun entourait le presque marié de son affection, de ses vœux de prompt rétablissement, oubliant devant sa mine pâle et contrite qu'il était en pleine santé. Ce n'est que partie remise, clamaient les incorrigibles fêtards, c'est à voir, ricanaient les oiseaux de mauvais augure, on ne tombe pas ainsi frappé par un mal mystérieux à la veille de ses noces sans bonne raison, ils se frottaient les mains en attendant le chapitre suivant et prévoyaient le pire avec gourmandise.

Ce jour-là, alors que la noce se désolait, que les invités erraient, désœuvrés, dans les couloirs déserts du château, que les parents feuilletaient leurs agendas afin de trouver une autre date pour un prochain mariage, que les musiciens rangeaient leurs partitions et leurs instruments, que le presque marié serrait son verre de champagne tiède sur la poitrine, étouffant les battements sourds de son cœur déréglé, Angelina reçut sa première lettre d'amour. Le concierge raconta, plus tard, qu'un chauffeur de taxi mystérieux lui avait remis l'enveloppe brune et épaisse avec moult consignes. A ne donner qu'en mains propres, bien s'assurer surtout que la jeune demoiselle en personne reçoive le message et qu'il n'était point détourné par une main malintentionnée. Il prit sa mission très au sérieux, attendit que la place fût nette avant de monter son précieux colis. Angelina dormait mais, dès qu'elle aperçut l'objet, elle ouvrit une paupière lasse et demanda en chuchotant au concierge d'éventrer le paquet et de lui lire la missive qu'il renfermait. Mademoiselle, je n'oserai jamais, c'est une violation de l'intimité, je vous en supplie monsieur Despax, ne me contrariez pas, je n'ai plus de forces, et il en va de ma vie, vous savez. Oh ! mademoiselle, puisque vous insistez, et il déchira le papier brun, puis le papier bleu, le papier rose, le papier de soie et extirpa un flacon de verre dans lequel était roulée une lettre. Il la déplia, la lissa de sa grosse main malhabile, une main plus habituée à manier le marteau et le tournevis qu'à repasser des lettres d'amour. Il demanda encore une fois s'il fallait vraiment que, s'il était obligé de, parce que, bon, ce n'était pas vraiment une tâche qui lui revenait, il n'avait jamais été engagé pour cela, mais, puisqu'elle insistait, il voulait bien faire une exception mais il fallait que cela reste strictement entre eux parce que si tous les locataires se mettaient à se servir de lui comme secrétaire, il n'aurait plus le temps de passer l'aspirateur ni de distribuer le courrier, le syndic serait mécontent et il aurait raison, tout à fait entre nous, donc, mademoiselle Angelina, je le fais mais cela reste un secret, un vrai secret, pas de ceux qu'on s'empresse de colporter... et puis c'est vrai que vous, je vous ai toujours bien aimée... dès que je suis arrivé dans cette maison, j'ai su que je pouvais compter sur vous, même si, à l'époque, je ne faisais pas le fier, mais vous savez, la vie, c'est jamais tout droit qu'elle va pour dire les choses, elle est compliquée, elle en emprunte des détours et il m'en a fallu du temps pour comprendre, enfin, maintenant je sais, j'ai compris, mais il est vrai que si vous n'aviez pas été là pour m'aider, pour me soutenir de votre sourire, pour m'encourager, me féliciter devant les cuivres bien faits et la bonne odeur de Javel de l'entrée, et chaque fois un petit mot gentil quand vous passiez devant la loge, même si je ne tenais pas très bien debout et que j'avais un peu exagéré sur le pastis, c'est vrai que j'aurais été viré et qu'il aurait fallu repartir de zéro, trouver à nouveau un toit, du boulot, et l'oublier, elle, elle qui m'a mis dans tous mes états, un peu comme vous avec votre forte fièvre, un peu comme vous, beaucoup comme vous même, sauf que moi je n'allais pas voir le docteur, je parlais à ma bouteille, c'était ma seule copine... Vous ne pouvez pas savoir ce que vous m'avez aidé, en ne faisant presque rien mais vous étiez là, vous me parliez comme si je tenais debout tout seul quand je m'appuyais contre le mur pour rester droit, vous me parliez comme à un humain alors que j'étais plutôt habitué à ce qu'on me traite comme un chien, oui, oui, mademoiselle Angelina, je n'exagère pas, comme un chien, c'était à cause d'elle, tout ça, à cause d'elle. Ses doigts caressaient le papier de soie... elle revenait marcher dans sa tête, elle, la méchante, la criminelle, mais la si belle aussi, la si tentante, elle qui lui faisait la danse du ventre, si câline qu'il en oubliait parfois à quel point elle était mauvaise. Il soupira, il soupira plusieurs fois puis entreprit de lire la lettre de sa voix la plus posée, bon, alors je commence, mademoiselle, c'est la lettre que je vous lis maintenant : « Mademoiselle amour, je ne sais rien de vous et je sais tout de vous, puisque je vous ai tenue dans mes bras et que j'ai respiré votre cou. Mademoiselle amour, vous me manquez déjà, vous me manquez trop, je pars liquider un passé qui m'empêcherait d'être à vous tout à fait. Quand je reviendrai, vous serez ma femme, si vous acceptez. Tenez bon dans la tempête. Ne renoncez pas. Je vous écrirai chaque jour afin que vous ne vous sentiez pas abandonnée parce que, je le sais, vous n'aimez pas qu'on vous lâche la main pour traverser, je vous aime à la folie, mon amour, mon inconnue. Mann. » Puis il donnait son adresse dans une ville au nom impossible à prononcer, un nom rempli de consonnes, et lui demandait son nom, il ne le connaissait pas. Monsieur Despax retourna l'enveloppe et se mit à rire.

Sur l'enveloppe était écrit : « A la jeune fille de l'ascenseur », suivi de l'adresse de l'immeuble. C'est une drôle d'histoire, ça, pour le coup, dit monsieur Despax, en souriant pour cacher son embarras, vous ne deviez pas vous marier, mademoiselle Angelina, aujourd'hui même ? Je ne devrais pas être indiscret, mais voyez-vous, je vous avais acheté un cadeau et je ne savais pas quand vous le donner car vous étiez toujours accompagnée, j'aurais voulu vous dire un mot, un compliment et pour cela, il fallait que nous soyons seuls.

Mon Dieu ! Paul ! Je l'avais complètement oublié ! je n'ai pas eu une pensée pour lui, j'ai pensé au traiteur, aux invités, aux musiciens, aux parents, à l'organiste, à monsieur le maire, monsieur le curé, au photographe, à tous ces gens auprès desquels j'allais devoir m'excuser mais pas une seconde je n'ai pensé à Paul. Pauvre Paul ! si bon, si gentil ! Je l'ai complètement oublié ! C'est donc que Paul n'existe pas... est-ce que j'ai déjà rêvé de Paul ? Jamais, jamais, est-ce que j'ai déjà failli mourir de chaleur dans un ascenseur avec Paul ? Jamais, jamais, est-ce que j'aurais adressé la parole à Paul si je ne l'avais pas connu depuis l'âge de douze ans et demi ? Non, jamais, je crois que je ne l'aurais même pas regardé, est-ce que je défaille d'envie de manger la bouche de Paul ? Non, non et non, est-ce que je compte et recompte les minutes, les secondes quand Paul est au loin ? Est-ce que je change les piles de l'horloge parce qu'elle ne va pas assez vite ? Non, alors que Mann, Mann, Mann. Son esprit repartit à tire-d'aile vers lui. Il faut que je lui réponde, monsieur Despax, voulez-vous être mon complice ? Voulez-vous rédiger quelques mots que vous lui enverrez, vous voyez, je ne peux ni me lever, ni écrire, ni acheter un timbre, ni tirer un bout de langue rose pour coller le timbre, j'ai besoin de vous. Mademoiselle Angelina, les timbres aujourd'hui sont autocollants, pas tous, monsieur Despax, pas tous, alors vous voulez bien, n'est-ce pas ? Ne me faites pas trop parler parce que j'ai la tête qui se fêle à chaque mot que je prononce et j'ai peur de finir en mille morceaux. Bon, alors je vous écoute mademoiselle Angelina, je vous écoute.

Angelina prit une profonde inspiration et dicta au concierge appliqué d'une voix rauque et voilée : « Monsieur mon amour, je suis bien mal en point, écrasée par une fièvre foudroyante, un mal de Saint-Marthelin ou de Saint-Nazaire, percluse et souffreteuse, égrotante et cacochyme, c'est à peine s'il me reste quelques grammes de raison et de lucidité pour vous répondre par l'intermédiaire de mon ami le gardien de l'immeuble qui m'a transmis votre lettre. Vous me manquez si fort que j'ai dû m'aliter. Bien sûr, mon mariage a été annulé, la fièvre a parlé en mon nom, et j'attends d'avoir recouvré toutes mes facultés pour l'annuler à jamais. Je vous embrasse, monsieur mon amour, et vous attends très vite. Ne tardez pas car sans vous je ne saurais présumer de mes forces, Angelina », quand elle releva la tête, étourdie d'avoir tant parlé, elle rencontra le regard douloureux de monsieur Despax qui, le stylo plume en l'air, lui demanda d'orthographier et d'expliciter le mal de Saint-Marthelin, sans oublier, ajouta-t-il, tous les autres mots qui suivent car vous avez, je trouve, un drôle de vocabulaire. Je sais, je sais, c'est mon amour qui me rend comme ça, vous comprenez, à force d'éprouver des sentiments surannés, des émotions totalement tombées en désuétude, je me crois obligée d'aller chercher mes mots dans les siècles passés, vous en connaissez des histoires d'amour comme celle-là, monsieur Despax, non sûrement pas, quand j'étais jeune et fringant, oui, cela arrivait encore et même assez souvent mais, depuis quelque temps, c'est vrai qu'il n'y a plus beaucoup de place pour le sentiment, il faut dire que ça fait perdre du temps et que le temps aujourd'hui est une marchandise rare. Elle approuva d'un petit signe de tête et recommença la dictée de sa lettre en épelant chaque mot trop ardu. Monsieur Despax, admiratif, se promit en son for intérieur de s'acheter un dictionnaire et d'apprendre dix nouveaux mots par jour. Cette petite femme était épatante, elle lui ouvrait des horizons nouveaux. Il l'assura de sa plus que parfaite complicité, duplicité même, osa-t-il dans un élan d'audace syntaxique, et se proposa de lui faire parvenir son courrier en cachette et d'aller poster ses réponses dans la plus totale clandestinité. Angelina le remercia puis se laissa retomber sur son oreiller et sombra dans un profond sommeil.

Les lettres se succédaient à la cadence d'une par jour, parfois deux, parfois trois et toutes elles parlaient d'amour, toutes elles assuraient Angelina du retour de l'être aimé le 23 août, le 23 août. Angelina répondait, d'abord allongée, dictant au bon monsieur Despax qui écrivait sans plus jamais regimber, il s'était acheté une grammaire, un dictionnaire et tirait la langue en s'efforçant de ne pas faire de fautes, ensuite soutenue par des oreillers, elle put écrire quelques mots puis enfin toute la lettre, monsieur Despax étant réduit au rôle de facteur. Le pauvre homme était fort chagriné, il avait pris goût à ces effluves d'amour qui lui chatouillaient le nez, exhalant mille fumets délicats, mille nuances exquises, c'était un peu son histoire à lui aussi, il se l'était appropriée, en tout bien tout honneur, cela l'aidait à passer l'aspirateur, à faire les cuivres de l'escalier, à ignorer la mégère du troisième qui réclamait plus de Javel dans l'entrée, il était devenu un autre au fil des lettres, un joli marquis enrubanné qui encaustiquait les escaliers en récitant des vers et des règles de grammaire, et soudain, on le renvoyait comme un valet grossier, illettré. Il en devint presque maussade et il fallut toute la délicatesse de cœur et l'adresse d'Angelina pour qu'il continue d'aller porter les lettres à la poste. Parfois il s'asseyait, boudait et menaçait de tout révéler à madame mère, oh non monsieur Despax, vous ne feriez pas ça, je succomberais, c'est sûr, il bougonnait, balançait la tête, serrait ses bras contre sa poitrine et soupirait, non bien sûr, il ne ferait pas ça, il ne la renverrait pas à un possible trépas mais, honnêtement, ce n'était pas humain ce qu'elle lui demandait, et puis pourquoi restait-elle couchée, elle pouvait très bien les poster elle-même ses missives, hein, pourquoi faisait-elle semblant d'être prostrée, enfiévrée, parce que ça m'arrange d'être malade, que tout le monde me croie malade, répondait-elle en boudant à son tour, ça m'arrange, je ferme les yeux quand ils arrivent, ma mère, mon presque mari, sa mère, son père et même le docteur Boulez, je fais semblant de dormir, de souffrir d'un mal mystérieux, et ça vous avance à quoi, hein, ça je ne vous le dirai pas, c'est un secret, et je ne suis pas obligée de vous livrer tous mes secrets, monsieur Despax, même si je vous aime beaucoup, beaucoup, vous êtes mon seul ami, vous savez, mais il me faut un peu de temps avant de me confier, on ne se répand pas facilement ou alors c'est que le propos n'a guère d'importance.

Et alors il fondait, monsieur Despax, il se liquéfiait, il devenait flaque d'hiver, mousse de champagne, faux col de bière, écume de mer selon l'humidité de ses paupières. Il se rendait, il s'excusait d'avoir été si acariâtre, si peu généreux de son amitié, mais voyez-vous, mademoiselle Angelina, faire des dictées comme les vôtres où on ne parle que sentiments, ça a fini par me monter à la tête. L'émotion, c'est dangereux, les gens évitent, d'habitude, ils s'en méfient comme de la peste et ils ont raison parce que moi-même j'ai failli tout mélanger, allez à demain, mademoiselle Angelina, à demain.

Il a raison, cet homme-là, pensait Angelina, pourquoi je ne chasse pas cet attirail de malade, ces gouttes, ces pilules, ces potions et ne proclame pas haut et fort que je suis guérie, pourquoi, pourquoi, parce que si je suis guérie, je suis obligée de filer à l'autel épouser Paul, et je ne veux pas épouser Paul, mais je ne veux pas faire de peine à Paul, il est si bon, si gentil, il me console de mes insuffisances, je peux me reposer sur lui, m'endormir sur son épaule, fermer les yeux et fredonner, mais j'aime Mann, c'est sûr, je l'aime, je l'aime, je l'aime, elle se le répétait car elle n'en était plus tout à fait sûre. Le doute la prenait au détour d'une phrase, d'une pensée anodine, d'un mot même, il suffisait comme l'autre jour qu'on prononce devant elle le mot « ascenseur » et elle était prise de vertiges, elle fermait les yeux, tentait d'évoquer Mann, ses mains de marin, ses yeux noirs, son corps comme une grand-voile mais les mots sonnaient vides, sans forme ni couleur, rien ne venait, sa mémoire restait blanche, c'était horrible, alors elle n'avait plus besoin de faire semblant d'être malade, elle sentait ses forces la déserter, ses jambes ne portaient plus son poids, elle s'évanouissait. Le docteur Boulez était appelé d'urgence et secouait la tête, impuissant. Il n'y avait que lorsque monsieur Despax lui apportait le courrier qu'elle reprenait des forces et du rose sur les joues, elle lui demandait de lire les lettres à haute voix pour qu'il existe un témoin de son amour, un spectateur avec lequel elle pourrait parler du film, des dialogues, des acteurs, parce qu'elle devait l'avouer, parfois elle doutait, elle doutait, pourtant, quand elle entendait les mots de Mann, elle était remplie de joie, de force, d'assurance, il était son unique amour et elle l'attendait, vestale impeccable qui veille sur la flamme, « mon amour, mon amour, quand je marche la nuit, tout empli de toi, quand je regarde les étoiles, j'imagine que ce sont mille yeux, tes mille yeux, qui veillent sur moi et m'accompagnent, je lève la main vers la nuit pour caresser ta joue et je te dessine dans le noir, je voudrais te regarder dormir, rire et manger, réfléchir, hésiter, bouder, grogner, afin de connaître toutes tes mines, toutes tes rides, tous les plis de ton visage, tu es belle, la nuit, quand je te regarde, si belle. Mon amour, attends-moi, aie confiance », elle apprenait ses lettres par cœur, et quand elle avait le cœur brouillé, elle se les récitait sans prendre le temps de respirer, tout à trac, cul sec, du petit-lait, puis elle poussait un grand soupir, tout se remettait en place, elle pouvait s'endormir, apaisée.

Mais votre fiancé, il faut tout lui avouer, ce n'est pas bien, mademoiselle Angelina, ce n'est pas bien de lui faire croire que vous allez convoler en belles épousailles, vous avez raison, monsieur Despax, je lui parle demain, ou après-demain ou mercredi, ou jeudi, ou vendredi, oui, je lui parle, mais pour lui dire quoi ? pour lui dire comment ? je ne t'aime plus ? je ne l'ai jamais aimé ! je ne l'ai jamais aimé comme j'aime Mann ! je pourrais lui dire, par exemple, je ne suis plus attachée à toi, ce serait une juste expression mais ce serait blessant, comment feriez-vous, monsieur Despax, si vous étiez à ma place ? et monsieur Despax secouait la tête, il savait, lui, que ce n'était pas une question de vocabulaire, pas une question de mots, que le fiancé, s'il avait la tête à son amour, devait bien sentir qu'elle ne l'aimait plus, pourquoi attendait-il alors en faisant le pied de grue ? Pourquoi attend-on comme un forcené ? Parce qu'il y a des mots qu'on ne veut pas entendre, qu'on ne veut pas comprendre, des mots qui vous mettent en si grand danger qu'on a peur de les affronter et même quand on vous les lance en plein visage, on tombe assommé mais on se relève aussitôt, on fait le brave, on fait le beau, on trouve des raisons, des explications pour ignorer le danger et tout le mal qu'il vous fait, et il soupirait, il concluait qu'il n'y avait pas de solution, il fallait qu'il le découvre tout seul, le fiancé, qu'il n'était plus aimé, ce qui est sûr, ajoutait monsieur Despax, c'est que les drames les plus terribles sont engendrés par le mystère, moi, je préfère la mort subite par la révélation que la mort lente par consumption, mais ça dépend des gens, il y en a qui préfèrent ne jamais savoir, garder les yeux fermés, avancer à tâtons, mourir à petit feu, pas moi, répondait Angelina, moi je veux tout savoir, tout savoir, recevoir le coup en pleine poitrine, les yeux grands ouverts... ça me rassure de savoir parce que... parce que cela me renvoie à ma seule certitude, ma seule et terrible certitude, qui est, monsieur Despax, je vous le dis à vous parce que vous êtes devenu un intime, que je ne vaux pas tripette, que je ne fais qu'illusion, que derrière cette belle façade il n'y a rien du tout, rien du tout, et que lui, l'être aimé, a raison de se détacher de moi, il s'est rendu compte que je n'étais pas grand-chose, ce que je sais depuis longtemps, et quand il me répudie, je ne peux qu'acquiescer. Portée par son regard, je suis souveraine, désertée par ses yeux, je suis chassée des Cieux. Quand j'ai quelque chose de grand à faire, quelque chose de noble, d'intelligent, de difficile, au lieu d'être tout émoustillée par l'ampleur de la tâche, de prendre mon élan pleine de témérité, je bredouille, j'hésite, je suis envahie par un terrible doute, une sorte de vermine intérieure qui me répète : tu ne peux pas, tu ne peux pas, renonce, galvaude-toi, et souvent, j'écoute la voix, je m'incline, mais quand je passe outre, que je m'élance, que j'enjambe cette peur immense, alors monsieur Despax, je suis la plus heureuse et la plus vaillante des femmes. J'ai besoin qu'il me regarde, qu'il m'applaudisse parce que alors je saute toutes les haies, les plus hautes, celles en barbelés, mais, mais, monsieur Despax, et c'est terrible, c'est un aveu terrible, sans ses applaudissements, sans ses serments d'amour, je reste immobile, imbécile, engoncée...

... et il lui venait une angoisse soudaine, elle agrippait monsieur Despax par le bras, lui demandait : vous croyez qu'un jour Mann ne m'aimera plus et qu'il n'osera pas me le dire, vous croyez qu'à l'heure qu'il est il ne m'aime plus mais ne sait pas comment me le dire, un peu comme moi avec Paul en somme, vous croyez que c'est possible, et ils restaient là tous les deux, hébétés, à imaginer le pire. Mais alors, mademoiselle Angelina, expliquez-moi pourquoi les mots de monsieur Paul ne vous rendent pas géante, alors que ceux d'un inconnu vous étirent jusqu'au firmament, expliquez-moi, je ne comprends pas très bien, ça, monsieur Despax, c'est le mystère de l'amour, moi non plus je ne comprends pas bien, souvent j'aimerais être plus simple d'accès, souvent je suis bien embêtée avec le remue-ménage de mes sentiments, ça ne me facilite pas la vie, et je demeure perplexe devant tant de mystère...

Monsieur Despax trouvait que ce n'était pas une réponse, pas une réponse du tout, il se levait, prenait ses clés et repartait, s'il devait, en plus du dictionnaire, de la grammaire, se mettre à lire des ouvrages de philosophie, de psychologie, sa loge ne suffirait plus à contenir tous les livres ! elle qui avait fait des études, qui avait manié des idées à la pelle à l'université, elle pourrait l'éclairer davantage, partager son savoir. Il décida de lui en toucher deux mots sur le pas de la porte. Angelina l'écouta sans protester, elle répondit qu'elle allait y penser. Le soir même, elle prit un crayon, un papier et écrivit à Mann, monsieur Despax, le gardien de l'immeuble, voudrait savoir pourquoi je t'aime, pourquoi ton amour me fait plus d'effet que celui de mon fiancé qui, pourtant, m'aime aussi et depuis longtemps, avec assiduité, peux-tu m'aider à répondre à cette question en me disant deux ou trois choses que tu as comprises au sujet de l'amour, je vais réfléchir de mon côté. Puis sur une autre feuille, elle essaya d'inscrire les raisons de son amour pour Mann. Elle resta longtemps à mordiller le bout de son crayon et finit par écrire : j'aime Mann parce que c'est un arbre.

Et elle dessina un arbre.

Ça ne suffit pas... je devrais trouver quelque chose

de moins énigmatique, un mot ou un adjectif qui parlerait à monsieur Despax. Elle recommença, mordilla longuement son crayon et trouva enfin : j'aime Mann parce que c'est une montagne.

Et elle dessina une montagne.

Mais, là encore, sa réponse n'était pas claire et pouvait susciter de l'interrogation, voire un certain embarras chez monsieur Despax, il pourrait même croire, s'il était mal luné, qu'elle se moquait de lui, il en était capable, susceptible comme il l'était. Elle dut alors s'avouer qu'on ne pouvait expliquer le mystère de l'amour, que tous les progrès de la science étaient impuissants et elle s'endormit.

Le lendemain matin, elle sentit une réponse s'agiter en elle...

... elle posa sa tasse de café, ferma le poste-transistor, ferma les paupières, écouta la petite voix en elle, qui disait qu'elle aimait Mann parce qu'elle avait senti en lui une force, une liberté, une assurance qu'elle ne possédait pas et qui comptaient davantage à ses yeux que l'argent, la beauté, la position sociale, la feuille de salaire, car cette force, cette force qui vient de soi, qui rend libre, c'est tout ce qu'elle voulait posséder un jour. Elle se fichait pas mal d'être belle, intelligente, audacieuse, croqueuse de diamants, cordon-bleu ou danseuse de flamenco, elle voulait pouvoir se dire, un jour, Angelina c'est moi, je suis comme ci, je suis comme ça, pouvoir dresser le portrait exact de son cœur et de son âme, aller droit dans la vie avec des idées à elle, des convictions à elle, des doutes à elle, des hésitations à elle, des crises d'humeur à elle, ne ressembler à personne, n'emprunter le jugement de personne... C'était le seul secret de la beauté, savoir qui on est. Elle devinait que, grâce à Mann, elle pourrait apprendre à être elle, devenir aussi solide, aussi libre que lui. Un beau tronc d'arbre avec des rameaux qui se balancent au gré du vent. Mann était, Mann existait, Mann se tenait debout. Qu'importe alors qu'il soit petit ou grand, blond ou brun, droit ou cabossé, boiteux ou balafré. C'est de sa force intérieure, de sa liberté qu'elle était tombée amoureuse, on tombe toujours amoureuse de ce qu'on n'a pas.

On tombe toujours amoureux de ce qu'on ne possède pas, voilà ce qu'elle allait annoncer à monsieur Despax.

Monsieur Despax fut très heureux lorsqu'elle lui exposa sa découverte de la nuit. Il se demanda alors ce qu'il lui manquait, pour que sa femme se soit détournée de lui, il se demanda ce que sa femme désirait plus que tout au monde et qu'il n'avait pas su ou pu lui offrir. Peut-être est-elle comme vous, peut-être voulait-elle que je sois fort et libre, et ça je ne le suis pas, c'est sûr, peut-être qu'elle voulait plus que tout au monde que je sois un arbre, un arbre magnifique, un arbre de haute futaie, peut-être que toutes les femmes veulent des arbres de haute futaie, alors je n'ai pas beaucoup de chance... ne dites pas ça, monsieur Despax, chaque femme est différente, certaines aiment les arbres de basse futaie, les hommes indécis, flous, enfantins, ce n'est pas très flatteur ce que vous dites, mademoiselle Angelina, je ne suis pas d'accord avec vous, monsieur Despax, l'homme indécis et flou a son charme, il est glissant, fuyant, distrait, on lui court après comme les billes de mercure, il vous achète des gâteaux pleins de crème fouettée en plein été, vous déclenche des fous rires gorge déployée sous la courtepointe, vous invite à regarder des dessins animés en pyjama le dimanche matin jusqu'à midi, à jouer au Monopoly à minuit, il vous donne des petits baisers légers qui s'évaporent en nuages bleu-gris, vous voyez qu'on peut en faire des choses et des choses avec un homme de basse futaie, oui, c'est vrai, il a son charme aussi, mais bon, vous, ce n'est pas vraiment votre truc, n'est-ce pas, mademoiselle Angelina, vous préférez la force brute, le torse déployé, l'épaule qui abrite, le regard qui intimide, vous préférez avoir l'homme au-dessus de vous plutôt qu'à côté de vous, ah ! c'est une belle image, monsieur Despax, une très belle image, vous me mettez du baume au cœur, mademoiselle Angelina, donc votre idée, c'est qu'on aime toujours ce qu'on n'a pas, on aime en creux, en somme, en ornière, vous avez sûrement raison, vous avez remarqué qu'on dit toujours tomber amoureux comme si on tombait dans un trou, dans un manque, cela vient étayer votre thèse, Angelina applaudit au vocabulaire de monsieur Despax et ils décidèrent d'aller fêter cette acquisition de langage au bistrot du coin. Mademoiselle Angelina, cela fait un mois que vous n'êtes pas sortie, saurez-vous encore déambuler, vous me porterez, monsieur Despax, vous êtes costaud, et ils partirent bras dessus, bras dessous, chez le bougnat d'en bas, en se félicitant mutuellement de se connaître et d'avoir su développer cette belle et vibrante amitié, c'est une denrée rare l'amitié entre un homme et une femme et il convient de la dorloter, monsieur Despax, absolument, mademoiselle Angelina, d'ailleurs cela ne m'était jamais arrivé, jamais moi non plus, monsieur Despax, vous êtes mon premier ami de sexe mâle, vous êtes ma première amie, i-e... Ils trouvèrent une petite table ronde en terrasse, Angelina allongea ses longues jambes en soupirant d'aise, Dieu que la vie était belle chez le bougnat du coin !

C'est là que Paul les surprit, attablés devant une tartine de chèvre chaud et un verre de premières-côtes-de-blaye non sulfatées. Angelina rougit, monsieur Despax s'excusa, proposa de laisser sa place, penaud, embarrassé, Angelina protesta, mais non, monsieur Despax, restez s'il vous plaît, Paul, assieds-toi, Paul, vois-tu, j'ai quelque chose à te dire, quelque chose de très important, je pense qu'après tu ne verras plus la vie de la même façon, mais il ne faudra pas m'en vouloir, Paul, tout s'est passé en dehors de moi, je n'ai rien cherché, je ne voulais rien bouleverser... Paul, il y a quatre semaines exactement, j'ai rencontré un homme en allant voir le docteur Boulez pour mon certificat de mariée, et Paul, vois-tu, je suis tombée follement amoureuse de cet homme, et lui aussi, la foudre nous a calcinés dans une cage d'ascenseur, depuis les fièvres me rongent le corps et mon cœur t'a déserté, tout à fait indépendamment de ma volonté, je t'assure, Paul, nous ne pouvons plus nous marier, Paul, je préfère être honnête avec toi, Paul, veux-tu être mon ami ?

Elle avait débité cette longue tirade d'un seul trait, elle avait pris le risque d'être forte, de dire ce qu'elle pensait, d'exister en son nom, elle n'en revenait pas, tant d'audace lui tournait la tête et elle tomba, le front sur la table. Elle avait parlé, elle avait signé un premier acte d'indépendance, elle n'en revenait pas. Paul avait tourné les talons et s'en était allé sans rien dire. Vous avez été formidable, formidable, dit monsieur Despax en la portant chez elle, un arbre de haute futaie, de très haute futaie, mais il faut vous reposer, dormez maintenant, dormez.

Paul s'en était allé en se disant qu'il fallait que sa presque femme soit ivre pour se trouver en compagnie d'un gardien d'immeuble à cinq heures de l'après-midi à goûter du côtes-de-blaye au bistrot du coin. Une femme ivre dit n'importe quoi et sa presque femme avait dit n'importe quoi, l'affaire était réglée, Paul reviendrait une fois Angelina dégrisée. Il est déconseillé de prendre de l'alcool quand on avale certains médicaments, cela provoque des bouffées délirantes, on prend son gardien comme confident, on voit des éléphants roses en liberté, des aventuriers qui vous séduisent dans les ascenseurs, on trébuche dans sa robe de mariée, Angelina l'ignorait, Angelina ne connaissait pas grand-chose à la vie, Paul devait le reconnaître, il lui faudrait grandir mais Paul se sentait assez fort pour l'y aider. Il ajusta son nœud de cravate et prit le chemin de l'appartement de ses parents qui l'attendaient pour dîner, ce soir il s'en régalait d'avance, il goûterait au gaspacho de sa mère.

Angelina n'avait plus jamais reparlé à Paul en tête à tête. Il s'arrangeait toujours pour lui rendre visite avec son chapeau sur la tête et en bonne compagnie, il prétendait qu'il n'avait rien entendu, qu'elle n'avait rien dit de définitif, quand elle essayait de lui parler de l'homme dans la cage d'ascenseur, il lui prenait le pouls d'un air soucieux et évoquait Faraday. Moi aussi je peux délirer, ma chérie, semblait dire son fin sourire d'homme très bien élevé, ce n'est pas réservé à certaines écervelées. Mais Paul, puisque je te dis que tout cela est vrai. Tss-tss, faisait-il en l'embrassant sur le front, en lui recommandant le repos total et une bonne tisane et il repartait.

Il est fort, lui aussi c'est un arbre, une montagne, remarquait monsieur Despax, vous mettez sa vie à l'envers et il ne bronche pas, il garde le cap dans la tempête, je dois avouer que je l'admire, quelle tenue dans l'adversité ! Non, non, et non, martelait Angelina que la conduite de Paul irritait, ce n'est pas être fort que d'ignorer la réalité, Paul refuse d'affronter la réalité et la réalité est que je ne l'aime plus, un point c'est tout ! Il va bien falloir qu'il mette pied à terre le 23 août quand je reviendrai de l'aéroport, il sera forcé d'ouvrir les yeux ! Je le trouve quand même sacrément fort, moi, vous ne m'ôterez pas ça de la tête ! Rien n'a bougé chez lui après votre terrible aveu, pas un pli dans les cheveux, ni un frémissement de narine ! Quel homme ! Quel arbre ! Quelle montagne ! Forcément vous êtes comme lui, un faible qui se prend pour un bœuf ! Voyez comme cela vous a réussi ! Oh ! ce n'est pas gentil, mademoiselle Angelina, pas gentil du tout, et je vous souhaite de ne pas revenir bredouille le 23 sinon vous vous sentirez bien seule, moi qui étais en train de faire des efforts pour m'estimer davantage, vous réduisez tous mes progrès à néant !

Et il était parti, son courrier sous le bras, en mar-
monnant des propos inintelligibles qui ne respiraient
pas la franche amitié. Angelina regrettait d'avoir été
si dure mais c'était plus fort qu'elle, elle ne suppor-
tait pas qu'il soit passé aussi facilement à l'ennemi,
elle avait failli le rappeler, s'excuser mais avait remis
à plus tard.

Devant le tableau d'affichage de l'aéroport, Angelina secoue la tête pour chasser le mauvais sort. Les
paroles de monsieur Despax s'agitent comme autant
d'amulettes ensorcelées, dessinant une danse endia-
blée où mains de Fatma et pattes de lapin font la
ronde. Bredouille, aéroport, le 23, fredonnent les
gris-gris maléfiques. Les passagers du vol annoncé
jaillissent des portes vitrées, les bras tendus vers un
familier ou sur leurs valises afin de les retenir. Elle
plisse les yeux, détaille chaque mâle géant, attrape
au vol des mains de marin, cherche les bras-
madriers, le torse-hauban dressé, les yeux noirs, la
tête carrée, on dirait un dessin d'enfant quand je
l'imagine... Elle déplie sa dernière lettre qu'elle porte
toujours sur elle, relit les mots de Mann, « que puis-
je savoir de l'amour que tu ne sais déjà, mon amour,
les femmes sont tellement plus averties que nous,
vous êtes amour, vous êtes désir, vous êtes séduction,
vous savez tout de l'amour, nous ne sommes que des
enfants, quand nous rêvons l'amour, vous le prati-
quez avec entêtement, connaissez mille recettes,
vous avez de l'imagination quand nous avons des
idées reçues, vous êtes libres et folles, quand nous
nous appliquons à recopier de belles images, mon
amour, mon amour, tu as tout à m'apprendre de
l'amour... ». Elle serre fort la lettre entre ses doigts,
la caressant, l'épluchant, l'étripant, au fur et à
mesure que les passagers débarquent et qu'elle ne
voit pas Mann. Le flux s'est amenuisé, de rares pas-

sagers sont crachés par les portes vitrées, mal réveillés, bouffis, ahuris, puis les portes se referment. Mann, Mann, où es-tu ? Que fais-tu ? Debout, dans le hall, au milieu d'inconnus qui se soulèvent, s'embrassent, elle cherche à reprendre son souffle, Mann, Mann, où es-tu ? M'as-tu oubliée ?

Elle attendit ainsi, toute droite, toute raide, toupie bousculée par d'autres toupies virevoltantes, dans le hall de l'aéroport, sans ciller, sans protester, sans presque respirer, pendant de longues heures, immobile, suspendue au mécanisme des portes vitrées qui s'ouvraient, lâchaient un flot de passagers, se refermaient, puis se rouvraient, ses yeux ne voyaient plus que les mâchoires en verre, ses oreilles n'entendaient plus que le bruit sourd des parois qui glissaient, ses doigts serraient jusqu'à la déchirer la lettre qui reposait au fond de sa poche, et par-dessus toute cette attente, une petite phrase tournait en boucle comme une antienne éculée : Mann, Mann, pourquoi m'as-tu oubliée, pourquoi ?

A minuit, quand il n'y eut plus que les balayeurs avec leurs grands balais orange dans le hall de l'aéroport, Angelina comprit qu'il ne viendrait pas. Elle chercha une dernière fois la lettre dans sa poche mais ne la trouva pas. De ses doigts fébriles, elle tâta les coutures, les doublures, les plis, les poches, les piqûres, les surpiqûres de ses vêtements, en vain. La lettre avait disparu. Elle baissa la tête pour que le balayeur ne surprenne pas les larmes dans ses yeux, tituba jusqu'à un taxi, se laissa choir sur la banquette, dut répéter plusieurs fois son adresse car le chauffeur ne l'entendait pas. Il n'est pas venu, il n'est pas venu, il n'est pas venu, scandait le bruit des roues accrochant l'asphalte de l'autoroute, il n'est pas venu et il ne viendra plus, allez, ma petite dame, on est arrivés, c'est pas tout ça, je dois rentrer chez moi, Angelina tendit les billets, n'attendit pas la monnaie et monta se coucher sans même jeter un coup d'œil sur la loge de monsieur Despax.

Le lendemain matin, elle trouva le courrier posé sur le paillasson, un journal de petites annonces gratuites, une facture de téléphone, une publicité pour un système d'alarme, quand elle croisa monsieur Despax dans l'escalier, il lui dit bonjour avec un grand sourire qui glissa sur elle comme un sourire anonyme, il n'avait pas l'air fâché, il avait son air de tous les jours, elle passa et repassa près de lui afin de lui laisser plusieurs chances de renouer le dialogue de leur intimité, à chaque fois il la salua gaiement sans s'attarder, elle insista, lui demanda s'il savait quel jour on était, oui, mademoiselle, pourquoi ? C'est le jour des grandes poubelles et j'ai oublié ? Mais non, monsieur Despax, je voulais juste savoir quel jour nous étions, ah ! vous me rassurez, mademoiselle Angelina, parce que si j'avais oublié le jour des grandes poubelles, les locataires, le gérant et le syndic, ils me seraient tous tombés dessus, ah ! ne me faites plus des peurs comme celle-là, mademoiselle Angelina, je suis encore à l'essai, ils peuvent me renvoyer du jour au lendemain s'il leur en prend l'envie !

Sa mère l'invita à déjeuner afin qu'elles mettent au point ensemble les derniers détails de son hyménée, une nouvelle date ayant été fixée sans qu'elle fût consultée, Paul passa prendre le café, il était enchanté, l'agence de voyages lui avait remboursé les billets du presque voyage de noces, grâce à l'assurance et au certificat médical, vous voyez, mère, j'ai bien fait de souscrire à cette assurance, vous me disiez que c'était de l'argent jeté par les fenêtres, vous vous souvenez, hein ? Il avait trouvé une nouvelle destination pour leur prochain périple, une très belle destination qu'il lui réservait comme surprise, non, non, ce n'est pas convenable de la dévoiler avant le mariage, non, c'est un secret, mère, c'est un secret, eh bien, elle fera deux valises une pour l'été, une pour l'hiver, il embrassa Angelina sur le front et fut rassuré de constater qu'elle n'avait plus de fièvre, nous allons être si heureux, chérie, si heureux, tu verras, aie confiance, rien ne sera assez beau pour toi, le regard pointu de la mère enregistrait ces petits détails infimes qui signent le bulletin de santé d'un couple et lui assurent durée et prospérité, Angelina se taisait. Angelina avait repris sa place autour de la nappe blanche damassée et reconnaissait sans frémir la plupart des convives. Parfois elle se touchait le front d'un geste infiniment las, se demandant si elle avait rêvé, si l'inconnu dans l'ascenseur avait vraiment existé, comment s'appelait-il déjà ? c'est vrai, quel était son nom ? Un drôle de nom, un nom qu'on invente dans les rêves, ces rêves qu'elle était si habile à tisser quand l'envie lui prenait de fuir. Cela avait marché, elle s'était enfuie quelque temps puis la réalité l'avait rattrapée, c'était toujours comme ça, la réalité l'emportait toujours sur les rêves, enfin c'est ce que disaient les gendarmes, sa mère ou son presque mari, les gens qui ont les pieds sur terre, parce qu'il en existe d'autres qui prétendent exactement le contraire, il suffit de rêver très fort, avec ténacité, de la chose désirée pour qu'elle finisse par se réaliser, ils y croient dur comme fer, ils donnent des exemples de désirs exaucés, de rêves matérialisés. Je vais continuer de rêver et il finira bien par arriver celui que j'attends, comment s'appelait-il déjà celui que j'avais inventé, taillé à ma mesure, celui qui caracolait dans un ascenseur brûlant ?

Elle avait oublié son nom.

Elle ne retrouvait plus ses lettres.

Elle chercha sur son cahier un endroit où elle aurait pu recopier son adresse mais ne trouva rien. Elle chercha lettre après lettre, le B après le A, le C après le B, le D et cætera, et ne trouva pas. Ni nom, ni adresse, ni lettres. Elle retourna toutes les boîtes, toutes les moquettes, tous les tiroirs, tous les miroirs, elle ne trouva rien. Elle s'adressa à monsieur Despax pour exhumer un bout de mémoire mais le visage de monsieur Despax resta imperturbable, il lui répondit aimablement que non, il ne se souvenait de rien de particulier, mademoiselle Angelina devait rêver car cela lui ressemblait peu de passer de longues heures à parler sentiments, émotions, développement personnel, vocabulaire, syntaxe, mademoiselle m'honore mais ce n'est pas moi, c'est un autre que la fièvre de mademoiselle lui a fait confondre avec moi, remarquez, je suis flatté, ça pour sûr, moi, je n'ai jamais été titillé par la grammaire ni le vocabulaire, Dieu m'en garde ! parce que ça peut faire perdre la tête tout à fait, et son regard se posait sur elle avec acuité

Angelina crut perdre la raison et bascula dans le vide. Le vide d'elle. Elle devint lisse, blanche, immobile, elle se retira d'elle sur la pointe des pieds, vivre était trop difficile, demandait trop de forces, autant laisser les autres organiser sa vie, oui, oui, elle se marierait, oui, oui, elle irait vivre avec Paul dans son grand appartement, oui, oui, elle voulait des enfants, combien exactement Paul ? trois ou quatre ? quatre, c'est très bien, c'est parfait, oui, oui, elle était heureuse, oui, oui, nous avons déposé une liste de mariage, où exactement, Paul ? oui, oui, nous serons enchantés de vous rendre visite en janvier, peut-être, parlez-en donc à Paul, c'est lui qui décide, qui dirige, je suis si étourdie, si tête en l'air, vous savez, heureusement que Paul est là, Paul est parfait.

Il lui arrivait, parfois, quand elle était seule, d'entendre grincer cette fausse tranquillité, elle s'écoutait parler et cela sonnait faux, ce n'était pas elle qui parlait, c'était une autre, une autre pour laquelle elle avait peu de respect, peu d'amitié, une fille pas très courageuse, très paresseuse. Elle la connaissait, elle avait déjà eu affaire à elle, elle avait failli en mourir de honte, c'était son cauchemar cette fille-là, elle pensait s'en être débarrassée, et voilà qu'elle revenait, avec son allure de belle fille alanguie, qui fait de l'œil à n'importe qui, juste pour s'entendre dire qu'elle est belle, qu'on l'aime, une fille qui ne fait pas le tri, qui séduit tout le monde, qui veut plaire à tout le monde, qui joue l'aimable et qui n'aime personne. Une fois, elle l'avait démasquée, elle pensait que la honte l'aurait chassée loin, loin, mais voilà qu'elle rappliquait avec sa voix de fausset, ses désirs de pacotille, voilà qu'elle s'installait comme si elle était chez elle. Parfois, la voix de cette fille-là l'irritait tant qu'elle criait très fort. Quand elle était seule parce que sinon, elle se taisait, elle crispait les mâchoires, ses yeux se plissaient, son visage se tordait en une affreuse grimace, on aurait dit qu'elle était victime d'un violent mal de tête, elle demandait à se retirer.

Pendant ce temps, les préparatifs de la noce battaient leur plein. Les invités sortaient leurs beaux habits, ciraient leurs belles chaussures, les demoiselles d'honneur dépliaient leurs robes à crinoline de la naphtaline, l'orchestre choisissait l'ordre des valses, le pâtissier faisait ronfler son four et le maître queux remuait ses casseroles en cuivre de chez Cuvelier. Cela allait être une grande et belle fête, d'autant plus grande et belle qu'il s'agissait d'effacer le souvenir de la première cérémonie ratée, de clouer le bec aux mauvaises langues qui attendaient une nouvelle issue fatale.

La veille du mariage, Angelina allait se coucher lorsqu'on sonna à la porte.

Son cœur se mit à battre follement, elle courut ouvrir, mais sa mère était partie la dernière et toujours, toujours, avant de partir, elle l'enfermait à clé, au cas où, on ne sait jamais, par les temps qui courent, un méfait est vite arrivé, Angelina était là en train de se battre contre les serrures, contre l'entrebâilleur, en train de plonger ses doigts dans le panier à clés, posé sur la table de l'entrée, c'est lui, c'est lui, clamait son cœur en campagne, c'est lui, il vient m'enlever, il me l'avait promis, c'est lui, attendez, attendez, criait-elle dans sa hâte à chercher les clés, attendez, ne partez pas, je cherche les clés, et ses doigts s'écorchaient dans le panier, ses doigts plongeaient dans les trousseaux jetés là n'importe comment, trousseau de ville, trousseau de campagne, trousseau de cave, trousseau de voiture, trousseau de chambre de service, trousseau du grand-père, trousseau de la grand-mère, ah ! je suis bien gardée, maugréait Angelina en fourraillant dans le panier, s'écorchant le bout des doigts, c'est lui, c'est lui, il vient me chercher, je me souviens, je me souviens quand il me disait, qu'est-ce qu'il me disait déjà... sa voix revenait comme un fantôme, elle l'entendait, c'était lui, ah ! elle n'avait pas rêvé ces mots-là, « je voudrais que jamais, tu entends, jamais tu ne perdes confiance en moi. Même si les éléments les plus terribles, les plus noirs me confondent, m'habillent de traîtrise, de tromperie, te prouvent que je t'ai abandonnée, meurtrie, que jamais tu ne les croies, que toujours tu espères et espères... Promets-moi », c'était sa voix, c'était le grain de sa peau contre ses doigts, c'était la chaleur de son corps et tout son corps à elle brûlait, brûlait de se fondre en lui, il était là, derrière la porte, il allait dire Angelina, la prendre dans ses bras, et alors elle aurait la force de renvoyer la noce, de renvoyer le presque mari, de renverser la pièce montée, de piétiner la belle robe blanche, et alors elle aurait toutes les forces. Ses doigts meurtris avaient enfin trouvé le trousseau de clés, elle ouvrit la porte, prête à se jeter contre lui, Mann, Mann, j'ai retrouvé ton nom, tes mots, tu es là, Mann ? Elle ouvrit la porte lentement, lentement, contenant la joie qui brûlait en elle, lui donnait des fourmis dans tout le corps, la joie qui la remplissait, la coloriait de toutes les couleurs, la sculptait, la modelait, la transformait en figure de proue, en femme fatale, en sainte qui éteint le bûcher de ses larmes sacrées, Mann, Mann, tu es là, elle n'avait plus peur, plus peur, elle ouvrit la porte et ne put s'empêcher de pousser un cri de douleur, un sanglot de déception quand son regard tomba sur l'homme qui se tenait devant elle.

C'était le gardien. Il était venu présenter ses vœux de bonheur, il s'excusait pour l'heure tardive, mais il n'avait pas eu une minute à lui dans la journée, il avait acheté un petit quelque chose en pensant à elle, il tenait à le lui offrir, à la féliciter, enfin voilà, quoi, tous mes vœux de bonheur, mademoiselle Angelina, tous mes vœux de grand bonheur, merci, merci, monsieur Despax, c'est trop gentil à vous, mais je suis fatiguée, je dormais, je... et elle ne pouvait s'empêcher de pleurer, de sangloter, elle s'excusait, ce n'est pas votre faute, c'est l'émotion, oh ! oui, je sais ce que c'est, vous m'avez expliqué un jour, l'émotion, les sentiments, l'amour en creux, l'amour en bosse, c'est quand je vous montais les lettres, vous me parliez de toutes ces choses, vous vous souvenez, monsieur Despax, vous vous souvenez, je me souviens très bien, mais alors... mais alors... c'est que votre mère m'a interdit de venir vous parler, elle dit que je vous trouble l'esprit, elle m'a menacé de me livrer au syndic si je revenais vous voir, alors vous comprenez, mademoiselle Angelina, je ne suis pas encore un arbre de haute futaie, je ne le serai peut-être jamais, j'ai préféré me taire, vous ignorer quand vous passiez près de moi, mais ce soir il fallait que je vienne vous voir, que je vous donne votre cadeau, il le fallait, alors j'ai pris la liberté de, j'ai bravé l'interdiction de votre mère, vous ne le lui direz pas, n'est-ce pas, non, je ne dirai rien, oh ! monsieur Despax, je croyais que j'étais devenue folle, que j'avais tout inventé, vous comprenez, vous étiez mon seul témoin, mon seul confident, rassurez-moi, rassurez-moi, vous m'avez bien lu toutes ses lettres, elles ont bien existé, parce que je ne les trouve plus, j'ai cherché partout, sous la moquette, dans les tiroirs, derrière les miroirs, je ne les trouve plus, c'est votre mère, elle les a emportées, elle dit que c'est la source de votre malheur, de votre fièvre, de tous vos maux, elle est venue un jour et elle a tout pris, je n'ai rien pu faire, je crains de ne pas avoir été à la hauteur, je crains de vous avoir trahie, je n'en suis pas fier, mademoiselle Angelina, pas fier du tout, je ne me le pardonnerai jamais, jamais, ce sera comme un reproche qui tournera dans ma tête, un œil intérieur qui me fixera et me lancera des coutelas.

Angelina fut comme piquée par cet aveu, elle fit signe à monsieur Despax d'entrer, elle referma la porte, lui prit la main et tous deux se laissèrent tomber par terre, contre la porte comme deux enfants qui se font des confidences à voix feutrée quand les parents prennent le thé, vous avez été mon seul ami, monsieur Despax, mon seul grand ami, ma vie est étrange, j'aurai connu un grand amour, un grand ami en l'espace d'un mois et je vais les perdre tous les deux parce que demain, je me marie, c'est peut-être mieux comme ça, je ne sais pas, mais pour moi, cela vaut mieux, je crois, je vais tourner la page et commencer une autre vie, une vie toute neuve, sans scorie, vous vous souvenez, monsieur Despax, je vous avais promis de vous confier un secret, eh bien, je crois que le moment est venu, je vais vous le livrer ce secret parce qu'il explique pourquoi je me marie et je sais que cela vous intrigue, que vous aimeriez être plus éclairé, je sais que vous avez entrepris cette grande enquête sur l'âme et le cœur humain, ce qui fait et défait un homme, je le sais, vous avez envie de vous documenter sur la nature humaine, cela est rare, vous savez, c'est une occupation que les gens ont tendance à délaisser, on ne la trouve jamais dans les enquêtes d'opinion quand on demande aux gens à quoi ils occupent leurs loisirs, vous voulez dire le jardinage de l'âme, mademoiselle Angelina, exactement, monsieur Despax, le jardinage de l'âme, comme vos mots sont beaux, comme ils vous viennent facilement en bouche maintenant ! Monsieur Despax était ému, très ému, de toute cette confiance qu'elle continuait à lui accorder, il n'en revenait pas qu'elle lui ait pardonné sa trahison, c'est qu'elle était bien charitable, ou qu'elle connaissait parfaitement le cœur humain, ou qu'elle avait elle aussi commis une pareille indélicatesse pour être si généreuse de son pardon, il ne savait pas quelle réponse était la bonne mais son cœur chantait car non seulement il avait été pardonné mais en plus, il était en train d'éprouver une amitié si forte pour Angelina que tout son corps vibrait comme s'il allait éclater, une amitié sans ambiguïté, sans déclaration de propriété, une amitié où deux âmes se joignent et s'envolent dans la plus grande pureté, deux âmes unies en un même élan, une même ascension, il était comme saoul, il titubait de bonheur, il dut appuyer sa tête contre la porte afin de reprendre ses esprits et de pouvoir l'écouter.

Voilà, monsieur Despax, je voulais vous dire une chose que je ne lui ai pas dite à lui, même pas écrite, car elle fait preuve, je le crains, d'un grand orgueil, d'un très grand péché d'orgueil, digne de Lucifer et de ses meilleurs lieutenants...

Voilà ce que je voulais lui dire et que je ne lui dirai jamais...

Voilà ce qui doit être dit avant que mes lèvres et mon cœur ne soient scellés, avant que mon impossible quête ne soit classée sans espoir, vous m'écoutez, monsieur Despax, vous m'écoutez ?

Je ne conçois l'amour qu'extrême, infini, tout-puissant, aussi grand, aussi rond, aussi plein qu'une mappemonde, un amour où l'un et l'autre se dédient exclusivement l'un à l'autre, sans que jamais leur lien ne soit souillé, dénaturé par un tiers ou une meurtrissure, je rêve d'un amour sans mesure, et c'est parce que je savais cela impossible que j'avais décidé de me marier avec Paul, parce que je sais cela impossible que j'ai décidé d'épouser Paul demain matin en la mairie de Saint-Gratien, il fera, je le sais, un mari honorable, avec ses limites et ses insuffisances, je vais me marier dans la plus grande amitié, la plus belle estime mais sans amour. J'ai cru, un instant, l'avoir rencontré ce bel amour, pendant quelques heures si riches, si intenses, et voilà qu'il m'est retiré, peut-être vous et moi avons rêvé tout cela, peut-être nous sommes-nous raconté des histoires, peut-être votre cerveau et le mien ont créé cette belle histoire et elle n'a jamais existé...

Voilà, monsieur Despax, le secret que je voulais vous révéler, et maintenant, nous allons nous quitter, nous allons redevenir tels que nous étions avant que la fièvre nous prenne, urbains et courtois, chacun vaquant à ses occupations, nous avons fait un bout de chemin ensemble et nous devons, à présent, nous séparer, au revoir, monsieur Despax, adieu ! Angelina se releva, ouvrit doucement la porte, laissa passer monsieur Despax, lui fit un large sourire, ne soyez pas triste, il nous a été donné beaucoup en quatre petites semaines, peu de gens peuvent se vanter d'avoir partagé autant d'émotions en quatre semaines seulement, c'est vrai, semblaient dire les yeux attristés de monsieur Despax, c'est vrai mais pourquoi cela doit-il finir, pourquoi ne peut-on pas continuer à être les meilleurs amis du monde, parce que c'est ainsi, il faut l'accepter comme j'accepte la disparition de mon amour d'un jour, mon amour de quelques heures... Adieu, monsieur Despax !

Adieu, mademoiselle Angelina, je vous aimais tant !

Angelina referma la porte et alla se recoucher.

En passant, sa main effleura son voile de mariée, elle pensa, demain je me marie, je me marie sans espoir de bonheur, pour faire plaisir à mon presque mari, à ma mère, aux invités qui se réjouissent à l'idée de faire la fête en mon honneur, j'assiste impuissante à mon mariage, c'est ainsi, c'est ainsi que sera ma vie. On en arrive là quand on est faible, quand on a une si mauvaise image de soi qu'on a renoncé à vivre à son compte. Je ne suis pas digne de vivre pour moi, alors autant vivre pour les autres, je renonce à moi même, je m'offre au bonheur des autres, au bonheur de Paul. Je m'engage à le rendre heureux, je serai fidèle, tendre épouse, bonne mère, je lui donnerai ma vie sans lui dire qu'en me mariant je renonce à vivre, je jouerai la comédie, je m'étourdirai...

Je m'engage aussi à réparer l'autre faute, celle par laquelle tous mes malheurs sont arrivés, celle que je ne finirai jamais, jamais d'expier...

La femme, énorme, vêtue d'une ample robe grise, n'a qu'un œil trouble et laiteux comme une huître, gonflé de larmes, de reproches, son corps enfle et enfle encore, vacille, puis s'ébranle et se dirige vers le lit où l'enfant s'est réfugiée sous les couvertures. Elle est enfouie sous les couvertures, petite bête ramassée sur sa honte, la honte d'avoir mal agi, d'avoir failli. C'est sa faute, c'est sa très grande faute, elle le sait. La femme à l'œil de Cyclope s'approche et, plus elle avance, plus elle se dilate dans la pièce, avale tout l'air, il ne lui en reste plus à elle pour respirer. Elle se débat, jette les bras en avant pour repousser l'énorme femme, haute comme une montgolfière qui, c'est sûr, va l'étrangler de ses puissantes mains-battoirs. Elle pousse d'abord un petit cri étouffé par la peur puis un hurlement qui déchire la nuit, déchire l'enveloppe de la femme en robe grise qui se penchait sur elle, les mains en avant... Un hurlement qui la réveille. Le matelas tangue, elle en agrippe les bords. La peur qui l'étreint l'ouvre en deux, un flot de larmes jaillit de ses entrailles, emportant la femme à l'œil de Cyclope dans un torrent de boue jaune et sale qui emplit la pièce, menace de l'engloutir, de la faire périr. Elle lutte contre ce flot boueux, elle lutte mais elle n'a plus de forces, bientôt, plus de forces...

Elle remonte ses genoux sous son menton, plaque ses mains sur ses oreilles, enfonce son visage dans les draps froissés. Ne plus voir, ne plus savoir, oublier. Oublier cette faute insigne, ce presque crime... Ah ! oublier, se dit-elle en se berçant de ses bras lancés autour de ses épaules, je donnerais tout pour oublier, me faire pardonner, pardonner...

Avez-vous remarqué comme la vie se charge, souvent brutalement, d'opérer à notre place des choix que nous n'osons faire ? Comme si, après nous avoir laissé tout le loisir de réfléchir, d'aménager notre destinée, elle s'impatientait de notre aveuglement, de notre inertie et se chargeait, par un de ces coups de théâtre dont elle a le secret, de nous mettre face à ce changement secrètement désiré ou redouté ? C'est un fait que j'ai maintes fois constaté dans ma carrière de médecin. Souvent, alors que je voyais des êtres se débattre dans des difficultés sans fin, alourdis, ralentis par leur tergiversation, leur lâcheté, je craignais et appelais à la fois de mes vœux cette intervention que certains nomment hasard, d'autres Dieu, d'autres encore chance ou malchance, et qui, d'une pichenette, vient bousculer l'ordre qu'ils croyaient immuable et remettre tout en cause, les plaçant face à leur responsabilité. Alors soit ils se dépouillent de leurs vieilles idées, de leurs vieux réflexes, de leurs vieilles illusions, changent brusquement de cap et repartent neufs et vaillants, soit ils refusent le changement, choisissent de ne point bouger, et s'étiolent sur pied, dégringolant de déchéance en déchéance jusqu'à l'issue fatale. C'est ainsi que j'explique ce qui est arrivé à la noce d'Angelina Rosier et de Paul Miron. Ce jour-là, tous les liens noués par le destin, resserrés par l'inertie des uns, l'avidité des autres se sont défaits, causant un très grand bonheur, causant aussi un très grand malheur. J'étais invité au mariage, j'ai lu ce bonheur, j'ai vu ce malheur s'afficher sur les visages, j'ai deviné aussi chez certains l'envie et le désir fulgurant de tout envoyer promener, envie et désir vite réprimés par la peur qui souvent nous domine.

Je me tenais debout dans l'assistance, debout dans la salle de la mairie quand la mariée, pâle et tremblante, est entrée dans sa longue robe blanche. J'ai rarement vu une mariée aussi peu concernée par le déroulement de la cérémonie. Il a fallu que le maire lui fasse signe de s'asseoir devant lui, à côté de son futur époux, pour qu'elle s'avance car elle allait naturellement se ranger parmi les invités comme si elle n'était pas la mariée. A ce moment précis, ce moment que chacun fit semblant de ne pas avoir remarqué, j'observai certains visages et ce que je vis me fit frémir. Le visage de madame Rosier, la mère d'Angelina, était tiré comme le masque d'un rapace à l'affût, ses yeux épinglant sa fille, lui criant de se reprendre, lui ordonnant de rejoindre immédiatement le fauteuil en velours rouge où se tenait le marié, où se tenaient les millions de la famille Miron. Paul, lui, rayonnait d'un bonheur caracoleur, d'un bonheur qui proclame, elle est à moi, c'est moi qui la possède et vous ne l'aurez pas, un bonheur suffisant et facile qui se loge dans le menton, le raidit, le redresse et... ne fait pas grand cas de l'être aimé ; il interpréta la distraction de la mariée comme une marque de trac, de faiblesse, haussant les épaules, étouffant un petit rire qui signifiait « mon Dieu ! est-elle distraite ! Heureusement que je serai là dorénavant pour la protéger ! » Quant aux parents du marié, ils avaient du mal à cacher leur manque d'enthousiasme, ils traînaient les pieds, consultaient leur montre, affichaient une petite moue polie et distante, qui disait à quoi bon cette mascarade, cette petite ne fera pas l'affaire, trop molle, trop novice, dans trois ou quatre ans c'est le divorce, et Paul nous offrira alors une vraie alliance, une fiancée qui sert nos intérêts à tous, qui apporte sang neuf et capitaux, mais bon, il la veut, qu'il la prenne ! on l'a prévenu mais il ne nous a pas écoutés. Tous faisaient semblant. Tous remettaient à plus tard, essayant de biaiser le destin ou de le faire patienter.

Enfin, la cérémonie put commencer, la salle était comble, très élégante, on entendait bruisser les robes en soie des femmes, crisser les chaussures vernies des hommes, les mariés faisaient face au maire qui chaussa ses lunettes et entreprit de lire un petit discours. Puis il en vint aux formules protocolaires et, se tournant vers l'assistance, demanda, un sourire onctueux aux lèvres, si quelqu'un s'opposait à l'union qu'il s'apprêtait à célébrer.

C'est alors qu'on entendit un bruit de pas précipité et qu'un homme entra. Hirsute, magnifique, il se tenait au fond de la galerie et mesurait son effet. Il écarta les jambes, croisa les bras sur la poitrine et cria sans que sa voix ne tremble : « Moi, car j'aime cette femme et cette femme m'aime. » Un silence solennel emplit la salle. On aurait entendu trottiner une souris. Sous son voile, toute droite, les mains jointes, Angelina ne bougeait pas. Elle ne se retourna pas, ne cilla pas, elle fixait un point devant elle comme si elle évaluait l'obstacle qu'elle allait devoir franchir et calculait son élan. L'assistance tout entière, d'un seul et même mouvement, comme lors d'un match de tennis, se tourna vers le fond de la salle.

Je reconnus Mann, le regard lumineux et insolent, il affrontait la noce. Calmement, fièrement, sans se hâter, il plantait son regard dans les yeux de ceux qui le dévisageaient et qui, tous, les uns après les autres se détournaient, se grattaient le nez ou toussaient dans leur paume ouverte. Paul s'était levé, regardait sa promise, regardait Mann, et son regard, allant de l'une à l'autre, essayait de comprendre. Il ressembla alors à un enfant, à qui on vient de confisquer son jouet favori et qui, n'étant pas habitué à ce qu'on lui joue ce genre de tour, cherche un arbitre qui lui rende justice. Il voulut prendre la main gantée de blanc d'Angelina, afin qu'ils fassent front commun, unissent leurs forces face à l'ennemi mais elle la retira en se mordant les lèvres comme pour s'excuser. « J'aime cette femme et je la veux pour épouse », tonnait Mann sans se départir de cette mâle assurance qui m'a toujours stupéfait, « Angelina, je suis revenu pour toi. » Angelina ne bougeait pas, et moi qui me penchais pour tenter de déchiffrer son visage, je fus stupéfait par la tension qu'on pouvait lire sur ses traits. On aurait dit qu'elle portait le poids du monde sur son dos, le poids de la réprobation générale, de son hésitation, de son audace. Son cou disparaissait entre ses épaules, ses poings étaient serrés, elle fermait les yeux comme si le fardeau était trop lourd, qu'il lui déchirait les chairs. Les secondes passaient, lentes et lourdes, l'assemblée retenait son souffle, le marié demeurait figé, tous regardaient Angelina, la tête renversée d'Angelina, elle avait enfoui son visage dans ses mains et n'offrait d'elle que sa nuque soumise. « Angelina ! Angelina ! Sauvetoi ! suppliai-je tout bas, oublie ta mère, ton fiancé, cours retrouver Mann. » Mais elle ne bougeait pas, immobile dans ses dentelles blanches, à l'arrêt comme une bête traquée qui cherche un chemin pour s'échapper, pour sortir du cercle des chasseurs. Sa mère alors se leva de son fauteuil, s'avança dans l'allée en martelant le sol de ses talons pointus et, prenant sa fille dans ses bras, lui parla à l'oreille. Angelina secouait la tête, faisait « non, non », madame Rosier continuait, ses mains l'empoignant comme des griffes de vautour, la serrant à l'étouffer, la forçant à se redresser, à se tenir aux côtés de son époux futur, à lui prendre la main. « Non, non », répétait Angelina qui s'était dégagée, elle se tenait enfin debout et, par-dessus l'assistance, faisait face à Mann, puisait toutes ses forces dans le regard de Mann qui lançait des éclairs. « Angelina, oublie ces gens, viens, partons ! » cria-t-il du fond de la salle des mariages. « Viens, mon amour, viens », modula-t-il de sa voix grave et ferme comme une grande personne qui encourage un enfant à faire ses premiers pas, alors, prenant appui sur le regard de Mann, se remplissant de sa force, de son amour, Angelina se redressa, brava l'assistance de son regard d'abord hésitant et flou puis de plus en plus résolu, de plus en plus volontaire, un regard qu'elle prenait le temps de remplir de toute sa volonté, de toute son assurance, un regard qui se chargeait de plomb au fil des secondes. « Non, non », répétait-elle en prenant une grande respiration, en détaillant chaque visage tendu vers elle, non et non, en écartant son voile, en arrachant ses gants, non et non et non, en retroussant sa robe et en s'élançant vers le fond de la salle où se tenait Mann.

Et soudain eut lieu la plus belle envolée de dentelles, de satin, de taffetas, de nœuds, de rubans blancs, une traînée de poudre blanche, une course de comète scintillante qui fila droit dans les bras de Mann pour s'écraser contre lui. Ce fut fulgurant ! Les bouches des invités dessinaient des oh ! et des ah ! comme celles d'enfants devant un feu d'artifice, et ce fut, en fait, un superbe feu d'artifice que de voir cet homme fort et carré, planté sur ses deux jambes, les bras ouverts, recevoir cette fusée blanche entre les bras, l'étreindre, la soulever, la faire tourner, tourner et la serrer contre lui en poussant un cri de bonheur ! Leur étreinte fut si folle, si éclatante que j'eus envie d'applaudir et dus me retenir. J'aurais souhaité à plusieurs personnes de l'assistance d'avoir le même courage, la même audace, d'envoyer eux aussi les conventions par-dessus bord et de voler vers leur salut !

Mais personne ne bougea. L'assemblée, pétrifiée, vivait un cauchemar. Mon Dieu ! semblaient dire les capelines acidulées, les vestes en alpaga, que faire maintenant ? Que dire ? Quel air prendre ? Faut-il présenter des condoléances ou s'éclipser en silence ? Angelina eut alors ce geste charmant : elle envoya son bouquet de mariée à l'assistance en clamant : « Je suis si heureuse, si heureuse, je vous souhaite à tous d'être aussi heureux que moi » et ils disparurent, tous les deux, en courant sur les grandes dalles de pierre de la salle des mariages. Un employé de la mairie raconta, plus tard, qu'un taxi les attendait au bas des marches. Quant à moi, je pris congé sans perdre de temps, j'avais envie de donner libre cours à ma joie profonde. Je n'étais pas vraiment étonné, rien de ce que pouvait faire Mann ne m'étonnait plus. Il faut dire que j'avais eu le temps de m'habituer à ses terribles débordements.

C'était un soir de décembre et nous revenions d'un concert à Baden-Baden, mon père, ma mère et moi, dans une voiture de grande remise louée pour ma mère par sa maison de disques. Ma mère était une pianiste renommée, qui, après avoir interrompu sa carrière à ma naissance, l'avait reprise dès que j'avais été en âge de la suivre dans ses déplacements. Les plus grandes capitales se l'arrachaient et nous vivions au rythme de ses tournées. Quand je n'étais pas en pension, pendant les vacances petites ou grandes, j'étais sur les routes du monde, j'assistais aux répétitions, aux concerts, aux réceptions, aux conférences de presse, aux séances de photo, j'aidais le coiffeur, le maquilleur, l'habilleuse, je rangeais les partitions, classais les lettres d'admirateurs, signais pour elle les photos à dédicacer, disposais les fonds de teint, les fards, les poudres, je vivais, je respirais dans les jupes de ma mère et cette vie de vagabond de luxe m'enchantait. J'étais son assistant, son infirmier, son garde du corps, son spectateur le plus assidu, le plus dévoué, et mon père était son agent. Il rédigeait les contrats, organisait les concerts et les enregistrements de disques. Il s'occupait d'elle avec ferveur et dévotion, essuyant caprices et tempêtes sans jamais se départir de son calme ni perdre la face. Elle savait s'arrêter à temps car elle l'aimait autant qu'il l'aimait mais ne voulait rien en laisser paraître, c'eût été humiliant de passer pour une midinette.

Ce soir-là, je me rappelle, nous avions fêté mon anniversaire au théâtre de Baden-Baden, je venais d'avoir dix-huit ans, nous avions fait la fête tous les trois dans la loge, bu du champagne, mangé un énorme bavarois au chocolat orné de bougies d'or et d'argent, et je somnolais, grisé de bonheur, à l'arrière de la voiture, lorsque j'entendis mon père donner l'ordre au chauffeur de s'arrêter. J'ouvris un œil, étonné, ma mère se réveilla brusquement et mon père expliqua qu'il avait cru apercevoir un enfant sur la route. « Un enfant ! Sur la route ! A cette heure-ci ! Mon pauvre Henri ! » Il n'en démordait pas. Le chauffeur dut s'arrêter. Mon père sortit de la voiture et partit à pied dans le froid, ma mère remonta sa cape de vison sous le menton en grommelant qu'elle était glacée, je me retournai vers la lunette arrière pour suivre la progression de mon père sur la route sombre et déserte et le perdis des yeux. Au bout d'un moment, ne le voyant pas revenir, j'allai à sa rencontre et le trouvai en compagnie d'un gamin de huit ans environ, sale, dépenaillé, pieds nus, que mon père ceinturait tant bien que mal. L'enfant se débattait et refusait de rejoindre la voiture. J'intervins et nous n'eûmes aucun mal à l'immobiliser. Le faire entrer dans la voiture fut une autre affaire ! Il se débattait comme un petit diable, nous invectivait dans une langue que nous ne comprenions pas, mordait, crachait, donnait des coups de pied et nous lançait des regards si noirs que, n'eût-il été petit, nous eussions eu grand-peur de lui. Nous nous regardions, mon père et moi, impuissants, « on ne peut quand même pas le laisser seul, à moitié nu, sur cette route par le froid qu'il fait ! » tempêtait mon père. Je ne disais rien, j'hésitais, je pressentais que ce gamin allait prendre une place importante dans ma vie, que la chaude intimité et le précaire équilibre de notre trio allaient en être bouleversés. Je sentais une menace diffuse pointer au milieu de la nuit, je respirais le danger. « Pourquoi ne pas le relâcher ? » disje à mon père, il n'a pas l'air malade ni maltraité, « c'est ça, relâchez-moi », cria l'enfant. Il parlait donc français ! Mon père lui demanda son nom et l'enfant lâcha comme un aboiement : « Mann, je m'appelle Mann », « est-ce que tu as des parents ? » demanda mon père, « ça ne vous regarde pas ! Fichez-moi la paix », hurla l'enfant, « où sont-ils ? », « ils sont partis et bon débarras ! Lâchez-moi ! » et, profitant d'un moment d'inattention de notre part, il s'échappa et détala en direction de la voiture vers un petit sentier qui s'enfonçait dans la forêt.

C'est alors que ma mère, lassée d'attendre, apparut sur la route. « Apparut » est le terme qu'il convient d'employer. Ma mère était une de ces femmes qui semblent avoir été créées pour rendre dramatique chaque instant de la vie. Le moindre de ses gestes, de ses déplacements, de ses déclarations convoquait le rêve et la tragédie. Tout chez elle était unique et fascinant, sa voix rauque et chaude, ses longs cheveux châtain-roux, ses yeux verts étirés comme des yeux de loup, sa peau fine et blanche, sa taille fluide, sa démarche souple, son port froid et distant n'engendraient qu'un désir : s'offrir à elle surle-champ, la suivre sans rien demander. Ses admirateurs se comptaient par légion, et si elle nous gardait auprès d'elle, mon père et moi, c'était, outre notre degré de parenté et l'affection qu'elle nous portait, que nous étions ses plus dociles et tremblants admirateurs. Ma mère ne connaissait ni l'impertinence ni la contestation. Chez elle, un souhait était un ordre, un soupir une tempête, un sourire une salve de remerciements. « Ce que je donne avec ma musique, ce sont des sanglots d'amour, des larmes de chair venus du plus profond de moi, vous devez le savoir et ne jamais me traiter comme une simple mortelle, j'appartiens aux Dieux d'abord et ensuite, parce qu'il le faut bien, aux hommes, ne l'oubliez jamais ! » Elle était sincère et nous avions fini par la considérer comme une déesse foulant le sol terrestre par grande gentillesse et générosité. Elle n'était pas obligée de vivre parmi nous, elle l'avait choisi et nous devions lui en être éternellement reconnaissants. Surtout moi qui l'avais forcée à être mère. Il lui arrivait, quand je passais trop près d'elle, de réprimer un frisson de dégoût. Oh ! très léger, presque imperceptible. Un tremblement qui traversait l'air autour d'elle, le ridait comme un caillou lancé dans une mare. Un soir que je pleurais car je l'avais vue se détourner alors que je la frôlais, mon père me prit dans ses bras et me dit tout bas : « C'est que ta naissance fut très difficile... » Elle n'aimait pas les enfants, les trouvait bruyants, distraits, ignares. Elle les évitait et remerciait les petites filles qui lui tendaient des bouquets sans les regarder.

Ce soir-là, quand l'enfant passa près d'elle en détalant, elle avança d'un pas et lui demanda en levant un sourcil dédaigneux : « Qui es-tu, petite chose efflanquée ? » Il s'immobilisa et la dévisagea. « Qui es-tu pour me retarder, pour me faire mourir de froid sur une route déserte en pleine nuit ? Sais-tu qui je suis, petite chose minuscule ? » L'enfant secouait la tête, stupéfait par tant de beauté et d'orgueil, par cet aplomb insensé qui, lorsqu'il ne les couvre pas de ridicule, rend les gens follement séduisants. « Je suis la plus grande pianiste du monde, je reviens d'un concert où j'ai été follement applaudie, follement aimée et tu me pourris la vie, petit vermisseau sale en guenilles, tu oses me pourrir la vie en me livrant à la fatigue et au froid quand je ne rêve que de chaleur et de repos, à l'abri chez moi ! » Ma mère ne savait rien faire simplement, tout devait toujours être mis en scène, déclamé, posé. L'enfant se redressa, mit un poing sur la hanche, la jaugea un long moment, un long moment ils demeurèrent ainsi face à face, se toisant, s'observant, leurs bouches laissant échapper des nuages de vapeur, ni l'un ni l'autre ne baissait les yeux, ni l'un ni l'autre ne prononçait un mot, ils restaient là, dans le froid, immobiles, tranquilles, attendant que l'autre plie, se rende, baisse les yeux mais aucun ne bougeait, aucun ne s'inclinait malgré l'heure tardive et le givre, ils se mesuraient, s'appréciaient, se demandaient si l'autre valait la peine de s'arrêter, valait la peine qu'on pose les yeux sur lui avec intérêt. Elle esquissa un pas de côté pour changer d'angle, il esquissa un sourire devant cette manœuvre dilatoire, et tourna sur lui-même sans la quitter du regard. Et commença alors, dans la nuit froide et noire, sous mes yeux et ceux de mon père, une danse lente où le reste du monde était nié, écarté. Elle fit un pas vers lui, se redressa, il fit un pas vers elle, se cambra, elle lui tendit la main tel un pont-levis qui s'abaisse, il la considéra un instant puis la prit délicatement, comme une fleur offerte et, à pas comptés sur la route grise, ils regagnèrent sans bruit la voiture, lui, le gringalet dépenaillé, elle, la virtuose en robe de soirée, sans même se retourner, sans faire mine de nous attendre, mon père et moi, sur la chaussée noire et glacée.

Entre cet enfant sauvage et furieux et cette femme arrogante, folle d'elle et de son art, ce fut l'amour fou, immédiat. Un amour où les paroles, les gestes, les caresses étaient superflus. Un amour fanatique qui le trouvait là où elle était et la surprenait là où il se tenait. Mann n'alla jamais à l'école, un précepteur vint à la maison. Mann n'avait aucun ami, « je lui suffis et mon piano fait le reste », déclarait ma mère étonnée qu'on lui pose la question. Il apprit à lire les notes, à déchiffrer la musique, à placer ses doigts sur le clavier, elle apprit à le suivre dans la forêt, à recopier le chant des oiseaux, à marcher pieds nus dans les roseaux. Quand elle jouait, il se plaçait au pied du piano, la tête entre les genoux, il écoutait. Quand il voulut l'imiter, elle lui apprit avec une patience infinie l'art du solfège et du déchiffrage. Il jouait couché sur le clavier comme s'il cherchait dans les touches le secret de son âme, de ce charme qui la rendait unique au monde. Il soufflait sur les notes, le dos rond, les yeux clos, on aurait dit qu'il entrait dans le piano. Il projetait son front vers l'ivoire blanc, tendait son torse, fermait les yeux, râlait, pleurait, mi-faune mi-enfant. Elle lui acheta un piano à queue, un long piano blanc, qu'elle plaça à côté du sien et, bientôt, ils jouèrent à quatre mains. La femme et l'enfant, l'enfant et la femme. Parfois, on ne savait pas qui guidait l'autre. L'enfant tentait une route, une aventure, la femme l'écoutait, inquiète, intéressée, surprise, elle l'attendait, elle devinait puis s'élançait à sa poursuite et c'étaient des retrouvailles si flamboyantes que nous qui écoutions derrière la porte, nous qui n'avions pas le droit d'entrer quand ils jouaient, nous en avions les larmes aux yeux. Des larmes d'émotion devant la beauté de leur jeu mais aussi des larmes de rage.

Mon père et moi fûmes relégués au second rang, toujours aimés et appréciés certes mais l'adoration de ma mère allait à Mann, à cet enfant tombé du ciel qui la rendait folle d'amour, d'audace, lui donnait du génie tout en l'apaisant, en la rassurant. Pour Mann, elle réduisit ses apparitions sur scène mais à chaque concert, auquel il assistait tapi dans les coulisses, elle fut absolument sublime. Pour Mann, elle adopta une vie sédentaire mais répéta son art jusqu'à ne plus faire qu'un avec lui. Pour Mann, elle cessa ses caprices et apprit à sourire d'un sourire vrai, radieux qui disait : « Que je suis heureuse ! » Mann fut son bon génie, elle devint sa fée absolue. Dès la première minute de leur rencontre, quand elle lui prit la main et le fit monter dans la voiture, il n'y eut plus que lui et elle, elle et lui. C'en était fini de notre trio, désormais nous serions quatre, dont deux qui s'octroyaient toute la place, nous laissant deux strapontins et les mains pour les applaudir. Je ne veux pas, je ne veux pas, répétais-je en regagnant la voiture cette nuit-là, je ne veux pas qu'il reste avec nous, je savais qu'il allait prendre ma place, qu'il allait prendre toute la place, ce gamin jailli de la nuit pour bouleverser ma vie. Longtemps je le détestai. Quand mes parents décidèrent de l'adopter, je demandai à aller étudier à l'étranger, je choisis d'être médecin pour m'occuper des autres et oublier que je n'étais pas digne d'être aimé puisqu'elle m'avait abandonné.

C'est lui qui vint me chercher. Je venais de m'installer dans mon premier cabinet. Il sonna à ma porte et me dit : « Il faut que tu reviennes, elle a besoin de toi, tu es son fils, la chair de sa chair, elle ne dit rien mais elle boite sans toi. » La manière dont il prononça ces simples mots, la manière dont il me tendit la main, effaça jusqu'au plus petit mouvement de jalousie, de rancœur, d'aigreur en moi. Je fondis en larmes et tombai dans ses bras, j'avais trouvé un frère. « Il faut que tu me pardonnes, me dit-il alors que nous marchions vers elle, il faut que tu me pardonnes d'avoir pris tant de place mais, vois-tu, c'était la première fois que j'aimais, la première fois que j'étais aimé et je n'ai rien pu retenir, je lui ai tout donné et elle m'a tant donné, je crois que nous nous sommes offerts l'un à l'autre mais nous avons oublié dans notre éblouissement que ton père et toi vous pouviez en prendre ombrage. J'étais encore un enfant, je n'ai pas compris que j'allais te blesser. » Je lui pardonnai. J'ajoutai que, grâce à lui, j'avais appris à vivre sans elle, j'avais conquis mon indépendance et je lui en étais reconnaissant, sans toi, lui dis-je, j'aurais toujours été le petit garçon accroché aux jupes de sa mère, tu m'en as éjecté peut-être violemment mais je ne pense pas que cela pouvait se passer autrement.

Mon père lui avait depuis longtemps pardonné, ayant été moins spolié que moi, étant plus sage aussi.

Il savait ce que Mann représentait pour ma mère, il savait qu'il était sa partie cachée, son autre moi, sauvage, ardent, intrépide qu'elle avait dû museler par amour du piano, par amour de la musique, de la discipline. Mann présent à ses côtés, son autre moi gambadait près d'elle. Elle n'avait plus envie de s'échapper. Elle tendait la main et le sentait palpiter, grogner, enrager, exulter. « Mann, Mann, Mann », hurlait-elle parfois dans de grands accès de rire qui fracassaient les vitres, s'élevaient dans le ciel comme une offrande aux Dieux qui le lui avaient envoyé, déposé dans le creux d'une nuit de concert. Elle était apaisée et pleine, tranquille et sereine. Mon père savait cela. Il ne fut jamais malheureux. Au contraire, il fut reconnaissant à Mann. Grâce à lui, il pouvait garder cette femme tant aimée près de lui. Mann absent, elle aurait pu être tentée, l'âge venant et le temps glissant entre ses doigts, de suivre un autre homme, un gitan maléfique, pour se noyer dans son charme noir. Elle aurait souffert alors et mon père l'aurait perdue. Grâce à Mann, il la garda toute sa vie. Ils moururent ensemble dans un accident d'avion alors qu'elle partait en tournée au Pérou et qu'il l'accompagnait. Mann devait les rejoindre après ses examens.

Le chagrin de Mann fut proportionnel à son amour pour ma mère. Je crus que j'allais le perdre et nos rapports s'inversèrent : il avait besoin de moi. Il ne pleura pas mais refusa de s'alimenter. Il ferma le grand piano, tira les rideaux, se cloîtra dans l'appartement, silencieux et farouche. Je le menaçai de me laisser mourir de faim à ses côtés. Il ne me crut pas. Je dus mettre ma menace à exécution. Au bout d'une semaine, il se rendit. « Fais de moi ce que tu voudras mais je te préviens, la vie ne m'intéresse pas, ce n'est pas la peine de te donner du mal. »

Nous partîmes en Islande dans ce pays plat comme la lune, désert comme un cimetière, hanté comme une lande habitée par des elfes et des trolls.

Nous avions loué une Jeep, seul véhicule qui nous permettait d'emprunter les pistes de caillasse, de franchir des rivières, de dévaler des cratères. Nous dormions à la belle étoile, nagions nus dans des lacs d'eau chaude jaillie du sol, explorions des cratères de volcan encore brûlants de lave. Le jour étant quasi perpétuel, nous ne dormions pas beaucoup. Dans ce pays où la vie bat à cœur ouvert dans les geysers, les sources chaudes, les précipices, les lacs verts, il reprenait goût à la vie. On aurait dit un chien fou. Il respirait le lichen vert amande qui recouvre les roches volcaniques, buvait l'eau des cascades, tentait d'apprendre à voler en imitant les goélands. Il se jetait tout nu dans l'eau glacée de la mer et, un jour, batifola tant et si bien sur le sable noir de la plage que les mouettes vinrent lui picorer le crâne. Elles n'étaient pas habituées à l'irruption d'étrangers et lui signifiaient brutalement de leur laisser la place. « Ça y est ! je suis baptisé ! Je suis adopté ! Elles m'ont adoubé ! » hurlait-il en courant nu sur la grève. Il n'avait peur de rien, dansait sur le bord de volcans encore fumants, et je tremblais pour lui. Il se glissait derrière les chutes d'eau, disparaissait pendant toute une journée. Je l'attendais, follement inquiet, prêt à lancer des recherches pour le retrouver quand il surgissait, dégoulinant, et m'entraînait dans des galeries secrètes cachées par le rideau d'eau. « Que c'est beau ! Que c'est beau ! » répétait-il, ivre de joie. « Tu te répètes ! me moquais-je gentiment, tu manques de vocabulaire. » « Que c'est beau ! » reprenait-il comme un petit sauvage qui apprend ses premières prières et ne se lasse pas de les réciter. Car, plus le temps passait, plus il retournait à l'état primitif que l'on ressent si fort dans cette île unique au monde. « Si je me mets en boule, je rentre dans le ventre de la terre, disait-il le soir en s'endormant. Adieu ! Adieu, cher docteur ! Tu ne me reverras plus ! » Il le croyait et était fort déçu le matin au réveil de se retrouver dans le sac de couchage près du mien.

« Regarde mes talons, me disait-il aussi, je sens une force terrible qui remonte dans mes jambes, me projette jusqu'au ciel, me redresse et me fait géant. J'ai l'impression de revenir au jour de la naissance du monde, merci, mon vieux, merci de m'avoir emmené ici. » Il faisait des bonds, dansait, sautait, il divaguait, heureux, il parlait au ciel. « Tu sais que je pourrais devenir alchimiste, transformer la boue en énergie, la lave en pierre rose, l'eau en fée électrique... Ou peut-être moine d'un culte secret qui célébrerait la mer et les canards palmés, les roseaux cathédrales et les pierres ponces. Je me sens magique, je sens que je deviens fou, merci, merci. » Il délirait, se lavait de son chagrin, son cœur s'ouvrait, battait à se rompre. Il inventait des histoires où la terre et le ciel se mélangeaient, enfantaient des héros forts et fragiles, doux et méchants. Il leur donnait des noms, les sculptait dans la glaise, les faisait déclamer, s'aimer, se transpercer. Je l'écoutais, je découvrais que c'était bon d'avoir un frère.

C'est à Geysir que se produisit un événement qui allait changer sa vie. J'étais bien loin de me douter, en empruntant la mauvaise piste qui nous menait dans la vallée de l'Haukadalur, que le destin de Mann allait prendre un tournant définitif, qu'une fois de plus je me retrouverais seul. J'avais décidé de célébrer son vingt et unième anniversaire et ce, malgré lui, car il ne voulait pas en entendre parler. J'avais acheté, en cachette, un gâteau de pâtes de fruits givré de blanc sous cellophane, une bouteille de champagne et des bougies, j'attendais le bivouac pour faire la fête. « Laisse-toi aller ! On n'a pas tous les jours vingt et un ans ! » raisonnais-je, les yeux sur la carte. « Je déteste les fêtes obligatoires, tu le sais très bien ! » rétorqua Mann qui conduisait. « Quand j'étais petit, mes anniversaires étaient toujours l'occasion de très belles fêtes ! » « Quand j'étais petit, on ne m'a jamais souhaité mes anniversaires et c'est très bien comme ça ! » « C'est faux, maman a toujours donné des fêtes pour toi ! » « Faux ! Elle a essayé mais je l'en ai toujours empêchée ! Elle m'écoutait, elle ! » « Mann, tu mens ! » « Ecoute, je sais très bien ce que je dis et je ne veux pas qu'on me souhaite mon anniversaire ! J'ai le droit, non ? »

Devant son regard noir et son profil buté, je n'insistai pas. Je compris qu'il ne voulait pas de cette fête parce que ma mère n'était plus là et je me tus. Je piquai du nez dans mes guides et cartes routières, et essayai de donner le change. Nous venions de quitter le site de Pingvellir et remontions la vallée de l'Haukadalur. C'est dans le site de Pingvellir que se tint la première assemblée démocratique de l'histoire du monde en l'an 930 et j'entrepris de divertir Mann avec un peu d'histoire. Le Parlement islandais, qui représentait plusieurs grandes familles, y siégeait une fois par an, lui lisais-je ; au printemps, il y décidait des lois et adoptait les réformes pour le pays mais laissait de côté les questions militaires ou financières de peur de déplaire à ces familles qui craignaient de perdre leur indépendance. Seuls des hommes libres participaient au Parlement et ils venaient en général des familles les plus influentes d'Islande. « Ça n'a pas changé », maugréa-t-il. Chacun venait défendre sa cause entouré de partisans et d'avocats, c'était celui qui venait en plus grand nombre qui était le plus à même de l'emporter. « Et tu appelles ça la démocratie ! » La justice y était rendue et ses décisions immédiatement appliquées : on décapitait les hommes et on noyait les femmes. « Que préfères-tu, la hache ou l'eau ? » demandai-je, narquois, dans l'espoir de le dérider. Je n'eus pas le temps d'entendre sa réponse, la voiture fit une brusque embardée et j'allai me heurter violemment le front contre le pare-brise. Je poussai un cri, insultai Mann qui, livide, désignait un point au loin dans la plaine. Je plissai les yeux, un filet de sang me brouillait la vue. Mes doigts caressèrent mon front contusionné et je me plaignis. « Fais attention, bon

Dieu ! Je ne suis pas en caoutchouc ! » Il ne répondait pas, me montrait un point au loin. « Merde ! Mann ! Parle au lieu de jouer les muets sublimes ! » « Là, là, la forme blanche ! C'est elle ! Elle m'a fait signe ! » Et il gardait la main tendue, les yeux rivés sur l'horizon.

J'ai cru qu'il était devenu fou. Je lui ai demandé de se garer, suis descendu pour examiner ma blessure dans le rétroviseur, j'étais là à palper mon front, à essuyer le sang qui coulait de la plaie, quand un hurlement m'a fait relever la tête : « Là ! Là ! Regarde ! Je ne rêve pas ! » Et il me désignait au loin une forme blanche qui s'élevait, redescendait, s'élevait encore pour décroître à nouveau, une forme qui s'agitait au gré du vent, se déplaçait pour mieux retomber puis reprendre, dansait sous nos yeux incrédules. Mann avait raison, on aurait dit un fantôme, une apparition surnaturelle qui ondulait au loin comme si elle nous faisait des signes. « C'est un geyser, Mann. Nous sommes dans la région des geysers... » « C'est elle, me dit-il, elle est venue pour mon anniversaire ! » « Je croyais que tu ne voulais pas en entendre parler et tu la convoques à la première bouffée d'eau chaude ? » Il me foudroya du regard et je n'eus que le temps de remonter en voiture pour filer voir ce phénomène extraordinaire. J'expliquai à Mann, en puisant ma science dans mes souvenirs d'école, le fonctionnement d'un geyser dont le mécanisme d'éjection de la vapeur ressemble à celui de la lave d'un volcan. Il ne m'entendait pas. Il appuyait de toutes ses forces sur l'accélérateur pour arriver le plus vite possible auprès de « son » fantôme. « L'eau située au bas de la cheminée du geyser se réchauffe, lui expliquai-je en me tenant à la portière de peur de finir, une fois de plus, le nez dans le pare-brise. A cause de la forte pression qui règne à cette profondeur, cette eau n'entre pas en ébullition et, comme elle est plus chaude que celle qui la surmonte, elle est également moins dense, ce qui provoque sa montée dans la cheminée... tu me suis, Mann ? » Mais il ne m'écoutait pas, il gardait les yeux rivés sur l'apparition de ce qu'il appelait déjà « la dame blanche ».

Et soudain, elle fut devant nous. Magnifique et magique. J'eus moi-même les larmes aux yeux devant la beauté du spectacle. Mon âme tout entière fut saisie par la force qui émanait du geyser. Une colonne de vapeur blanche, haute de quarante mètres environ, épaisse comme le brouillard d'une nuit d'hiver dansant sur la mer, s'élevait dans les airs avec la grâce de Salomé ensorcelant Jean-Baptiste. L'air vibrait autour de nous, une odeur de soufre se répandait, douceâtre, la lande résonnait de bruits inconnus, comme des milliers de petits elfes accourus et, soudain, notre solitude même était peuplée d'esprits invisibles.

Et je n'étais pas au bout de mes étonnements ! Mann qui avait commencé par regarder à distance, les yeux cloués de stupeur, la bouche tremblante, Mann se dirigea vers la forme blanche, mit un poing sur la hanche et s'avança, le menton redressé, la lippe fière, les yeux brûlants dans le nuage de vapeur qui s'élevait et redescendait. Plus je m'écartais, effrayé par la soudaineté de l'expulsion d'eau chaude, plus il se rapprochait au risque de finir ébouillanté. « Mann ! Mann ! » criais-je, terrifié, il ne m'écoutait pas, il dansait face aux gouttelettes brûlantes. « Mann ! » hurlais-je à travers le brouillard qui l'escamotait. Mais Mann avançait, cambré et fier, subjugué par cette forme évanescente et dansante qui l'enveloppait tout entier. Il jouait avec la vapeur, l'effleurait, la repoussait, la caressait. Je l'entendais pousser de petits cris, faire des bonds comme un cabri, hurler, jeter les bras en l'air et reprendre sa danse primitive. Par moments, l'intensité de la vapeur diminuait et j'entrevoyais sur son visage un étrange sourire, telle une extase qui lui retroussait les lèvres. Puis le geyser repartait en intensité et il disparaissait à nouveau. Je m'écartai enfin et, protégé derrière la voiture, j'attendis la fin de l'éruption.

Quand le calme fut revenu, j'aperçus Mann, penché sur le cratère, cherchant une personne enfuie. « Mann, arrête de faire l'idiot ! Reviens ! C'est dangereux ! » Il ne m'écoutait pas et scrutait le dépôt siliceux grisâtre qui remplissait le trou du geyser. Je m'approchai, vis le cratère d'eau opalescente bouillonner, pris Mann par le bras et le ramenai à la voiture. « C'est elle, répétait-il, enivré, c'est elle, elle m'a fait un signe pour mon anniversaire ! Elle est là-haut, elle nous regarde ! » « Arrête de divaguer, c'est un geyser qui s'élève toutes les cinq minutes ! » « Elle s'est faufilée à l'intérieur ! Tu ne m'enlèveras pas cette idée de la tête, j'ai ressenti une telle émotion, je l'ai vue ! Oh ! si tu savais comme elle me manque, si tu savais comme la vie sans elle n'a plus ni goût ni couleur, si tu savais ! Même les cascades ne me remplissent pas... »

Il se mit à sangloter, droit debout, les yeux fixés sur le geyser et le geyser reprit sa danse comme pour lui répondre, lui dire : je suis là, c'est moi, Mann, je ne t'abandonne pas, et Mann repartit dans la chaleur brûlante du nuage. Il passa toute la soirée, toute la nuit à côté du geyser. Je dus installer notre bivouac non loin de la source. Il n'y avait, à cette époque, ni touristes ni hôtels et c'est ainsi que nous passâmes le vingt et unième anniversaire de Mann en compagnie de la dame blanche. Je contemplais ce grand gaillard fasciné par les éruptions, suivais les larmes sur son visage tendu, offert au nuage de vapeur et je me disais que je n'avais jamais connu un amour aussi fort que celui qu'il avait éprouvé pour ma mère. Peut-être m'étais-je interdit de ressentir tant d'amour pour cette femme qui me regardait si peu ?

Le lendemain matin, Mann me prévint : il ne repartirait pas. Il resterait là, le temps de se guérir, le temps de redevenir gai et de rire. « Laisse-moi, j'ai besoin d'être seul, tout seul. J'ai l'impression qu'elle est là, qu'elle me parle, je vais rester avec elle le temps qu'il faudra. » Il me dit ces mots d'un air si sombre, si résolu que, bien qu'ayant dix années de plus que lui, j'eus l'impression de me trouver face à une vieille âme et m'inclinai. Personne ne pouvait résister à Mann. J'avais souvent vu ma mère baisser le front et reculer devant ses froides colères. « Je ne suis pas capricieux, avait-il coutume de dire lorsqu'elle se plaignait de son intransigeance, je sais exactement ce que je veux, je sais que c'est bon pour moi, c'est très différent d'un caprice. »

On se sépara donc, à Geysir. Je finis mon voyage seul, mais sans Mann je n'y trouvai plus grand intérêt. Mann avait le don, par l'intensité qui se dégageait de lui et la curiosité qu'il exerçait envers toute chose, de rendre n'importe quel caillou, n'importe quelle herbe, n'importe quelle grotte, n'importe quelle mouette unique et d'en faire une histoire, une légende, un signe cabalistique. Voyager avec Mann, c'était déambuler à travers une lanterne enchantée. Il transformait le réel en images si animées, si chaudes qu'on s'y réchauffait et qu'on finissait par s'embraser comme lui.

Tout me parut glacé, figé, quand il m'eut abandonné. Je rentrai à Paris, repris ma place dans mon cabinet et, entre deux patients, je pensais à lui, vivant comme un sauvage près de son geyser. Au moins, lui, il vit, me disais-je en contemplant ma propre vie.

J'eus des nouvelles de Mann. Le plus souvent par des femmes qui l'avaient connu là-bas et qui ne parvenaient pas à l'oublier. Elles venaient poursuivre chez moi un dialogue imaginaire avec lui mais je ne devais pas être de taille à le remplacer parce que, si deux ou trois nous confondirent un moment et me prêtèrent son charme et son énergie, elles repartirent vite, s'apercevant de leur méprise. Leur départ me rendit encore plus triste, plus négatif, plus très sûr d'exister. C'est peut-être à cause de cela que je ne me suis jamais marié. Je n'en voulus jamais à Mann, curieusement. Le temps passait. Les années se succédaient. J'étais toujours le même, hésitant et flou. Je m'accusais de faiblesse. Je devins le spectateur de la vie des autres, faute de pouvoir vivre la mienne. D'autant que la légende que m'apportaient ces femmes le rendait encore plus grand, plus étonnant, me réduisant à la taille de nain. Toutes, elles me racontaient comment il les avait séduites, avec son charme infini, sa grande douceur, sa volonté si mâle qu'elles ne pensaient même pas à lui résister, à lui refuser le meilleur d'elles-mêmes. Elles me racontaient que tous ses mouvements, tous ses gestes, toutes ses paroles trahissaient une grande bonté, une assurance, une attention si généreuse que chaque femme avait l'impression d'être unique. « Et vous savez, me disaient-elles, c'est si rare aujourd'hui de rencontrer un homme qui vous écoute, qui vous regarde, sous le regard duquel on grandit... » Elles laissaient échapper un terrible soupir après avoir prononcé cette phrase. Car Mann avait un travers qui le rendait, hélas ! encore plus séduisant : aucune femme, même la plus belle, la plus merveilleuse, n'était parvenue à se l'attacher longtemps. Il envoûtait, il donnait le meilleur de lui-même, il comblait de ses attentions celle qu'il aimait mais il ne restait jamais. Un jour, sans jamais rien expliquer, il prenait congé et disparaissait. Alors elles venaient vers moi pour avoir un indice, une piste et le retrouver. Elles ajoutaient, toutes, que son regard, si généreux, si tendre se voilait parfois brusquement et que, quelques jours après, il partait. Quel était ce mystère ? demandaient-elles. De quoi souffrait cet homme ? Comment le guérir ? Hélas ! je ne pouvais leur être d'aucun secours.

Un jour, cependant, je reçus une longue lettre de Mann. Il me conviait à le rejoindre en Islande, il avait quitté Geysir et s'était établi sur la côte ouest, non loin de Reykjavik. Il avait monté une affaire de duvets d'oiseau qu'il exportait pour la fabrication d'oreillers, de couettes, de doudounes, de sacs de couchage. Il avait acheté un archipel de petites îles, toutes classées réserves naturelles pour les espèces en perdition. Il proposait de venir me chercher à l'aéroport de Keflavik. Il avait une merveille à me montrer. Il ne me disait pas si c'était une femme, une mouette, un nouveau geyser, une cascade, un volcan en activité, une île déserte, un lichen rare. Il me disait qu'il était heureux, merveilleusement heureux.

Il vint me chercher à l'aéroport. Je le reconnus de loin tant il se tenait droit. On ne pouvait pas le manquer dans une foule, on aurait dit un grand mât. Il avait mûri, son visage était celui d'un homme, maintenant. Il me considéra avec un large sourire. « Mine pâle de citadin ! Tu vas te refaire une santé en quelques jours ici ! » Puis il me donna une grande claque dans le dos et nous partîmes chercher sa voiture. Je n'osai pas lui demander quelle était sa surprise mais je ne pensais qu'à cela. Il devait avoir deviné mon impatience car il me regardait malicieusement, comme quelqu'un qui va jouer un bon tour à l'autre et se demande quelle va être sa réaction. Je lui parlai des différentes femmes que j'avais eu le plaisir de recevoir de sa part. Il eut un mot gentil pour chacune d'elles sans que je puisse déceler le moindre regret dans sa voix. Il me demanda des nouvelles de la ville, de ma clientèle, voulut savoir si j'étais content de ma vie, si j'avais déménagé, si j'étais enfin amoureux. Je lui répondis point par point, ajoutai que l'appartement de mes parents avait été vendu, leurs biens distribués à des œuvres de charité hormis quelques tableaux de maître, certains meubles de prix et des objets particuliers dont je tenais la liste à sa disposition s'il voulait en conserver quelques-uns en souvenir. « Ces choses t'appartiennent, me dit-il, c'était toi le fils, pas moi. Vous m'avez assez donné en me recueillant. Et puis, j'ai

mon piano, le long piano blanc... C'est suffisant. »
Son regard changea, fixant un point au loin, son attitude se modifia, il devint absent, presque froid. Il ne prononça plus un mot de tout le trajet.

Je sus que nous étions arrivés quand il gara la voiture, descendit ouvrir une grande barrière blanche et me montra un paysage à perte de vue, qui s'amorçait en prairies vertes et tendres pour s'arrondir en collines douces et rondes posées sur des lacs. Au milieu des prairies coulaient des ruisseaux, qui se faufilaient parmi un chapelet de petites îles recouvertes par une végétation constituée principalement de mousses, de prêles, de bouleaux tortueux, d'angélique, de raisin d'ours et d'alchémille des Alpes. De beaux spécimens de sorbiers des oiseleurs venaient rompre cet enchevêtrement de plantes rampantes. Tout cela contrastait avec les champs de lave noire et grise que nous avions traversés en venant de l'aéroport. Porter les yeux sur cette mosaïque de prairies et de collines, de petites îles et de sources, ravissait et rafraîchissait la vue. Mais ce fut surtout la végétation qui me surprit. Je fus étonné de voir à quel point je me souvenais des noms de ces espèces végétales que je n'avais pas foulées depuis des années. Quand j'étais enfant, j'avais constitué un herbier auquel je tenais comme à la prunelle de mes yeux. C'était un grand cahier à la couverture vert sapin, au papier épais, grenu, sur lequel j'avais fièrement écrit mon nom, Frédéric Boulez. Je le conservais caché dans un tiroir de ma chambre et, même devenu grand, je le consultais parfois. J'étais très fier de mon ouvrage qui représentait des années et des années de travail, de cueillette, d'étiquetage. Très ému aussi : les bouffées de parfum de plantes desséchées qui s'exhalaient de chaque page m'emportaient vers un passé que je chérissais, le temps d'avant Mann, le temps où nous étions trois, où ma mère n'avait qu'un enfant et j'étais celui-là.

Un jour, alors que nous nous étions disputés, que

j'avais traité Mann de romanichel, de voleur de poules, il avait jeté mon cahier au feu. Je faillis le tuer ce jour-là. Ce fut son regard qui m'en empêcha, un regard où je lus à la fois la fureur et la douleur la plus vive. J'avais beau être son aîné de dix ans, Mann me faisait peur et, quand j'étais avec lui, je retombais le plus souvent en enfance. Il provoquait chez moi les mêmes rages, les mêmes emportements, les mêmes douleurs que j'avais connus, enfant. Cet épisode m'attira les foudres de ma mère qui me déclara qu'à semer l'insulte, j'avais récolté la tempête, que c'était une bonne leçon pour moi, que, la prochaine fois, je réfléchirais avant d'injurier de la manière la plus ignominieuse un plus petit que moi. Elle félicita Mann, qui devait avoir neuf ans, de s'être si bien défendu. Elle ajouta qu'il devait être fier d'être romanichel parce que c'était un peuple magnifique, et qu'ainsi il ne ressemblait à personne, « en tous les cas, à aucun de ces petits blancs-becs qu'il fréquente », avait-elle précisé en se tournant vers moi. J'étais furieux, jaloux, blessé. Je regardais le cahier se consumer dans l'âtre, les lettres de mon nom noircissaient, se tordaient, disparaissaient sous la morsure du feu. Il ne me restait plus rien, Mann avait tout pris.

Quand Mann ouvrit la barrière en bois blanc, le souvenir du grand cahier vert sapin me frappa au front, je chancelai et je crus qu'il m'offrait un herbier géant. Je le remerciai chaleureusement. « Ainsi, c'était cela, ta surprise ? Tu répares ton forfait d'autrefois ! » Il éclata de rire et cette brusque délivrance trancha avec son silence précédent. « Non, mon vieux ! Je suis content que tu sois ému par tant de beauté mais ma surprise est bien plus belle encore ! Prépare-toi, on s'en approche ! Ouvre grand les yeux ! Tu vas être foudroyé ! » Nous reprîmes la route, secoués par les cahots. « Cela dit, ajouta-t-il avec un sourire affectueux, j'ai pensé à toi quand je me suis installé ici, j'ai pensé à ton malheureux herbier qui avait fini au feu ! Ce méfait ne s'est jamais effacé de ma mémoire... » « J'y avais passé tant de temps, j'y avais mis tant d'amour ! J'aurais pu te tuer ce jour-là ! » « Je sais, j'ai senti la mort passer tout près ! » Il me sourit. Je défie quiconque de résister au sourire de Mann. Lorsque Mann sourit, ses yeux s'étirent et brillent, ses dents se découvrent, tout son visage se détend, se reconstruit, s'éclaire d'une beauté sauvage. « Je n'ai jamais oublié ta mine féroce quand j'ai balancé l'herbier au feu et, tu me croiras ou pas, je l'ai aussitôt regretté mais j'étais trop orgueilleux pour te demander pardon ! J'aurais préféré crever ! Ce jour-là, en plus, tu sortais de chez le dentiste, tu avais affreusement mal aux dents et tu étais d'une humeur de chien... » « Quelle mémoire ! » sifflai-je en me moquant. « Cette histoire m'a marqué et j'y repense souvent ! C'est comme un remords qui traîne dans ma tête. Il m'arrive parfois d'en rêver. Un vrai cauchemar ! » « Tu n'exagères pas un peu ? » « Pas du tout, mon vieux ! » Il me toisait du haut de son sourire insolent et me donna une forte bourrade dans les côtes. Je ne pus m'empêcher de noter une note de triomphe sur son visage quand je me pliai en deux sous l'effet de la douleur. Au fond, nous avions toujours été rivaux tous les deux, rivaux dans le cœur de ma mère, rivaux dans l'appartement douillet de mes parents, rivaux les soirs de Noël ou d'anniversaire devant les paquets de cadeaux. Mann avait un tel retard d'amour qu'il ne pouvait s'empêcher de tout rafler, de montrer les dents si on s'approchait de trop près, et moi, qui savais que je ne pouvais résister à sa violence, à son audace, je battais en retraite et lui en voulais souvent. Il me semblait que cette ancienne rivalité, si elle s'était apaisée, revenait à intervalles réguliers nous rappeler qui nous étions, d'où nous venions et quelle était notre histoire.

Nous avons roulé pendant une heure environ. Des moutons détalaient devant nos roues par grappes cotonneuses, des chevaux paissaient dans les prairies, des mouettes volaient en frôlant leur crinière. Le soleil venait tapisser les collines de lumière et on n'entendait que le chant des oiseaux avec, au loin, le bruit des vaguelettes sur les lacs. « C'est beau comme une image, remarquai-je en souriant. On se croirait dans un livre... » Mann coupa le moteur pour que j'écoute les roulades d'un oiseau dont il m'enseigna le nom et les belles manières. Il connaissait le nom de tous les oiseaux. « A cause du duvet que tu récoltes ? » « L'oiseau sur le dos duquel je vis s'appelle "l'eider" », dit-il en riant. Il m'apprit comment il récoltait le duvet que la femelle arrache de sa poitrine pour en tapisser le fond du nid. « On attend que la famille ait déserté le nid, on prélève environ dix-huit à dix-neuf grammes par nid. Si tu multiplies ce chiffre par des centaines de milliers de nids, tu comprends que c'est aussi important que la cueillette du raisin dans le Bordelais ! Et, comme pour le raisin, on exporte le duvet dans le monde entier ! C'est grâce à moi que tu dors sous des couettes douillettes ! » Il s'arrêta et me fit signe de ne pas faire de bruit. « Ecoute, chuchota-t-il, c'est un oiseau... je l'ai baptisé Rengaine, il vit dans ce massif, il répète tous les sons que tu émets sans les déformer. Vas-y, fredonne n'importe quelle chansonnette, il va la reproduire... » Je le regardai, sceptique, puis sifflai les premières notes du *Pont de la rivière Kwaï* que l'oiseau reprit aussitôt sans hésiter ! J'enchaînai avec une chanson des Beatles, *La Petite Musique de nuit*, *Sous les ponts de Paris*, l'oiseau imita toutes mes ritournelles ! Mann écoutait, ravi, comme s'il s'était agi d'un enfant prodige. « Et là, un peu plus loin, tu as un nid de troglodytes musiciens... Eux, on dirait qu'ils ont une flûte dans le bec et qu'ils font des gammes... » Je le coupai et demandai : « Tu es heureux ici, Mann ? » « Si tu savais ! Plus qu'heureux. Je suis réconcilié... Parfois, je suis si heureux que je m'assombris. Je sais que ça ne peut pas durer, qu'un malheur va arriver... Cela a toujours été comme ça dans ma vie, un grand bonheur suivi d'un grand malheur, suivi d'un grand bonheur, suivi d'un grand malheur... *Up and down, up and down.* » Je me dis : tiens, il parle anglais maintenant ! puis j'oubliai. Il remit le moteur en marche et poussa un grand soupir. « C'est ma vie ! Tant que je suis heureux, j'en profite, je fais des provisions pour plus tard. » « C'est mieux qu'un cours de vie tout plat... » Je pensais à moi en disant cela, j'enviais Mann. Qu'avais-je connu de la vie ? Ma vie n'avait-elle pas toujours été celle d'un autre ou d'une autre ? Quand donc aurais-je une vie à moi ?

C'est alors que je la vis. Assise sur un muret de pierres, au bord de la route, elle nous attendait en mâchonnant de longs brins d'herbe. Elle se tenait légèrement voûtée, la tête dans les épaules, ses longues jambes battaient l'air, ses cheveux châtains, raides, cachaient son visage mais, quand elle nous aperçut, elle les repoussa et j'eus un tel choc que je demeurai muet, la gorge serrée. Je cherchai le regard de Mann. Il avait ralenti, était venu se mettre à la hauteur de la jeune fille et avait descendu sa vitre. Elle bondit sur ses pieds et courut vers la voiture. Ils s'embrassèrent, les mains de la jeune fille accrochées à la portière, celles de Mann les pétrissant avec une telle force que je fus bouleversé. Je n'osai relever les yeux sur elle. Un jour, j'avais lu dans un roman de Balzac cette phrase qui m'avait laissé songeur : « La beauté, c'est le plus grand des pouvoirs humains. » Je m'étais demandé ce qu'il fallait en penser, ce que j'en pensais. Cette apparition, sur le muret en pierres, tout en longues jambes, bras délicats, mine de chat, yeux verts étirés et cheveux dénoués, me faisait penser à la phrase de Balzac. Je n'avais jamais vu de femme aussi belle, d'une beauté aussi rayonnante, lumineuse, intense. La regarder me faisait mal aux yeux. La regarder me troublait. Mann le sait, ce n'est pas possible, me dis-je en les écoutant parler. Il le sait, c'est la surprise qu'il a voulu me réserver. Il est fou ! Complètement fou ! Il ne s'en sortira pas, il ne s'en sortira jamais ! Qu'elle était belle ! Il me regarda et me fit signe, en relevant le menton, de parler, de faire un commentaire. Je restai muet, interdit. Je ne pouvais rien dire.

La jeune fille était montée dans la voiture, s'était assise tout contre moi. Elle me tendit la main et se présenta : « Moi, c'est Margret ! Vous, c'est "ce cher docteur" ! C'est comme ça que Mann vous appelle ! » Elle parlait français avec un fort accent guttural. Elle me regarda attentivement et conclut : « Je ne vous voyais pas comme ça, cher docteur ! Je vous imaginais plus vieux, barbu, un peu jaune, ridé, plissé, barbouillé ! » « Je lui ai dressé un beau tableau de toi ! Tu devrais être content ! » dit Mann. Elle a cette même beauté, me disais-je en respirant ses longs cheveux où le soleil venait faire éclater des reflets cuivrés, cette même allure, ce même port de tête, cette même manière de me regarder de haut comme si j'étais son sujet. En plus jeune, c'est tout, c'est bien la seule différence... Je glissai mes mains autour de sa taille pour la protéger des cahots de la voiture, enfouis mon visage dans ses cheveux le temps d'une respiration, le temps de me reprendre.

Ils habitaient une grande ferme blanche aux toits rouges qui s'étalait sur un seul niveau et s'articulait sur plusieurs bâtiments autour d'une baie marine piquée de roseaux, de joncs, de gentianelles des îles. Posés comme des soucoupes sur les prairies vert tendre de chaque côté de la maison, des cratères de volcan éteints formaient des taches noires. Au loin, en tournant le dos à la mer, on apercevait les sommets enneigés des montagnes. On se serait cru au bout du monde.

En traversant la maison pour gagner ma chambre, je cherchai des yeux la présence d'un piano mais n'en vis pas. Je me promis de demander à Mann s'il avait recommencé à jouer. Ce sera un excellent moyen de savoir s'il est vraiment guéri, me dis-je.

Margret m'avait conduit à ma chambre, elle me montrait où ranger mes affaires en ouvrant et en refermant les portes des placards. Elle bondissait d'une penderie à l'autre puis se laissa tomber de tout son poids sur le lit. Elle semblait enfantine et grave à la fois. Enfantine dans sa manière de bouger, de parler, de faire tourner ses longs cheveux entre ses doigts et grave, quand elle ne se savait pas observée et posait sur moi un regard inquisiteur. Je surpris, en me retournant sans qu'elle s'y attende, un de ses regards qui disait clairement « qui c'est celui-là ? Que vient-il faire ici ? Pourquoi Mann l'a-t-il invité ? Est-ce que je ne lui suffis pas ? S'ennuie-t-il déjà ? » Je sentais toutes ces questions assombrir son joli regard qui, dès que je l'attrapai, redevint innocent, tendre et pur comme celui d'un enfant. Mais tu n'es pas une enfant, Margret, me surpris-je à penser, tu n'es pas une enfant du tout. Tu pourrais même être dangereuse si d'aventure on venait à te provoquer. Je devinais une violence latente en elle, une détermination féroce, une cruauté même qui me fit frissonner alors que mon regard se perdait dans ses grands yeux étonnés, ses cheveux fous et son sourire candide. Pas si candide, pas si candide...

La salle à manger ouvrait sur la baie et nous dînâmes en écoutant le chant des oiseaux, en regardant les moutons et les chevaux qui faisaient des taches sur la prairie, en contemplant le soleil jaune et pâle de l'été baisser à l'horizon. « Tu as un masque pour dormir dans ta chambre, dit Mann, parce qu'ici, en été, il ne fait jamais nuit. Tu te rappelles ? » Je lui dis que je n'avais pas oublié. J'ajoutai que je n'oubliais rien de ce qui le concernait. Il eut un petit sourire amusé et sa main vint caresser celle de Margret.

Elle s'était habillée pour le dîner d'une longue jupe en satin rose et d'un haut en dentelle fuchsia. Elle se tenait très droite à table comme s'il n'était pas question de se nourrir mais de tenir son rang. Elle parlait peu, souriait en écoutant Mann et s'emparait de sa main aussi souvent qu'elle le pouvait. Ses longs cheveux tirés en arrière mettaient son cou, ses pommettes, ses yeux en valeur, soulignant une grâce altière qui me troubla. Comment fait-il ? Comment fait-il ? C'est insensé ! Je n'arrivais pas à ôter mon regard de son visage. Je scrutais le moindre pli, le moindre sourire, le moindre soupir. Sa manière de tendre la main vers son verre d'eau, de tousser en se cachant derrière ses doigts joints, de s'essuyer les lèvres délicatement sur la serviette, de baisser la tête pour avaler sa salive, de hausser les sourcils quand on lui posait une question... Je devenais fou, j'avais envie de crier à Mann que la plaisanterie avait assez duré. La tête me tournait. Mais je ne disais rien. J'avais du mal à parler, à faire semblant, je me demandais quel jeu jouait Mann, quelle était son intention derrière cette exhibition. Il m'avait fait venir de Paris pour me présenter à elle, mais dans quel but ? Qu'attendait-il de moi ? Une bénédiction ? Un acquiescement ? Une mise en garde ?

Les plats délicieux se succédaient, apportés par une jeune bonne à qui Mann s'adressait en islandais. Nous parlions de tout et de rien. Margret avait appris le français à Paris, à la Sorbonne où elle avait étudié pendant un an. Puis elle était rentrée à Reykjavik et avait rencontré Mann. Je ne voulus pas entendre l'obligatoire récit de leur rencontre. Ma gorge était si serrée que je déglutissais avec peine. « Demain soir, nous avons invité quelques-uns de nos amis pour que tu fasses leur connaissance, et peut-être même que tu te trouves une fiancée, déclara Mann, malicieux. Tu fais une drôle de tête. Tu es fatigué ? Tu ne te sens pas bien ? » Je sautai sur l'occasion et répondis que j'avais un violent mal de tête qui avait commencé dans l'avion, au départ de Paris, et que, si cela ne les contrariait pas, je préférais me retirer et me reposer. J'espérais que Mann m'accompagnerait jusqu'à ma chambre et que je pourrais lui parler.

Ce qu'il fit. Il me prit par l'épaule pour me guider à travers la maison, me promettant de me faire visiter son domaine le lendemain, de partir à cheval tous les deux à travers ses terres, d'aller dénicher des duvets d'oiseau, de pêcher des saumons sauvages, de guetter les mouettes, les bécasseaux violets, les goélands bourgmestres, le puffin des Anglais ou le fou de Bassan. Il projetait mille et mille aventures et je me fis la réflexion qu'il pensait me garder très longtemps. Je ne répondais pas et me contentais de hocher la tête, me préparant à l'affronter dans le secret de la chambre. A un moment, alors que nous traversions un long vestibule, je me retournai brusquement, heurtant son bras, et aperçus une ombre qui se dissimulait dans un recoin du couloir. « Ça ne va pas, mon vieux ? » me dit-il en ouvrant la porte de la chambre. « Mann, écoute-moi... je deviens fou ! Est-ce que tu sais ce que tu es en train de faire ? » Il me regarda étonné. « Cette fille... Margret... Ce n'est pas anodin si... » « Je l'aime, elle m'aime. Je ne vois pas ce qu'il y a d'étrange à cela. » « Mais tu n'étais pas obligé de tomber amoureux d'une fille qui... enfin d'une fille qui ressemble tant à... » « Je l'ai cherchée à travers toutes les femmes que j'ai connues, je savais qu'elle m'attendait quelque part ! Quand je l'ai rencontrée, j'ai été foudroyé ! » « Mann ! Ouvre les yeux ! Margret, c'est le portrait craché de ma mère ! Tu es en train de tomber fou amoureux de ma mère ! » « Ah ! Toi aussi, tu trouves qu'elle lui ressemble ? Moi aussi, figure-toi ! Et alors ? Où est le problème ? Pourquoi ne pourrais-je pas l'aimer ? Elle ressemble à ta mère mais ce n'est pas ta mère... » « Parce que c'est incestueux, parce que c'est fou, parce que c'est malade ! » « C'est vous qui êtes malade, cher docteur ! Repose-toi et on en reparle demain... » « Non, Mann. Je vais repartir demain...

Je suis atrocement mal à l'aise, ici. Je la vois tout le temps, je la vois partout, et d'imaginer que tu couches avec elle ! » « Arrête ! Tu mélanges tout ! Tu es fou de jalousie depuis que tes parents m'ont ramassé sur cette route ! Fou de ce que j'ai et que tu n'as pas ! Margret est Margret, pas ta mère ! » « Non, Mann. Je ne peux pas, ce n'est pas de la jalousie ni de l'aigreur, mais c'est plus fort que moi... Je partirai demain. Tu diras ce que tu voudras à Margret. D'ailleurs, je crois qu'elle sera soulagée de me voir partir parce qu'en plus de tout, je pense que cette fille te porte une passion démesurée, qu'elle veut te garder rien que pour elle... » Mann me regarda avec infiniment de compassion et laissa tomber, très las : « Comme tu veux. Je t'accompagnerai à l'aéroport demain matin... »

Nous n'avons plus dit un mot. Il est sorti de la chambre, a refermé la porte tout doucement comme on ferme la porte d'un malade pour ne pas l'incommoder. Nous nous sommes séparés sans même échanger un regard. Il avait insinué le doute dans mon esprit. Je ne savais plus que penser. Etait-ce moi qui délirais à cause de notre vieille rivalité ? Etait-ce lui ? Lequel des deux était le plus malade de l'amour fou qu'il avait porté à cette femme, ma mère ? Pourquoi prends-tu tant de place, mère ? lui demandai-je en sanglotant sur mon lit comme un enfant. J'étais perdu. Je doutais, mon esprit errait, cherchant où se poser pour penser, pour commencer un raisonnement. Je finis par m'endormir, tout habillé, en boule sur le lit, et me réveillai les idées confuses et la bouche pâteuse.

Et pourtant je n'étais pas sûr d'avoir tort.

Je partis le lendemain. Le trajet du retour fut moins flamboyant. Il n'y eut ni cris d'oiseaux, ni récit de la cueillette du duvet, ni moutons qui gambadaient dans nos roues. Mann ne dit pas un mot. Il était sombre, hostile. Je souffrais, j'étais déchiré mais ne savais quoi dire.

Il me déposa à l'aéroport, n'attendit même pas que je claque la portière pour faire demi-tour et s'éloigner sur la route plate et noire. Je levai le bras pour lui dire au revoir mais je ne pense pas qu'il me vit. Je pris ma valise et me dirigeai vers la porte d'entrée de l'aéroport. J'avais oublié de lui demander s'il jouait encore du piano.

Cinq ans passèrent sans que j'entende parler de lui.

Cinq ans pendant lesquels je n'eus aucune nouvelle. Je n'avais pas son adresse, je n'avais pas retenu le nom du village ou de la ville voisine de sa ferme. Je n'avais aucun moyen de retrouver sa trace. Je fis une vaine tentative auprès de l'ambassade de France mais, comme je le pensais, Mann ne s'était pas fait enregistrer. J'achetais tous les journaux, toutes les revues qui parlaient de l'Islande, des réserves naturelles, de la récolte des duvets d'oiseaux dans l'espoir d'y trouver un jour le nom ou la photo de Mann. Je pensai même à un moment engager un détective mais renonçai uniquement par peur de déplaire à Mann. Parfois la colère s'emparait de moi et je me disais il n'a pas le droit, pas le droit de me laisser sans nouvelles de lui. Je crois que ce que je reprochais le plus à Mann, c'était de m'avoir privé de mon passé en me désertant. Avec qui parler de mon père, de ma mère, de nos tournées, de nos succès, de nos rires, de nos larmes si ce n'est avec lui ? Je n'avais pas d'autre famille, pas d'autre ami. Il m'arrivait de le maudire, seul dans mon bureau, le soir.

Même absent, Mann continuait d'occuper toute la place. Je n'étais toujours pas marié, toujours pas amoureux, j'étais toujours seul. Je me perdais dans l'exercice de mon métier, la fréquentation de congrès scientifiques, de collègues ambitieux. J'écrivais, en anglais, des articles dans des revues prestigieuses. Mon nom circulait dans le milieu médical et c'était pour moi la preuve que j'existais. Les seules personnes qui me rattachaient à la vie étaient mes malades. Je les aimais un à un, tendrement. Je connaissais leur vie, leurs espoirs, leurs faiblesses. Je faisais partie de la famille. On m'invitait aux fêtes, aux anniversaires. J'étais devenu le bon docteur, le brave docteur, le brillant docteur quelquefois, mais aussi le pauvre docteur...

Je m'étais résigné. Je me disais que je n'étais pas unique au monde, des millions de gens vivent dans la plus grande solitude.

Et puis, un jour, il débarqua. Il fit irruption dans mon cabinet en brandissant des radios qu'il voulait que j'examine. Il ne me dit ni bonjour, ni comment ça va, ni voilà ce que j'ai fait pendant cinq ans, voilà pourquoi je n'ai pas donné de nouvelles. Non ! Il jeta les radios sur mon bureau et m'ordonna de les examiner. Pendant que je les regardais avec soin, il marchait comme un diable derrière moi, tournant en rond comme un derviche, s'adressant à moi comme si j'étais au courant de tout, comme si on s'était quittés la veille. « C'est venu d'un coup, mon vieux, d'un coup. J'ai compris, j'ai tout compris, j'ai besoin d'une preuve, d'une seule preuve et toi seul peux me la donner ! Ils sont tous ligués contre moi, là-bas. Quand j'ai compris ça, j'ai sauté dans le premier avion et j'ai accouru. J'ai pas pris le temps d'attraper une brosse à dents, j'ai foncé comme si j'avais le feu au cul ! Un mot de toi et je file tout régler là-bas ! Ils ne m'auront pas, je te promets qu'ils ne m'auront pas ! »

Je pris tout mon temps pour être sûr. Il continuait à monologuer. Je l'observais par-dessus les clichés : il n'avait pas changé. Toujours aussi vigoureux, fougueux, emporté, neuf, frais... « Alors, dit-il en venant se placer à côté de moi. Alors ? Qu'est-ce que tu en penses ? Je me suis fait piéger, mon vieux, comme un benêt, un débutant, un premier communiant... Mais qu'est-ce qui m'a pris ? Comment ai-je pu être aussi niais ? Je n'y ai vu que du feu, vieux, que du feu ! »

Le reste fait partie du secret médical et je ne peux le révéler.

Ce jour-là, avant qu'il ne frappe à ma porte, il avait

92

rencontré Angelina dans l'ascenseur. Il y a des êtres dont la vie avance par enjambées d'ogre, d'autres qui progressent par sauts de puce, d'autres encore qui font du surplace. La vie de Mann avançait par ricochets géants. Chemin faisant, dans l'ascenseur, alors qu'il venait saisir des preuves pour se faire justice, alors qu'il brûlait de prendre sa revanche, de les confondre ceux qui, là-bas, en Islande, avaient abusé de lui, il avait rencontré celle qu'il est venu réclamer, ce matin, son sac de marin à la main, en pleines noces dans une mairie de la banlieue parisienne...

Ecoute, il dit, écoute, je vais te raconter le chemin de mon amour. Je ne sais rien de mon embrasement pour toi, je ne sais rien, je n'ai que des questions mais je connais le chemin, je connais chaque pierre de la route, je l'ai senti monter en moi bien avant que tu ne m'apparaisses, tu es venue te poser dans mon cœur sans que je le sache, avec l'agilité d'un enfant farceur. Tu crois que mon amour a fondu sur toi comme un éclat de feu, qu'il aurait pu brûler un cœur autre que le tien, tu te trompes, il te cherchait, il te guettait, il t'avait dessinée à grands traits, il retenait sa flamme, il piaffait, protestait, il ne te trouvait pas, il s'énervait alors, il me chauffait le sang, il me brûlait les yeux, il me jetait bouillant contre la porte en bois d'un docteur savant qui avait rendez-vous avec toi. D'où vient cet amour fou qui fond soudain sur nous ?

Je ne sais pas, je ne sais pas.

Il vient de si loin, tout petit dans le noir, le pouce dans la bouche, les yeux rivés au ciel, il invente des sorts, des jupes, des étincelles. Il portait déjà ton nom et je ne le savais pas. Il ne se livre pas facilement, écoute-moi, ne bouge pas, ne dis rien, écoute cette voix, cette voix de prophète, jugé immoral par ses pairs, qui prédisait, il y a plus de cent ans, le sort de l'Homme, de la Femme, de ce sentiment terrible qui les lie jusqu'à les faire mourir de solitude, mourir d'hébétude. J'ai cru mourir, Angelina, j'ai cru que mon cœur ne battrait jamais plus, grâce à toi j'ai su qu'il n'était pas mort, ravagé, boursouflé par cette horrible plaie qui bée encore. J'ai connu la félonie, la fourberie, je suis tombé dans l'embuscade, j'ai tout donné, j'ai été sali, trahi, trompé. Les mots du poète m'ont ouvert les yeux, j'ai appris, j'ai compris, j'ai guéri en écoutant son chant. Ecoute, mon amour, écoute...

Ô Vénus, ô Déesse !
Je regrette les temps de la grande Cybèle
Qu'on disait parcourir, gigantesquement belle,
Sur un grand char d'airain, les splendides cités ;
Son double sein versait dans les immensités
Le pur ruissellement de la vie infinie.
L'Homme suçait, heureux, sa mamelle bénie,
Comme un petit enfant, jouant sur ses genoux.
Parce qu'il était fort, l'Homme était chaste et doux.

Te rappelles-tu ce vers que je t'ai murmuré au jour premier ? Oh ! que j'aime ce vers, Angelina, je m'en suis enivré. Parce qu'il était fort, l'Homme était chaste et doux, je voudrais le graver au stylet dans ma chair, je voudrais être cet homme-là, cet homme né tout droit de l'idée d'un poète. Je pourrais donner ma vie pour ce vers-là, ce simple vers, plus personne ne veut mourir pour un vers aujourd'hui, réfléchis bien avant de me tendre les bras, avant de baiser ma bouche, je suis fou, Angelina, tu as encore le temps de te reprendre, de rassembler tes forces, de rejoindre la mairie, tu peux encore tout effacer, tout recommencer, j'ai offensé le maire, le marié, l'assemblée, réfléchis, Angelina, réfléchis, le taxi est en bas...
Encore des vers, encore, supplie Angelina, la bouche gourmande, recroquevillée sous l'édredon de la chambre d'hôtel numéro 45 où il l'a conduite après l'avoir enlevée dans sa traîne blanche, enlevée à la noce laissée là, pantelante. Et eux, courant comme deux criminels qui se font la belle, dépassant des huissiers ahuris qui se demandaient : doit-on les arrêter ? Est-elle consentante ? Ont-ils signé les papiers ? Et

Mann riait, riait, l'emportait dans ses bras, ah ! non ! criait-il à tous les uniformes qui faisaient mine de ralentir leur course, ah ! non ! vous ne nous aurez pas comme ça, il faudra, pour nous arrêter, brandir des hallebardes, faire tonner les bombardes, un peu de panache, quoi ! je viens du fond des glaces enlever cette femme que je ne connais pas, dont j'ai tout à apprendre, que je chéris déjà, soulignez mon audace, augmentez mon prestige, rendez-moi valeureux à ses yeux. Mais la noce immobile à terre jetait les yeux. Point de hallebardes, point de Paul offusqué ni de parents indignés dans les escaliers ! Rien de tout cela ! Peut-être sont-ils embusqués au détour d'une rue ? Peut-être ont-ils dressé des barricades ? Et le chauffeur de taxi de démarrer très vite, pris au jeu, vérifiant dans le rétroviseur s'ils n'étaient pas suivis, on va où maintenant, monsieur, on va où ?

Et dans la chambre ensuite, dans la chambre d'un palace, un palace, mon amour, grand comme notre amour, beau comme notre amour avec les plats les plus délicats, les draps les plus fins, les serviettes les plus moelleuses, les oreillers en plumetis d'oie, une baignoire profonde comme un fjord d'eau bouillante et des robinets en or massif pour t'éblouir, te faire baisser les yeux... Une chambre pour l'Homme et la Femme, l'Homme et la Femme du temps du poète, du temps d'il y a longtemps quand l'homme était homme et la femme était femme, quand l'homme faisait la femme et la femme faisait l'homme.

Misère ! Maintenant il dit : Je sais les choses,
Et va, les yeux fermés et les oreilles closes.
— Et pourtant, plus de dieux ! plus de dieux !
    l'homme est Roi,
L'homme est Dieu ! Mais l'Amour, voilà la grande Foi !

Mon amour, il dit en défaisant la longue robe blanche, mon amour ! elle chante en levant les bras pour que la robe passe, s'élève, s'envole, retombe comme une fleur fanée à ses pieds, mon amour, je voudrais que cette robe blanche s'évanouisse dans les plis des rideaux, je te voudrais nue, sans autre ornement que mes yeux sur ton corps, ma bouche qui te murmure. Elle enlève ses mains nouées autour de sa parure, marche jusqu'à la table, s'empare des ciseaux, les lui offre en disant « coupe la robe, coupe le voile, coupe la jarretière, coupe-moi de mon passé, prononce les mots sacrés en tranchant le satin, fais de moi ta femme communiante, ton éternelle amante » et, les yeux brillants, il saisit les ciseaux, découpe sa fiancée, la couche toute neuve, toute nue dans le lit de la chambre 45 du Grand Palace Hôtel.

Je ne sais rien de toi, je ne sais rien de toi, elle répète en se noyant dans ses bras, je sais tes yeux, ta peau, ta chaleur, ton ardeur de grigou, alors tu sais tout, il répond en riant, mes yeux pour t'honorer, te rendre belle, ma peau pour t'envelopper, te blesser, te guérir, toi si humaine, ma chaleur pour t'habiter, t'ériger en souveraine, que veux-tu d'autre, femme que j'aime ? Oh ! Mann ! Je voudrais tout savoir, tout savoir sur toi, je t'ai attendu, attendu, je t'ai imaginé mille vies, mille péripéties, Angelina si belle, si douce, j'ai failli mourir pour te rejoindre, mourir de mille complots, je te raconterai un jour, si tu le veux vraiment, les périls que j'ai dû affronter pour te retrouver dans cette mairie éloignée, dis-moi... dis-moi... elle demande, non, pas maintenant, il dit en se plaçant sur elle, ne bouge pas, écoute mon sang battre sous ta peau, écoute les mots au plus profond de toi, ce sont ces mots-là qui comptent, pas ceux maladroits que ma bouche prononce...

Je crois en toi ! je crois en toi ! Divine mère,
Aphrodite marine ! — Oh ! la route est amère
Depuis que l'autre Dieu nous attelle à sa croix ;
Chair, Marbre, Fleur, Vénus, c'est en toi que je crois !

Ils roulent dans le lit que l'amour fait tanguer tel un radeau en mer déchaînée, ils s'accrochent, ils s'enroulent, ils se tordent, ils périssent et leurs corps étonnés se nourrissent du miel de la peau, du sel de l'onde, qui les recouvre, les inonde. Chair, Marbre, Fleur, Vénus, ils gravissent, noués, le sentier qui unit à jamais, ils croient mourir, ne jamais revenir, ils tremblent de tous leurs membres et parviennent éblouis au sommet, ainsi c'était toi cet homme que j'attendais, il habillait mes rêves, il habitait mes pas, c'était moi et je resterai là, scellé à ta chair, je ne ferai plus la guerre, je ne tremperai plus mon sang dans les noires tourbières...

— *Oui, l'Homme est triste et laid, triste sous le ciel vaste,*
Il a des vêtements, parce qu'il n'est plus chaste,
Parce qu'il a sali son fier buste de dieu,
Et qu'il a rabougri, comme une idole au feu,
Son corps olympien aux servitudes sales !
Oui, même après la mort, dans les squelettes pâles
Il veut vivre, insultant la première beauté !
— Et l'Idole où tu mis tant de virginité,
Où tu divinisas notre argile, la Femme,
Afin que l'Homme pût éclairer sa pauvre âme
Et monter lentement dans un immense amour,
De la prison terrestre à la beauté du jour...

Garde-moi, garde-moi pour toujours, il murmure, essoufflé. Je me rends, je dépose les armes, je ne lutterai plus, je demande la paix. Tu peux tout attendre de moi, l'amour le plus sacré, les promesses impossibles, l'or limpide et pur, je te donnerai tout mais il faut que tu le saches, ne doute jamais de moi, je ne supporterai pas, c'est ma seule faiblesse, mon orgueil insensé, mon sang noir de gitan qui réclame honneur et vérité. Je ne supporte pas l'ombre d'une méfiance, d'un calcul, d'une défiance, si jamais tu dois me jeter dans un tiède compromis, dans un mensonge masqué, je préfère déserter. Si je surprends chez toi la moindre condescendance, la moindre suspicion, le plus petit mépris, je retombe en enfance, je brise ton idole. Je n'ai plus alors ni amour ni loi, je suis sourd, idiot, je porte la dague contre toi, contre moi. Je veux que tout soit grand, sacré entre nous, que l'infamie ou la trahison flamboient. Dans le plus grand bonheur, dans le plus grand malheur, nous serons clairvoyants et égaux. De ta bouche, j'entendrai l'indicible, c'est cela qui rend grand, c'est cela qui rend fort...

Si les temps revenaient, les temps qui sont venus !
Car l'Homme a fini ! l'Homme a joué tous les rôles !
Au grand jour, fatigué de briser des idoles
Il ressuscitera, libre de tous ses Dieux,
Et, comme il est du ciel, il scrutera les cieux !

Ecoute, mon amour, écoute ces mots d'un voyant foudroyé à trente-sept ans à l'hôpital de Marseille... Je ne veux plus jouer, je suis las, si tu savais, j'ai tout joué, tout joué, je renverrai les marionnettes à leurs jupons renversés, à leurs vains stratagèmes, je ne veux plus tricher. Oh ! Mann ! quand j'étais petite, que le soir je m'endormais sans baiser ni caresse, quand j'étais punie, qu'on me coupait les tresses, qu'on me menaçait des pires châtiments pour avoir dit oui, pour avoir dit non à une simple question, quand je ne savais plus pourquoi j'étais sur terre, ce qu'on me demandait, ce qu'il fallait y faire, je regardais le Ciel, je l'implorais de m'envoyer, pour quand je serais grande, un homme fort et doux qui saurait me comprendre. Il viendra, je me disais en rejoignant mes mains, il viendra, car le Ciel est clément avec les petites filles, il écoute leurs prières, il sait les exaucer, je t'ai attendu longtemps et puis j'ai renoncé, je me suis dit allez, il est temps d'être grande, range tes jouets, tes souhaits de fillette, la vie n'est pas une dînette, il faut s'enraciner, avoir un fiancé, un bébé, une adresse, un patron, un tube de rouge à lèvres, un ticket de métro, un canapé, un cache-nez, une aigrette, l'air de tout, l'air de rien, la mine sévère, la mine polie, la mine fière, la mine sage, saute de tes nuages, ouvre grand les yeux, avance sans te plaindre, accomplis ton ouvrage. Alors pour oublier, quand j'avais bien tout rangé, quand ma tâche était faite, j'enfourchais mes chimères, partais retrouver cet homme fort et doux que je n'oubliais pas, il marchait près de moi, souvent je lui parlais, je me confiais à lui, je l'emmenais partout, il voulait tout connaître, il aimait les mots, les livres, les belles-lettres, il croyait à l'Amour, il ne le trompait pas, il savait être sombre, sauvage, m'inquiéter, me faire sauter des pages, il partait, revenait et me tendait les bras... Et puis tu as surgi ! mon amour incarné, peint en noir, en blanc, en chair mate et rosée. Tu as dit attends-moi et tu es reparti. Avais-je donc rêvé ? Tes lettres ne suffisaient plus, et quand elles disparurent, je ne fus pas étonnée : tu n'existais pas, je t'avais inventé, j'allais donc me marier pour mieux rêver à toi ! Comme tant d'autres esseulées qui pour se consoler prennent le premier mari qui ose les demander... On le sait maintenant, les filles se le murmurent, se le confient en pleurant, le Prince Charmant est mort victime de notre courroux ! C'est sa faute aussi, il ne faisait plus attention à nous. Il est mort, on le pleure, on le cite, on le ressuscite, on le voudrait vivant, palpitant sous nos larmes. Et voilà que tu m'enlèves dans une salle de mairie, Mann, dis-moi que je ne rêve pas, dis-le-moi...

Tu surgiras, jetant sur le vaste Univers
L'Amour infini dans son infini sourire !
Le Monde vibrera comme une immense lyre
Dans le frémissement d'un immense baiser !

Le Monde a soif d'amour : tu viendras l'apaiser.

Alors, elle se redresse, elle s'arrache à ses bras, le fixe avec effroi, relève le drap si doux pour qu'il oublie son corps, sa gorge de dauphine, son nombril rose, elle lui demande de répéter les derniers vers du poète blessé qui mourut à Marseille et que sa sœur veilla. Il hoche la tête, récite les vers du poète aux bottes de mille lieues et elle ferme les yeux et les larmes jaillissent et elle laisse échapper un soupir de sirène blessée, je ne mérite pas ce grand bonheur-là, je ne le mérite pas, j'avais oublié, elle est là, elle vient me le confisquer, elle est jalouse de tout ce qu'effleurent mes yeux, brise les miroirs qui me réflé-chissent, empoisonne les chats, les souris, les hiboux, détruit les plus beaux lis, assèche les bayous, bâillonne les rossignols, je ne dois aimer personne, c'est un pacte entre nous, le paiement obligé de ma faute ! Et si elle me surprend à caresser des yeux une casquette de gardien, un apollon en marbre, une ber-geronnette grise, elle me poursuit jusqu'à ce que je lâche prise, et brandit, implacable, le récit de ma traîtrise... je renonce, je supplie, j'implore son par-don, bâillonne ma folle envie d'aimer, glisse dans la vie comme une vierge glacée, mais soudain tu parais, je vole dans tes bras, oh ! je voudrais mourir, qu'elle perde trace de moi ! que je m'endorme enfin heu-reuse, réunie, mais toujours elle me suit, elle me traque, me cloue au pilori, oh ! je voudrais mourir... j'ai si honte, si honte, jamais tu ne sauras, tu ne vou-drais plus de moi, tu me regarderais, distant, tu dirais excusez-moi, mademoiselle, je ne savais pas, je me suis trompé, tu saisirais ta veste et gagnerais la porte sans même te retourner...

Je suis là, maintenant, dit Mann, tu n'es plus seule. Je suis fort, je peux tout entendre, je sais que l'homme est faible, mauvais, qu'il peut blesser, torturer puis renaître de ses cendres, doux et charmant, généreux et aimant, je crois à la rédemption. Raconte-moi l'his-toire de cette mauvaise fée. Non, elle secoue la tête, non, je n'ose pas, un jour peut-être mais sache que ces vers-là, ces mêmes vers qui habitent ton âme, elle les aimait tant qu'elle me les récitait pour qu'ils se gravent en moi, que, sans fin, je les chante, je suis jaloux de cette femme, je veux tout savoir de toi, je t'en supplie, ne garde rien en ton sein car ce petit rien fermente et te rendra démente, dis-moi tout, un jour je te dirai peut-être, mais pas ce soir, je suis si fatiguée, désespérée, je pensais qu'avec toi, elle n'oserait plus me rappeler à l'ordre, je pensais l'éloigner, la tenir à distance... Oh ! Mann, je voudrais glisser dans tes bras, voyager, l'oublier, changer de peau, d'identité... convoque-la, défie-la, je l'attendrai et te vengerai, tu seras neuve et lisse... Non ! elle ne partirait plus, elle vivrait entre nous et nous rendrait haineux, chasse-la, Angelina ! renvoie-la ! je la chasse souvent mais toujours elle revient geindre sa mélopée, raconte-moi, Angelina, il arrive que les mots prononcés à haute voix en bonne compagnie guérissent, tu le sais, non, non, je ne peux pas, je cours un risque inouï, te perdre à jamais ! il faut beaucoup d'amour pour pardonner des fautes comme la mienne, moi-même, tu vois, je ne m'acquitte pas, raconte-moi, raconte-moi, Angelina...

... mais ses paupières glissent sur ses yeux bombés, elle tombe dans ses bras et bientôt il ne lui reste entre les mains qu'un souffle léger et doux qui effleure le drap. Elle dort. Il la contemple, ému. Il ne peut croire qu'un front si doux abrite de si noires pensées, que ses longs cils épais cachent de sombres méfaits, ce n'est pas possible, dit sa mémoire blessée, cette femme n'est pas une criminelle, il veut savoir, il se penche sur elle, il tend l'oreille, il écoute ses rêves, il ausculte sa nuit, il déchiffre la plainte étouffée du souffle qui s'exhale, compte les battements d'un cœur qui soudain s'accélère, annonçant un orage, un éclair, un coup de tonnerre, il veut la protéger, il la serre contre lui, il prie et supplie, l'orage gronde en elle, il tonne de plus belle, elle se tend, elle se cabre, pousse un lugubre cri, rejette son emprise, s'effondre au bout du lit. Alors il devient fou, il veut savoir, il redevient l'enfant qui refusait la paix, qui guettait l'adversaire, l'arme dressée au pied, il ne veut pas attendre, il ne veut pas comprendre, il ferme les yeux, il rassemble ses forces, il creuse les épaules, il se balance, s'élance, la heurte de plein front, il la blesse, il la force, il entre dans la tempête, il entre en elle, il voit.

Il voit un cauchemar horrible qui lui glace le sang... Il la voit, elle d'abord, la femme à l'œil unique...

La femme, énorme, vêtue d'une ample robe grise, n'a qu'un œil trouble et laiteux comme une huître, gonflé de larmes, de reproches, son corps enfle et enfle encore, vacille, puis s'ébranle et se dirige vers le lit où l'enfant s'est réfugiée sous les couvertures, petite bête ramassée sur sa honte, la honte d'avoir mal agi, d'avoir failli. C'est sa faute, c'est sa très grande faute, elle le sait. La femme à l'œil de Cyclope s'approche et, plus elle avance, plus elle se dilate dans la pièce, avale tout l'air, il ne lui en reste plus à elle pour respirer. Elle se débat, jette les bras en avant pour repousser l'énorme femme, haute comme une montgolfière qui, c'est sûr, va l'étrangler de ses puissantes mains-battoirs. Elle pousse d'abord un petit cri étouffé par la peur puis un hurlement qui déchire la nuit, déchire l'enveloppe de la femme en robe grise qui se penchait sur elle, les mains en avant... Un hurlement qui la réveille. Le matelas tangue, elle en agrippe les bords. La peur qui l'étreint l'ouvre en deux, un flot de larmes jaillit de ses entrailles, emportant la femme à l'œil de Cyclope dans un torrent de boue jaune et sale qui emplit la pièce, menace de l'engloutir, de la faire périr. Elle lutte contre ce flot boueux, elle lutte mais elle n'a plus de forces, bientôt, plus de forces...

Mann la secoue, il veut la réveiller. La sauver de cette hideuse femme. Les sauver tous les deux, défendre leur amour, protéger leurs âmes, il l'enlace, glisse sa main sous son menton, la tire vers le ciel comme il remorquerait une nageuse épuisée, tous les deux ils remontent sur l'onde, ils émergent du cauchemar, ils accordent leurs souffles, ils respirent, mais elle pousse un cri terrible et retombe dans sa nuit. Elle crie assez, pardon, je ne le ferai plus, laissez-moi, allez-vous-en, je n'en peux plus. Elle crie sa peine, sa honte. Elle est accroupie sur le lit, le visage tordu, elle grimace. Elle ne veut pas qu'il s'approche, qu'il l'enlace. Laissez-moi, laissez-moi, elle crie, les yeux aveugles et blancs, pitié, je n'étais qu'une enfant ! je ne savais pas, allez-vous-en ! De sa bouche coulent deux filets clairs, elle a les membres raides et tremble dans le lit. Il étend la main, elle se dérobe, le repousse. Il se penche sur elle, murmure mon enfant, mon bébé, mon amour enchanté, mon rayon de soleil dans un trou de verdure où mousse une rivière, il lui dit le poème en entier, dépose chaque mot sur la frise de ses tempes, de son front, de ses lèvres. Elle l'entend, elle l'écoute, ses jambes se détendent, elle s'allonge contre lui, s'abandonne, balbutie. Il demande s'il te plaît, que dis-tu, que dis-tu, elle ne l'entend pas, elle parle à la nuit, elle plaide sa cause auprès d'un juge inconnu, un juge sévère et roi, elle parle, détache à peine les mots, il doit tendre l'oreille, retenir son souffle pour qu'elle ne s'arrête pas... J'étais petite, je n'avais pas vingt ans, je ne savais rien, je ne faisais pas attention, on ne fait pas attention quand on est une enfant, on prend sans jamais dire merci, on est affamé, on mangerait l'écorce, les racines et la terre, c'est après qu'on comprend qu'il faut donner, qu'il faut remercier, qu'il faut patienter, mais pas à vingt ans ! On est brutal, on est mauvais, on est méchant, on tue pour exister ! Sa voix est haute, aiguë, la voix d'une forcenée qui se faufile en elle, cravache la parole, il ne la reconnaît plus, voudrait la bâillonner, il hésite, il veut savoir, pourquoi tant de peine, de douleur, tant de honte, qu'a-t-elle fait ? quel est son crime ? Il l'empoigne, il se penche sur elle, il demande, sévère, mademoiselle Rosier, quel délit avez-vous commis ? vous savez que c'est mal, que vous serez punie ! Ce n'est pas moi, monsieur, c'est celle d'autrefois, celle qui avait faim, celle qui volait tout, même ce qu'on lui offrait, oh ! j'aurais volé un chêne pour dévorer ses glands, j'étais forte, en ce temps, tout le monde le disait, demandez à ma mère, elle s'en plaignait assez ! elle disait, cette petite, va falloir la mater, la marier très vite pour qu'elle soit rangée, mais moi, je refusais, je riais au nez de tous les fiancés, je les foulais du pied, oh ! je m'aimais bien en ce temps-là, j'étais fière de moi ! Je résistais à tout, dressée sur mes deux jambes, je narguais les rois mages, j'abritais les vauriens, je leur donnais du pain, j'avais tous les courages ! Il reprend sa voix d'inquisiteur, il veut qu'elle lui raconte la femme du cauchemar. Il la questionne, il la harcèle, et un jour, mademoiselle Rosier, et un jour... Et un jour, je l'ai rencontrée, elle, la femme en robe grise, vous venez de la voir, monsieur le juge, elle n'était pas bien belle, mais quelle intelligence ! quelle assurance ! quelle fermeté d'esprit ! je n'en revenais pas, c'était un oracle, on mangeait ses mots, on mangeait ses idées, on se tenait bien droits, on fermait bien nos bouches. Elle était le savoir, elle nous le distribuait. Largement, sans compter, elle dressait nos esprits, épanouissait nos âmes. On était épris d'elle, pourtant elle n'était pas belle ! Immense, énorme, vêtue de robes informes, les cheveux bien tirés sur le front, elle n'avait pas trente ans ! Vous l'avez vue ? On aurait dit un spectre maladroit, lourd, embarrassé... et elle se met à rire, elle balance sa tête sur l'oreiller, elle rit un long moment puis se tourne vers Mann, roule contre sa poitrine et, la bouche collée contre la noire toison, elle s'endort.

Il reste interdit, elle lui vole la suite de son récit. Il n'ose la réveiller, il n'ose pas bouger, il reste là, la poitrine oppressée, le bras sur lequel elle repose paralysé, Angelina, Angelina, qu'est-il arrivé ? Dis-moi, je veux tout savoir de toi, tout savoir, je sais ce que j'ai vu en toi dans cet ascenseur, une princesse endormie, une beauté arrêtée qui marchait au-dessus du sol sans le fouler, j'ai eu envie de t'arrimer, de te protéger, d'être ton grand sorcier. Tu marches sans regarder, droit vers le danger, tu le cherches, tu cours t'y réfugier, tu attends qu'un géant vienne te délivrer et, si personne ne vient, tu sautes dans le vide et te retournes, émue, c'est si facile, si facile, c'est vivre qui est difficile... cela m'a rendu fou, Angelina, fou jusqu'à vouloir être roi, j'ai voulu te sauver, t'enlever, battre la campagne à tes côtés, je serai celui qui viendra te chercher, qui te rattrapera par les cheveux, par les pieds, qui te fera toucher terre, puis te réveillera dans un immense baiser. Angelina ! ne t'endors pas, je veux savoir pourquoi ce cauchemar affreux...

Elle dort maintenant, et son souffle régulier éloigne les crapauds, les sorcières, les fées cabossées, Angelina, retourne dans ton rêve, débusque le Cyclope, dis-lui que je l'attends, que je veux l'affronter, mais elle n'entend pas. Alors il lui vient une idée... dans le creux de l'oreille il laisse glisser les vers, les derniers vers...

Le Monde vibrera comme une immense lyre
Dans le frémissement d'un immense baiser !

— Le Monde a soif d'amour : tu viendras l'apaiser.

Elle s'émeut en entendant ces mots, elle remue en proie à de sombres pensées, non, non, elle crie, laissez-moi, Mann la tourmente de plus belle...

Le Monde vibrera comme une immense lyre
Dans le frémissement d'un immense baiser !

— Le Monde a soif d'amour : tu viendras l'apaiser.

Pourquoi me torturer ? Pourquoi me rappeler sans fin ce crime du passé ? N'ai-je pas assez payé ? J'ai déserté ma vie, j'ai déserté mon corps, j'ai invité la mort, j'ai récité des psaumes. Aujourd'hui, je revis, le Ciel m'a entendue, il m'a donné un amour grand comme une montagne qui m'arrachera aux griffes de cette femme, puis elle tète son doigt, balbutie n'importe quoi, Mann a beau répéter les vers du poète, elle ne frissonne plus, elle repose, tranquille.

Alors il ramasse son corps léger, relève ses cheveux en une gerbe tiède, se penche au-dessus d'elle et verse dans l'oreille de celle qu'il veut sauver une déclaration de guerre au Cyclope hideux, tremblez, femme fielleuse et laide qui retenez captive mon amour, ma beauté, je vous arracherai au royaume des rêves, je vous exposerai à la justice des hommes et vous serez maudite ! Que savez-vous de l'Amour, vous qui comptez les fautes, retenez les aveux, les faites fructifier en un honteux commerce ? Avez-vous oublié la beauté du Pardon ? Avez-vous oublié qu'à ce prix seulement, on trouve le repos, le bonheur et la paix ? Qu'alors seulement la vie redevient belle, qu'elle danse devant nous, nous offre ses écuelles... Vous ne savez rien de ce prodige inouï ! Tremblez, hideuse femme, vos jours sont comptés ! C'est un cri que je jette, une promesse que je fais au Ciel et à Celui qui sait !

VASISTAS : apparaît sous la forme *wass ist dass* en 1776 puis *wasistas* en 1784, *vagistas* en 1786 et enfin, *vasistas* en 1798. Le mot transcrit l'allemand *Was ist das ?* « qu'est-ce que c'est ? », question posée à travers un guichet. C'est un emprunt oral « délocutif » qui suppose un contact entre un milieu germanophone et des francophones (peut-être des militaires) suivi de l'importation du mot par l'est et le nord-est de la France.

Il s'agit d'un petit vantail mobile, pouvant s'ouvrir dans une porte ou une fenêtre. Sous la Révolution, le vasistas a désigné la lucarne de la guillotine.

Les yeux de monsieur Despax se remplissent de larmes. Il lève les yeux du lourd dictionnaire et fixe la lucarne sale et jaune de la loge, qu'on a placée là pour apaiser la précédente gardienne qui se plaignait de vivre dans un trou à rats, une lucarne à bas prix qu'on ne peut ni ouvrir ni nettoyer. Il la voit pour la première fois, l'examine, la contemple, ce n'est plus seulement une lucarne ourlée de toiles d'araignées, c'est un mot qui marche au son des bottes des soldats du royaume de France, un mot qui vient de loin, des campagnes gelées de Russie, de Hongrie, de Pologne et de Prusse, un mot qui a fait la queue dans les antichambres, les bureaux de poste, les officines, un mot qui sent le cuir, la graisse de porc, la brosse, le flanc du cheval qu'on pousse dans la neige, le sang chaud de l'ennemi sur le sentier givré. Vasistas !

Vasistas ! Morne plaine ! Le cri des corbeaux noirs annonce la défaite, les soldats dorment debout adossés aux rambardes, un feu se meurt parmi les cendres noires, un officier blond roule une cigarette, il tire de son gousset le portrait d'une fiancée, va chercher le courrier de sa bien-aimée au guichet... Vasistas ! Le coffret pèse sur ses genoux. Un coffret en carton contenant les deux tomes du dictionnaire écrit sous la direction d'Alain Rey. C'est un cadeau de mademoiselle Angelina. Il lui a été apporté par un coursier alors qu'il s'apprêtait à faire la sieste. Il s'est assis sur le canapé de la loge, a défait le paquet, a découvert les deux volumes et un petit mot manuscrit. Elle lui disait merci, elle lui disait je me marie aujourd'hui avec le gentil Paul, elle lui disait tant pis !, elle lui disait lisez et restez au lit. Ainsi, au moment même où elle s'avançait vers l'autel, elle pensait à lui et lui faisait porter ce cadeau si précieux ! Quelle noble jeune fille ! Si encline à écouter l'autre, à lire dans son âme, à deviner sa faim ! Elle ne lui a pas offert n'importe quoi ! Elle a pensé à lui, elle a réfléchi, elle a pris tout son temps, mis tout son cœur dans la demande au libraire. Il tient entre ses mains ce puits du savoir qu'il n'aurait jamais osé acheter, une folie, deux mois de salaire net, et ses doigts glissent sur la couverture glacée. Il ferme ses yeux lourds de larmes. Que je vais être heureux avec tous ces mots ! Je vais en tapisser mes murs, les éparpiller sur mon oreiller, les transformer en glaçons à sucer ! J'en dégusterai deux ou trois chaque jour, après le café, en fumant une cigarette. Je vais devenir savant, parler comme le syndic, bomber le torse, *was ist das*, prendre une grosse voix, me faire respecter, peut-être, qui sait ? Je connais le pouvoir des mots, moi qui en ai été privé si longtemps. Je sais l'impression qu'ils font sur les ignorants, les mal assurés, comment ils font battre en retraite, rougir, balbutier ! Deux grosses larmes de bonheur roulent sur ses joues blettes, vont se perdre dans les poils drus de la moustache rousse. Il rêve, il s'invente une vie, s'offre un beau képi, des épaulettes, des barrettes, Louis XV, Louis XVI, Napoléon le Petit le prennent par le coude, lui détaillent leurs stratégies, demandent son avis, et si c'était Grouchi...

Quand on frappe à la porte ! *Was ist das ?* crie le gardien qui rêve encore, qui mélange les siècles, les guerres, les généraux. Qu'est-ce que c'est ? C'est moi, madame Rosier, j'ai besoin de la clé. Madame Rosier ! Mais que fait-elle ici ? Elle devrait être à la noce, il est arrivé quelque chose à Angelina ? Il n'ose demander. Elle s'empare de la clé et ne dit pas merci. Il la regarde s'éloigner. Elle ne marche pas droit, elle hésite, elle titube, elle fait semblant que tout va très bien, mais il connaît ce pas qui saute un coup à droite, un coup à gauche, qui avance par saccades, qui se reprend pour venir heurter un mur, un bout de moquette, une porte vitrée, qui voudrait avoir l'air... mais n'y arrive pas. Il le connaît si bien qu'il ressent une vive douleur et serre sa poitrine. L'ennemi n'est pas loin, il le sent qui s'approche. Il la regarde, il voit. Elle n'arrive pas à ouvrir la porte. Elle ne voit pas la fente où introduire la clé, elle recule, elle vise, elle s'élance, elle échoue, elle recommence, le chapeau de travers, les talons qui tournent, le sac qui pend, lamentable, à son bras. Il ne fait rien, il ne voudrait surtout pas l'humilier. Il attend. Il sait. On n'aime pas être vu dans cet état-là, surtout une dame de qualité comme madame Rosier. Il a dû se passer un événement inouï pour qu'elle perde la boule ainsi.

Il retourne à son dictionnaire et cherche un autre mot avec une autre histoire qui ne fasse pas d'ombre à vasistas mais lui tienne compagnie. Un copain, en quelque sorte, un faire-valoir, parce que vasistas, tout de même ! Quel passé ! Quelles lettres de noblesse ! Il feuillette, il gourmande, il chipote, il picore, il est en dévotion complète, presque agenouillé, quand il entend un cri ! C'est elle ! Elle est tombée ! Elle implore son secours, il s'avance, la relève, la remet debout, l'époussette un bon coup, il a fait le ménage pas plus tard que ce matin et déjà toute cette poussière noire ! Comment ça va, madame Rosier ? Vous m'avez fait peur, vous savez, entrez un peu vous reposer chez moi, là, sur mon sofa...

Oh ! mais c'est petit chez vous ! Et si sombre ! Mais comment faites-vous lors de vos réceptions ? C'est que j'en donne très peu, madame Rosier, très peu pour ne pas dire pas du tout ! Ah ! ça alors ! Pas de réceptions ! Vous vivez comme un ours ! J'aurai tout entendu aujourd'hui ! Le monde est bien étrange ! Je ne sais plus quoi penser, monsieur Dépasse ! Despax, madame Rosier, Despax comme le chanteur, comme la paix, comme la lessive plutôt, monsieur Dépasse, une très bonne lessive d'ailleurs, non, ça c'est Bonux, madame Rosier, Bonusse, vous êtes sûr ? Vous avez peut-être raison, c'est que je ne sais plus très bien, je n'ai plus toute ma tête depuis ce matin, j'ai subi un affront, mais quel affront ! Vous n'auriez pas un petit Martini pour me remettre d'aplomb ? Il m'en reste peut-être un fond, je vais voir... C'est qu'il n'a plus bu depuis longtemps, il n'ose pas frôler de trop près les bouteilles, il les regarde de loin, il ne les regarde plus du tout, il a peur qu'elles se jettent sur lui, qu'elles l'attrapent au goulot, qu'elles le vident, qu'elles le tuent, alors il se cache les yeux, étend le bras sous l'évier, saisit à tâtons une vieille bouteille de Martini Bianco, et une autre de gin, tiens ! je vais lui faire un coquetel, il se dit, cela va la ragaillardir, lui remonter les bretelles !

Elle le boit d'un seul trait et en demande un autre, comment vous appelez ça, monsieur Dépasse, un Manhattan ? comme la ville ? que c'est petit et sombre chez vous, vous ne pouviez pas faire un autre métier ? C'est sûr que si j'avais pu choisir, j'aurais fait autre chose... et vous auriez fait quoi ? demande madame Rosier en enlevant ses chaussures qui lui serrent horriblement les pieds, mon Dieu ! le jour du mariage de ma fille, je me retrouve dans une loge de concierge en train de boire avec le gardien, un brave homme aux moustaches tombantes et aux yeux chagrins ! Quelle vie ! Quelle vie je mène ! Je reprendrais bien un petit quelque chose... Elle essaie un pastis, une vieille bouteille poisseuse qu'il dépose devant elle, vous ne m'accompagnez pas ? Non, j'ai arrêté de boire, j'ai eu un grave problème, je voyais des éléphants blancs, roses, monsieur Dépasse, roses, non, moi je les voyais blancs, presque albinos... Ah ! J'aurais jamais cru qu'elle me ferait ça ! Jamais ! elle dit en vidant le verre de Ricard, quelle belle bouteille ils font maintenant ! Quel style ! Ils mettent du beau partout, ils enjolivent la forme mais le fond est malade, tout pourri, il fuit de toutes parts, les lois sont piétinées, plus rien n'est sacré, regardez ma fille, pfft ! Envolée ! Le jour de son mariage ! Qui l'eût dit ?

Elle se penche et réclame, vous n'avez pas des glaçons à mettre dans mon Ricard parce que c'est un peu tiède, envolée sous mes yeux avec un étranger, un parfait inconnu ! Il est arrivé, l'a réclamée, et hop ! me l'a soufflée, sous mes yeux ! A la mairie ! devant monsieur le maire et les invités ! Et les Miron ! Du jamais-vu ! Demain, c'est sûr, on est dans les gazettes, mon boucher ne va plus me parler ! C'est Mann, il est venu la chercher ? Comment... vous le connaissez ? Non, je ne le connais pas mais je sais qui il est ! Vous étiez son complice, alors ? Vous avez tout manigancé ? Pas du tout ! pas du tout ! je ne vous permets pas de dire cela ! Je le dis parce que c'est la vérité, vous serez tenu pour responsable, je vais vous dénoncer à la maréchaussée, alors la moutarde lui monte au nez, il regarde le vasistas, prend son courage à deux mains, je voudrais vous dire que vous avez tort de parler de la sorte, je voudrais vous dire aussi que je n'ai pas apprécié que vous me menaciez de me livrer au syndic, pas apprécié du tout, on ne fait pas ça à un honnête homme même s'il habite un trou noir sans fenêtre et ne donne jamais de réceptions ! Dorénavant, je vous prierai de vous adresser à moi sur un autre ton... Il louche un instant sur la bouteille jaune, juste un verre, une lampée, personne ne le saura, personne... mais il se retient, vainqueur, et remercie le Ciel.

Vous avez raison, je ne suis guère aimable, ce n'est pas très chrétien de ma part, après tout vous êtes un homme, une créature de Dieu, vous avez un bout d'âme, quelques grammes de divin dans votre pauvre squelette mais c'est que je perds la tête, c'est leur faute aussi, ils prennent la poudre d'escampette ! D'abord mon mari et maintenant ma fille ! Ce doit être dans les gènes ! Je me retrouve seule, un point c'est tout ! J'ai toujours été seule... J'aurais dû m'habituer mais je n'y arrive pas... Mariée, je l'ai été mais si peu, mais si bref que je ne me rappelle pas la couleur de ses yeux, le grain de sa peau, le dessin de son nez ! Il était beau garçon, il portait l'uniforme et ça m'impressionnait ! Et sa balafre au cou ! Elle me faisait frémir ! J'y promenais mes doigts en imaginant le pire... J'étais si jeune alors, si naïve, si simplette. Alors comme ça, Angelina... ? Envolée, pfft, je vous dis, envolée... et son père aussi, envolé ! Au bout de trois mois de mariage ! Ce ne sont pas des bras qu'ils ont mais des ailes ! Oh ! je ne lui ai jamais dit, vous pensez bien ! Je n'en ai parlé à personne ! A personne ! J'avais trop honte ! J'ai toujours raconté des mensonges, qu'il était officier, embarqué sur un porte-avions, qu'il attendait une permission pour nous rendre visite mais qu'il y avait toujours une guerre quelque part et qu'il n'arrivait pas à nous caser entre deux conflits... Je rédigeais des cartes postales que je faisais poster de tous les ports du monde. Dès que je connaissais quelqu'un qui filait à Alexandrie, Tananarive, Mogambo, les îles Bikini, hop ! je lui glissais une carte et un petit billet pour qu'il n'oublie pas de la poster ! Tout le monde me croyait ! Angelina aussi ! Enfin c'est ce que j'ai cru longtemps... Je n'en suis plus si sûre... Oh, elle m'en a fait voir ! Des vertes et des bien mûres ! Elle voulait à tout prix retrouver son père. Certains soirs, elle se postait devant le ministère de la Marine et le guettait... Chaque homme de belle allure avec un uniforme chamarré, elle demandait : c'est lui ? Je disais non, elle reprenait sa quête. Je regardais l'heure, je pensais au linge à repasser, aux pommes de terre à éplucher, je la suppliais de rentrer, elle refusait, elle restait là, qu'il pleuve, qu'il neige, qu'il vente, elle piétinait des heures et des heures, son cartable sur le dos. Et puis, pas une larme, pas un soupir, pas une plainte, muette et droite comme les femmes de marins partis dans la tempête ! Quand le ministère fermait, on repartait sans un mot ! Heureusement, les ministères ferment tôt ! On rentrait en métro. A la maison elle disait : je n'ai pas faim, je mangerai demain, et allait se coucher ! Pas une larme, je vous dis ! C'est moi qui pleurais, le soir, c'est comme ça que m'est venue l'idée des cartes postales. J'écrivais de jolis mots exotiques, pittoresques pour qu'elle le trouve encore plus beau, ce père de légende ! Je mettais un peu de vrai, des petits riens du tout dont je me souvenais, il adorait mon parfum, une essence qu'on ne fait plus, Jolie Madame de Balmain, il tournait de l'œil quand je le portais, glissait à mes genoux... Et puis ils ont arrêté de le fabriquer et il est parti, à quoi ça tient l'amour ? J'écrivais, j'étais heureuse. J'ai fini par y croire, j'attendais le courrier, je dansais de joie quand la carte arrivait, je détachais le timbre, un timbre à collectionner ! Je me disais il t'aime, tu vois bien, il ne t'a pas oubliée ! On la lisait ensemble, ensemble on exultait ! Un jour, comme je n'avais plus de marin sous la main, que j'avais épuisé tous les moussaillons du ministère de la Marine, tous les gradés du ministère de la Guerre, j'ai inventé une histoire de naufrage... dans les Galapagos... il était revenu à la nage, avait tout perdu, ses doigts et ses orteils avaient gelé, il avait fallu l'amputer, il n'était pas sûr de pouvoir écrire avant longtemps ni de se déplacer ! Il était devenu moignon et nous avons pleuré, pleuré. J'y étais peut-être allée trop fort mais il faut me comprendre ! Cela me donnait un répit, vous comprenez, j'étais fatiguée de courir partout chercher des commissionnaires ! Mais j'ai été punie ! Ça n'a pas été une bonne idée ! Elle est allée chercher du côté des clochards ! Dans chaque estropié, elle voyait son père naufragé ! Elle les ramenait à la maison ! Il fallait les laver, les nourrir, les blanchir, les coucher, les garder jusqu'à ce qu'ils reprennent allure ! Impossible de l'en empêcher ! Elle disait que là-bas, dans l'océan Indien, une femme prenait soin de son père ! Il a fallu cesser, les voisins se plaignaient, on menaçait de nous jeter dehors ! Ils avaient raison, que voulez-vous ? On n'était pas l'Armée du Salut ni le Bon Apôtre ! Alors elle a fugué, elle a claqué la porte ! Elle m'a traitée de sale bourgeoise, d'égoïste, de harpie ! La poudre d'escampette, je vous dis, c'est une maladie ! J'ai pleuré toutes les larmes de mon corps ! Je me traînais, je n'avais goût à rien, je me laissais mourir, je regardais les nuages filer à travers les fenêtres, quand le téléphone a sonné, on l'avait retrouvée, elle dormait dans la rue, avec une bande d'amis, de pauvres gosses, oubliés ou perdus ! Elle est rentrée à la maison, elle a pris un long bain puis est venue me parler. Elle m'a dit : c'est ta faute s'il est parti, tu n'as pas su le garder, tu préférais tes amies, tes emplettes, les Galeries Lafayette, tu t'es laissée aller, c'est le propre des femmes mariées, elles se croient à l'abri, elles profitent, elles lézardent, elles laissent la jachère les gagner et ne sont plus aimables, je ne te pardonnerai jamais ! Elle n'a plus dit un mot. Elle m'ignorait. Elle a cessé de voir ses amis, elle les trouvait idiots, futiles, je ne sais ! Elle grandissait, elle devenait très belle, cela lui était égal, elle détestait qu'on lui fasse des compliments, elle s'emportait, elle demandait à quoi sert de parler, on ne dit rien qui vaille ! Que des futilités ! Elle fustigeait mes connaissances, elle les mettait dehors ! J'ai cessé de recevoir, j'avais l'habitude de donner des thés, j'adore les macarons de chez Ladurée, vous les connaissez ? je vous en apporterai, vous êtes bien aimable, madame Rosier, il vous reste du pastis, j'en prendrai bien un peu, on n'a plus vu personne... Ce n'était pas très gai ! Moi qui aimais tant les soldes ! A l'école, elle travaillait, elle avait de bonnes notes. Elle avait un seul ami, Paul, il était son copain, son souffre-douleur, son escorte, il portait son cartable... Je les voyais de loin quand ils rentraient du lycée, je me cachais, je l'observais, je me disais c'est l'âge ingrat, c'est normal, un jour elle comprendra, elle me prendra dans ses bras, elle me donnera des baisers comme quand elle était petite... Oh ! si vous saviez ce qu'elle m'a fait souffrir ! Ce que j'ai pu pleurer ! Et puis, en terminale, oui, c'était en terminale, elle étudiait la philosophie, elle prenait ses repas en lisant *Le Banquet* de Platon, le *Discours* de Descartes, vers la fin de l'année elle s'est brusquement calmée. Elle est devenue toute molle, inerte. Elle s'est désincarnée... c'est le mot exact, j'ai eu l'impression que son âme était sortie de son enveloppe charnelle ! Il me restait un fantôme, un fantôme délicieux, exquis, charmant. Un fantôme qui disait oui à tout. Je ne la reconnaissais plus. Polie, gentille, attentionnée, obéissante, oui maman, oui maman, si tu veux maman, bien sûr maman, si ça te fait plaisir, maman. Je l'ai inscrite dans plusieurs grandes écoles, elle n'a pas protesté, elle a travaillé d'arrache-pied. Première partout ! Je buvais du petit-lait, je triomphais, je faisais des théories sur l'adolescence, la rédemption qui suit ! Parfois, je me reprenais, je me disais attention, Gertrude, ta fille on dirait un automate, une morte-vivante ! Ce n'est pas normal ! Mais la vie était douce, je ne cherchais pas à élucider le mystère. Un moment, j'ai pensé qu'elle avait revu son père... mais je m'égare ! Pourquoi je vous raconte tout ça ? Vous n'êtes pas de la famille, je ne vous connais pas ! C'est cette journée atroce, l'émotion qui remonte ! Cela vous fait du bien, laissez-vous donc aller, cela ne doit pas vous arriver souvent, madame Rosier...

Elle le regarde et le trouve beau garçon, il a du charme... Il lui rappelle quelqu'un, ou est-ce qu'elle a trop bu ? Il lui rappelle quelqu'un qu'elle a connu jadis... C'est souvent qu'il lui vient des visions prophétiques quand elle boit un verre de trop, elle voit des choses qu'elle ne devrait pas voir, qui ne la regardent pas, qui sont d'un autre monde, elle voit un homme, il lui fait des grands gestes, il lui parle, il porte une veste bleu marine et des boutons dorés brillent sur sa poitrine, il lui dit, mais que lui dit-il au juste, sa vision se brouille, sa tête dodeline, elle a juste le temps d'étendre le bras sur le côté et de se laisser tomber là, sur le canapé... Angelina, ma fille, pourquoi es tu partie avec cet homme que je ne connais pas ?

Elle marmonne à nouveau le prénom de sa fille puis ses yeux se referment et elle s'abandonne. Quelques minutes après, un profond ronflement sort de sa bouche entrouverte, son rouge à lèvres a coulé, son rimmel a fondu, on dirait un vampire, monsieur Despax la regarde dormir, il ne sait que penser, quelle drôle de femme ! Elle n'est pas si féroce. Elle a gardé ses gants et son chapeau, ses genoux bien serrés, son torse a glissé sur le canapé rouge, une femme-tronc, cette madame Rosier grimpant sur son canapé... Il regarde la bouteille de pastis, il n'ose la ranger, il a peur qu'elle lui brûle le gosier, cette femme le met en danger avec son penchant pour la bouteille ! Il hausse les épaules, laisse tout sur la table. Il rangera plus tard, il ne faut pas présumer de ses forces, rien n'est jamais acquis à l'homme, n'est-ce pas ce qu'ils disent aux îles Galapagos ? Galapagos, quel drôle de nom !

En ce matin ensoleillé du mois d'avril, Angelina examine ses rosiers, désolée.

Le plus beau de ses arbrisseaux, celui que Mann lui a offert pour leur premier semestre d'amour, six mois d'amour, ô mon amour, qu'ils durent une éternité ! une plante magnifique qui répond au beau nom de Sultan des Neiges Eternelles et qui, sur l'étiquette, promet des floraisons effrénées d'avril à la Saint-Crépin, une belle moisson de roses blanches brodées d'or, rehaussées d'un soupçon de sang brun, d'une ombre mordorée, d'une morsure de mauve à la naissance du sépale, le plus beau de ses arbrisseaux courbe la tige et fait jaune mine. Pire ! Sultan des Neiges Eternelles est victime d'assauts féroces ! Des limaces grasses et molles grignotent sans vergogne son feuillage délicat, transformant sa parure gracieuse en une dentelle mitée ! Que la barbe-de-bouc, l'aigremoine, la pimprenelle ou la quinte-feuille, toutes rangées en pots sur le balcon, donnent des signes de fatigue, virent en guenilles, ne l'inquiéterait guère, il y a des sprays, des poudres, des sulfates pour les requinquer mais Sultan des Neiges Eternelles, ce rosier qui tutoie le ciel et descend du parterre des plus admirables rois, se faire dévorer par des cochenilles, c'est mauvais signe !

Angelina scrute les cieux, leur lançant une prière impérieuse, leur enjoignant de ne pas toucher à son amour si précieux, vous qui veillez là-haut, ne me punissez pas de sitôt, laissez-moi goûter encore à la flamme qui brûle dans nos cœurs-brasiers, à l'étreinte enchanteresse qui m'emporte jusqu'aux plus hauts sommets. Laissez-le-moi, mon Dieu, laissez-le-moi ! Vous pouvez tout me prendre, me pousser en haillons dans les rues sinistrées, me dérober la vue, me remplir les oreilles de plomb, m'écharpiller la langue, tant que j'aurai sa main dans la mienne, tant que ses bras, ses lèvres, ses yeux me feront un rempart, un abri délicieux, je chanterai vos louanges et aimerai la vie !

Elle pose l'arrosoir, les gants et l'épongette, ferme les yeux, joint les mains, reste un instant suspendue à sa supplique céleste puis son regard s'ouvre et tombe sur la plante moribonde. Et pourtant ! Avec quel soin elle veille à ses balcons fleuris ! Quelle provision d'amour elle dépose chaque matin aux pieds de ses plantes en pots ! Elle les câline, elle leur parle, elle leur lit l'*Iliade* et l'*Odyssée*, elle essuie chaque feuille, chaque bourgeon, chaque fleur d'une épongette humide, trempée dans un mélange de Paic et de grenadine. Mais ce matin-là, elle doit s'avouer vaincue : la pollution, bientôt, aura raison de son rosier fétiche ! Monsieur Despax ne cesse de le répéter : de nos jours, le crachin de gaz carbonique, les vapeurs de dioxyde et les fumées d'azote tuent aussi sûrement que les dragons de Napoléon, la peste bubonique ou les crachats furieux d'un volcan sicilien ! Depuis qu'elle lui a offert le *Dictionnaire historique de la langue française*, monsieur Despax s'est pris d'une passion effrénée pour les encyclopédies, les manuels traitant de la langue française, de son évolution, de son maniement, et son savoir linguistique grandit à chaque ligne, chaque jour apportant son lot de mots nouveaux. Les habitants de l'immeuble lui parlent avec respect, le syndic le manie avec précaution, il lui a accordé plusieurs augmentations, les commères, qui le persécutaient, s'écartent et le laissent en paix, et les pauvres du quartier font la queue devant sa loge l'après-midi, pendant sa pause, afin qu'il rédige leur courrier. Ce service est gratuit, monsieur Despax désirant mettre son savoir à la disposition d'autrui car la plus grande inégalité sociale, d'après lui, est l'accès à la culture. Il voue un véritable culte à Angelina qui l'a mis sur la voie. Il vient lui rendre visite régulièrement, pour éclaircir un point de grammaire, une nuance de vocabulaire, pour échanger aussi quelques lumières au sujet des rosiers et des plantes vertes. C'est ainsi que, devant les efforts répétés et vains d'Angelina pour sauver le rosier Suprême, monsieur Despax a lâché le diagnostic fatal : pollution, du latin *polluere*, salir, souiller. Il n'y a rien à faire, mademoiselle Angelina, ou alors déménager, prendre vos plantes et vos arbustes, courir vous réfugier dans un port, sur une plage, je ne peux, je ne peux, Mann est occupé ici, à quoi, se demande-t-elle, je ne sais pas vraiment, il part le matin, l'air affairé et grave, rentre tard, je ne lui pose pas de questions, ce serait un manque de respect, une trace de méfiance... mais il semble très occupé, une affaire de duvet peut-être, des colis à expédier, des factures à traiter, des oiselles à plumer, il attend le courrier, il guette les appels, mais nous sommes si heureux, si heureux, pourquoi m'inquiéter, me mettre martel en tête même si parfois, je ne peux m'empêcher d'y penser, c'est vrai, à cette femme là-bas abandonnée, comment vit-elle sans lui ? comment respire-t-elle ? Et le matin, quand elle se lève, qu'elle s'étire, qu'elle s'élance, vers qui se précipite-t-elle pour bénir sa journée ?

Angelina secoue ses pensées maléfiques, son regard revient sur les plantes chétives, elle écoute monsieur Despax faire un diagnostic, conseiller une poudre, un traitement, mais son esprit préoccupé repart vagabonder. Monsieur Despax, mon ami, j'aimerais tant vous parler de l'inquiétude qui grandit en moi... mais ce serait trahir Mann, je dois être confiante, croire aveuglément, je le dois, je le lui ai promis... Angelina, aie confiance, aie confiance, arrête d'avoir peur tout le temps... Et ma mère, monsieur Despax, vous avez des nouvelles ? Oh ! elle est bien raide, mademoiselle Angelina, difficile à ébranler, elle refuse de vous voir, elle s'estime trompée, elle dit que vous l'avez bafouée et devant tout le monde ! on en parle encore dans son quartier, on murmure sur son passage, le boucher ne lui donne plus que les bas quartiers, on en raconte de belles sur vous et monsieur Mann, on dit que c'est un brigand venu de l'Orient, un fils d'Allah, un musulman, un trafiquant de substances illicites, on le dit brun, basané, cruel et fourbe ! d'autres plus romantiques ont cru reconnaître Georges Clooney ! Il paraîtrait, d'après ces gens-là, que vous vivez à Hollywood, on vous a vue dans *Voici*, dans une piscine étoilée avec votre bien-aimé en train de siroter, toutes ces rumeurs la troublent, elle voudrait déménager mais ne sait où aller ! Alors elle vient chez moi, elle vient prendre le thé, elle apporte des macarons de chez Ladurée. J'ai un faible pour ceux fourrés au café, votre mère préfère ceux au chocolat, on a des différends sur la densité du velouté crémeux... elle veut toujours avoir raison ! Elle vient chez vous ! En pleine journée ! Elle n'attend pas le soir pour se faufiler dans l'obscurité ? Non, mais vous avez raison, elle porte une voilette, elle se retourne souvent de peur qu'on ne la guette, et parle toujours très bas ! Maman dans une loge de concierge en train de prendre le thé ! Elle a beaucoup changé ou elle est tombée en amour de vous ! Mademoiselle Angelina, vous plaisantez ! Elle a bien trop conscience de sa supériorité bien qu'entre nous, s'appeler Rosier, ce n'est pas un blason doré ! Ils rient tous les deux et monsieur Despax, le premier, se reprend. Elle doit être bien seule pour me rendre visite, bien seule et pestiférée ! Elle dit qu'elle se plaît chez moi, que ma loge sent le Cif parfumé au lilas, qu'elle s'y repose, oublie ses avanies, parfois elle m'aide à faire le courrier, elle fait le tri quand la file est trop longue, elle se spécialise dans les lettres d'amour, celles de remerciements, les condoléances aussi, elle connaît les tournures, une certaine camaraderie se développe entre nous, vous lui parlez de moi ? chaque fois que je peux mais elle ne répond pas, elle change de sujet, c'est une personne bien raide, je vous l'ai dit, qui ne sait pas pardonner, on n'arrive à rien quand on ne pardonne pas, j'ai beau le lui répéter, elle n'entend pas. Il faut être patiente, mademoiselle Angelina, elle changera, cela prendra du temps, elle vient de si loin, elle a été façonnée de telle façon qu'elle est tout empêtrée dans ses contradictions car elle vous aime, elle souffre d'être séparée de vous, vous en savez des choses, monsieur Despax ! j'ai appris tant de subtilités depuis que j'ai les bons outils, c'est si important d'être savant en mots ! Je ne vous dirai jamais assez merci, assez, assez ! monsieur Despax, chaque fois que je vous vois, vous me remerciez ! Vous êtes mon ami, vous n'avez pas à me dire merci, c'est naturel, je voudrais vous donner davantage, je réfléchis, je cherche un beau cadeau qui ne soit que pour vous, qui vous emmène loin de la loge, du ménage, ne cherchez pas, mademoiselle Angelina, vous m'avez rendu l'estime de moi, et cela, vous le savez, vaut tous les palais, tous les diamants, tous les plans d'épargne-logement !

Ils se regardent, émus, ils aimeraient bien s'étreindre une fois, une fois seulement, s'envelopper dans les bras l'un de l'autre, se réchauffer, mais ils n'osent pas, de quel droit ? sous quel prétexte ? quel lien de parenté ? ils restent pétrifiés à se sourire de loin, débitent quelques banalités, parlent du rosier...

Elle voudrait lui dire...

Elle voudrait lui dire...

Elle a vu Mann dans la rue au bras d'une fille jolie. Ils traversaient tous deux dans le passage clouté, il se tenait penché vers elle, buvait ses moindres mots, il remettait son sac qui glissait sur l'épaule...

Depuis, il y a ce malaise.

Quelque chose qui ne va pas, ne porte pas de nom, quelque chose qui pousse entre eux comme une corne dure, les écarte, les repousse.

Est-ce en lui ?

Est-ce en moi ?

« Qu'est-ce qui ne va pas ? » il demande en clignant des yeux.

« Je ne sais pas, je ne sais pas », elle répond en portant sa main en visière sur le front, la lumière est trop crue, elle ne le voit plus.

Et le malaise grandit, il rampe dans la maison, la remplit de poison, un moisi vert de gris qui se pose partout, souille la nourriture, l'air qu'ils respirent, souille les oreillers, se colle sur leurs paupières, les empêche de voir. Ils se frôlent, ils s'épient, ils se cherchent dans la nuit...

Oh ! si seulement je pouvais lui parler ! pense Angelina en se mordant les joues, cela me soulagerait, il chasserait les corbeaux qui volent dans ma tête, croassent le malheur, agitent leurs ailes noires, il est si bon, je me sens si bien en sa compagnie, pour votre rosier, poursuit-il, je ne vois qu'un bon insecticide à vaporiser tous les dix jours ou alors... ou alors... je l'emmène dans ma cour, le plante dans une terre grasse, une terre spéciale pour rosier souffreteux, lui coupe les branches mortes, le baigne dans l'eau courante, le cajole, le dorlote jusqu'à ce qu'il reprenne goût et redresse le chef, j'en ai sauvé plus d'un avec ce traitement, il faudrait l'emporter, j'aurai besoin d'un allié car je ne suis pas assez fort pour le charrier, c'est que je n'ai plus vingt ans ! je sens l'âge avancer, je me tasse, je me voûte, je grince du genou, peut-être ai-je la goutte ? et voilà qu'en réponse, on sonne à la porte...

C'est Mann...

D'un seul coup, la lumière éclabousse la pièce, les couleurs s'ébrouent, les meublent brillent, l'horloge sonne, le parquet chante sa comptine de bois ciré, tout s'anime. C'est toujours un choc pour elle de le voir, elle ne s'habitue pas, elle reçoit tout son poids sur le cœur, elle recule, elle baisse les yeux, il est si grand, il est si beau... c'est un prince, une altesse, l'air le proclame autour de lui, le silence l'entoure et impose le respect. Il brûle l'espace, il l'enflamme, il possède cette élégance rare qui crée la distance sans mépris ni la moindre arrogance, oh ! Mann, quand tu n'es pas là, je vis au ralenti, sache-le, je ne sais plus qui je suis, je divague, je t'aime tant, mon amour, que je pourrais mourir, heureuse contre toi, j'ai tant besoin de toi ! j'enferme cet aveu pour ne pas t'effrayer, trop d'amour fait peur, on se croit prisonnier, je scelle mes lèvres, je tais mon secret, je te loue en silence...

C'est Mann, il a oublié ses clefs, il revient les chercher, il aperçoit monsieur Despax et lui serre la main, il pose une feuille blanche sur la table de l'entrée, monsieur Despax lui parle de Sultan, Mann se penche sur le rosier, le trouve fatigué, il faudrait le requinquer, l'envoyer en vacances, c'est justement ce que je disais, dit monsieur Despax, il lui expose sa petite idée, Mann acquiesce, se propose de l'aider, il ne veut pas qu'elle pleure...

Angelina, mon amour, ma beauté, je refuse que le chagrin t'effleure, je ferai tout pour toi, j'inventerai une race de rosiers résistants, je soufflerai sur le vent pour le détourner, j'avalerai les pluies en rafales, la suie et le charbon, je deviendrai jardinier, ramoneur, égoutier, je deviens fou dès que je te sens chagrinée, Angelina, ma douce, mon effacée, ma plus qu'ardente, ma féline, ma rouée quand la nuit est tombée...

Il ne dit rien, il la regarde, il regarde le rosier, elle hoche la tête, elle a compris, il fera tout pour le sauver.

Et voilà nos deux hommes qui se penchent et soulèvent Sultan des Neiges Eternelles. Ils l'empoignent, comptent un, deux, trois, se redressent à moitié, ils avancent en canard, les coudes en équerre, pliés sous le fardeau, ils poussent des soupirs, des cris de guerre, ils suent à grosses gouttes, ils crient plus à droite, plus à gauche, par ici, attention ! qu'est-ce qu'il est lourd ! ce n'est pas un arbuste, c'est un baobab ! Angelina les guide, le rosier vacille sur son socle, il balance, il s'incline, menace de tomber, les deux hommes tentent de le bloquer en avançant l'épaule, ils s'essoufflent, ils progressent, ils sont sur le palier, ils se concertent à travers les branches, ne bougez pas, monsieur Despax, j'appelle l'ascenseur, ne bougez surtout pas, laissez-moi faire, crie Angelina, c'est idiot, tu es tout encombré, laisse-moi, je vais vous aider, je ne peux rien porter mais je sais appuyer sur un bouton Roux-Combaluzier ! fais vite alors, mon amour, ma beauté, je suis presque cassé, tout de suite, tout de suite, elle vole vers l'ascenseur, elle est toute légère, elle vole, elle a des ailes, elle est aimée si fort qu'elle ne peut en douter, il m'aime, il m'aime, chantonne-t-elle en glissant sur le parquet, patineuse enfiévrée, il n'aime que moi, quelle grosse bête je fais en doutant de sa flamme, qu'est-ce qu'on peut être sotte quand on est amoureuse, elle s'avance, elle va pour appuyer sur le bouton de l'ascenseur quand Mann, pour la laisser passer, se pousse sur le côté, heurte monsieur Despax qui bascule la tête la première dans l'escalier ! Oh ! mon Dieu ! crie Angelina en se voilant les yeux, le bruit est terrifiant, il résonne jusque dans la cour, il lui glace le sang, l'homme dévale les marches, rebondissant de l'une à l'autre, poussant des cris d'effroi, et le pot a suivi, lui martelant les jambes, les reins, les bras, lui écrasant le nez, lui meurtrissant la chair, ils dévalent, le pot et l'homme, dans un même fracas, ciel ! s'exclame Mann interloqué, le pauvre homme, dans quel état il est !

Il repose au pied de l'escalier, ses jambes ont basculé derrière la tête, et les bras disloqués pendent le long du buste, le sang coule sur le front, il respire à grand-peine et geint doucement. Mann repousse le terreau, les branches, les feuilles, les épines, il l'époussette, le nettoie, il lui essuie la tête, il l'exhume de ce fatras, il le déplie, lui redonne forme humaine, remodèle le nez, donne un coup de pouce aux joues, place les deux jambes bien en dessous du buste, lui noue les intestins, comprime le thorax, redresse les épaules, le prend dans ses bras et crie à Angelina : je vais à l'hôpital, appelle Boulez qu'il vienne m'y rejoindre, il respire ? demande Angelina, oui, il marmonne quelque chose que je ne comprends pas, appelle Boulez.

Boulez répond de suite, et de suite il est prêt. Angelina raccroche, inerte, ses gestes sont ralentis, ses jambes tremblent, sa bouche laisse échapper un cri, mon Dieu ! qu'il s'en sorte, qu'il revienne à la vie, je l'aime cet homme-là, je l'aime comme un père, je ne le lui ai jamais dit, on retient en soi des secrets importants qu'il vaudrait mieux livrer, ah ! s'il s'en sort vivant, je lui chante en ritournelle que je l'aime, que je l'aime, qu'il est mon grand ami, mon guichet vers la vie, il va mourir sans savoir l'affection que je lui porte, elle met sa tête dans ses mains, elle ne peut pas rester à attendre, elle va rejoindre Mann à l'hôpital, elle se lève d'un bond, enfile une veste, lance ses doigts au hasard pour attraper ses clés quand ses yeux enfiévrés tombent sur la feuille blanche que Mann a déposée sur la table en entrant.

Qu'est-ce que c'est ? Qu'est-ce que c'est ? Est-ce important ?

Il l'a oubliée, je vais la lui porter... Ses yeux veulent lire ce qui est écrit au feutre noir mais son esprit s'offusque, ce serait l'espionner, ce n'est pas juste, tu as confiance en lui, il t'aime, tu le sais, garde-lui son jardin secret, oh ! je sais, je sais, mais je suis si curieuse, si avide de savoir à quoi il passe ses journées...

Et la fille dans la rue ?

... il disparaît souvent sans me dire où il va, il prend des airs de bal masqué, il ne répond pas quand je lui prends le bras, il se dégage, il me dit mon amour, ma beauté, attends-moi, je reviens tout de suite, il me laisse sans un mot, sans un baiser comme s'il était pressé de fuir, je ne regarderai qu'un peu, un tout petit peu, juste pour me faire une idée, me rassurer... Non, ce n'est pas bien, grogne sa conscience,

résiste à ton envie, de quoi le soupçonnes-tu ?
reprends-toi ! je ne peux pas, je ne peux pas, rien
qu'une ligne pour me rasséréner, rien qu'une petite
ligne et je serai tranquille... Non ! C'est indigne de
toi, c'est indigne de lui ! le trahir ainsi ! Garde ton
âme bien haute et refuse la faute !

Angelina courbe la tête, elle entend la voix de sa
conscience, il ne faut pas trahir, il ne faut pas, il ne
faut pas, sa bouche répète l'ordre sacré, et si Mann
la voyait, que dirait-il devant si peu de foi ? Non,
Non ! s'exhorte-t-elle en perçant de son regard la
feuille blanche pour essayer de lire.

Elle détourne la tête, attrape son sac, ses clés, la
feuille semble s'animer, elle vibre, elle ondule, Angelina hausse les épaules, relève son col, s'apprête à
sortir quand un léger vent d'ouest, un zéphyr très
doux soulève la feuille blanche, la dépose à ses pieds,
Angelina la voit s'élever, retomber, est-ce un signe du
Très Grand ? ou de son rival noir, le Malin, le
Méchant ? Peut-être sauverait-elle Mann en ne déro-
bant pas ses yeux ? C'est un ordre, cette feuille qui
vole jusqu'à elle... C'est un ordre ! Elle se doit d'obéir
et lire sans hésiter.

Alors le cœur battant, les jambes molles, le souffle
court, elle tend ses doigts tremblants et ramasse la
feuille. Elle la pèse un instant, elle hésite, elle se
tourne vers la fenêtre, épie l'œil de Dieu, un soleil
ardent rebondit sur les vitres, alors elle s'enhardit et
déplie lentement le feuillet interdit. Mann, Mann ! Je
ne le ferai qu'une fois, une seule fois, après, je te promets, j'affronterai le péril le plus grand sans tricher,
laisse-moi être humaine et faible rien qu'une fois.

rien qu'une fois...

... on a si peur quand on est amoureux, on craint
le pire, on vit les yeux fermés en redoutant la fin, elle
ouvre le papier et recule d'effroi : une liste de prénoms, de prénoms féminins sont inscrits sur le vélin
suivis de nombreux chiffres ! Antoinette, Louise,
Claire, Laetitia, un prénom, un numéro de télé-

phone, parfois une adresse, une notule légère, « célibataire », « mariée », « trois enfants », « blonde »,
« brune », « bavarde comme une pie », « facile
d'accès », « étourdie et légère », « mauvais caractère,
à manipuler avec prudence », « à flatter doucement », elle lit, elle les compte, interdite, quatre prénoms, quatre numéros de téléphone ! Mon Dieu !
Qui sont ces filles ? Qui sont-elles ?

La fille de la rue est-elle l'une d'elles ?

La tête lui tourne, le souffle lui manque. Pourquoi
ces créatures ? Qu'ai-je fait pour qu'il se détourne de
moi ? Il s'ennuie déjà, il porte ailleurs ses pas ! Je ne
puis recevoir ce coup sans périr, je me rends, je
renonce, à quoi bon ?

Elle défaille, elle étend les mains pour se rattraper
mais le coup est si dur qu'elle s'écroule sur le parquet,
Mann, Mann, murmure-t-elle contre le sol froid,
Mann, pourquoi ? En quoi ai-je failli ? Sa bouche se
tord, la nuit tombe dans ses yeux, le ciel crache de
gros grêlons, des corbeaux noirs volent au-dessus de
sa tête, ils croassent, ils ricanent, ils lui font la leçon,
il ne fallait pas, il ne fallait pas, un inconnu rencontré dans la rue, croa ! croa ! croa ! tu ne sais rien de
lui, tu lui as dit oui sur sa bonne mine, tu l'as habillé
d'or et de prouesses, pauvre niaise, stupide péronnelle,
il ne fallait pas, croa ! croa ! croa ! elle se bouche les
oreilles, se replie sur sa peine, lance un cri, pourquoi ?
éloignez-vous, oiseaux de malheur ! Oh ! Mann ! toi
que je croyais si doux, si fort, si bon, si droit ! Pourquoi m'avoir blessée ? Quatre femmes, quatre rivales,
comment puis-je lutter ? Je suis trop frêle, trop tendre,
je préfère m'effacer... je me suis crue forte et belle, je
croyais qu'à moi seule je saurais te retenir, te séduire,
te remplir, ah ! qu'elle est cruelle la rose que l'on
cueille en pleine fleur ! Elle pique les doigts, elle les
pique jusqu'au sang, inocule le poison foudroyant, je
me meurs, je me meurs...

Elle se traîne sur le sol, se saisit d'une pointe et
trace sur la liste après les quatre prénoms, en posi-

tion cinquième, son nom, son adresse, son numéro de téléphone et ajoute en lettres majuscules, la mine appuyant fort sur chaque mot tracé « celle qui t'aime plus que tout » ! C'en est trop, elle défaille, le bras tombe sur la feuille, elle se rend...

Alors elle pense à Elle, à Danielle Darrieux, l'héroïne qu'elle chérit, qu'elle dévore des yeux, *Madame de...*, le film de Max Ophüls, elle le connaît par cœur, elle connaît chaque plan, chaque geste, chaque ligne, elle connaît la raideur empruntée mais aimante de Charles Boyer, la grâce nonchalante et douloureuse de Vittorio de Sica, le charme léger, désespéré, fragile de l'héroïne, elle les entend dans le lointain, ils sortent de l'écran, ils se penchent sur elle, lui relèvent le menton, ils viennent jouer sous ses yeux une dernière fois.

Donetti aime madame de... qui l'aime aussi et, pour la première fois, cet amour lui est interdit, alors pour l'oublier, elle décide de fuir, de partir sur les lacs italiens...

MONSIEUR LE BARON DONETTI
Pourquoi partez-vous ?

MADAME DE....
Pourquoi ne voulez-vous pas que je parte ?

MONSIEUR LE BARON DONETTI
Où allez-vous ?

MADAME DE....
Sur les lacs italiens...

MONSIEUR LE BARON DONETTI
Sans moi ?

Elle s'est assise, il est debout près d'elle, elle s'incline vers lui jusqu'à le toucher, il s'incline vers elle, pose ses lèvres sur ses cheveux. Ils se laissent aller sans que leurs mains ni leurs bouches ne se touchent mais leurs corps reposent l'un contre l'autre comme deux amants dans un lit aux draps froissés. Musique, une valse lente et nostalgique emplit l'écran et sert de dialogue aux deux amants si chastes. Mais une porte claque, on entend le pas du mari, elle s'écarte, il se reprend.

MONSIEUR DE....
Ah les femmes, mon cher, toutes les mêmes ! Elles font des mystères pour les choses les plus simples ! *(Se tournant vers sa femme)* Vous m'amusez ! Notre ami vous expliquera si vous voulez bien le raccompagner, il est temps ! Votre train part dans une heure. Au revoir, cher ami...

Elle incline la tête, obéit, passe devant Donetti. Elle le raccompagne. Ils marchent côte à côte, ils n'osent se toucher, ils n'osent se parler, le mari n'est pas loin, il peut les observer, ils murmurent sans se regarder...

MONSIEUR LE BARON DONETTI
Où puis-je vous écrire ?

MADAME DE...
Ma femme de chambre vous enverra mon adresse...

Elle va atteindre la porte, elle ralentit, elle ralentit le pas pour le garder encore. Tout son corps le retient sans jamais faire un geste. Tout son corps l'absorbe, s'imprègne de lui, le respire, ploie sous ses baisers. Il est derrière, il fixe sa nuque des yeux, il ne bouge pas, lui aussi retient le temps, l'immobilise.

MONSIEUR LE BARON DONETTI
(à voix basse et grave)
Revenez bientôt...

Madame de... entrouvre la porte, très lentement, elle l'étreint, elle se serre contre la porte, elle pose ses lèvres, son front contre le battant de la porte, des larmes remplissent ses yeux...

MADAME DE...
(*dans un souffle, très lentement*)
Je ne vous aime pas, je ne vous aime pas, je ne vous aime pas....

Il est de l'autre côté de la porte, il se retient, il retient son chapeau, sa canne, il maîtrise ses mains...

MONSIEUR LE BARON DONETTI
Revenez ! Vite...

Il baisse les yeux comme après une prière. Elle referme la porte et titube. Derrière elle, les domestiques s'agitent en un ballet désarticulé.

Angelina pleure doucement, les yeux clos, elle sait bien, elle aussi, qu'un amour aussi beau ne peut s'oublier sous les roues d'un carrosse vers les lacs italiens. Elle connaît la fin du film, elle a pleuré souvent, elle n'espère plus rien. L'amour demande tant de fines stratégies pour garder l'amoureux en son nid. Elle a été oie blanche, bas-bleu, plante verte, rose flétrie. Une pauvre midinette qui, au désir, n'a rien compris. Elle n'a pas su mêler la peur, le danger, la surprise aux plis de son cœur déployé. Elle a tout donné, sans calcul ni secret. Il a posé sur d'autres l'éclat de son regard, ce n'est pas sa faute si les femmes glissent dans ses bras comme dans un bas de soie, elle le sait, elle déchiffre le regard qu'elles lui jettent, parfois elle se redresse, elle bombe le torse, elle dit il est à moi et vous ne l'aurez pas... et puis, elle doute, se voûte, elle est anéantie. Tes prières sont vaines, inutile de te plaindre, tu as perdu ! Il te faut fuir ! Et ses bras, et sa tête, et ses jambes tressaillent, elle se tord en un ultime spasme et s'effondre, vaincue. Je ne vous aime pas, je ne vous aime pas, je ne vous aime pas, elle répète dans ses larmes, je ne vous aime pas

... et Mann surgit, près d'elle, et la prend dans ses bras...

MANN
Que dis-tu, mon amour ? Et pourquoi cette chute ?

ANGELINA
Je ne vous aime pas, je ne vous aime pas, je ne vous aime pas...

MANN
Ton cauchemar, encore ! J'enrage, je deviens fou ! Je ne peux plus vivre ainsi !

Il la prend dans ses bras, il l'allonge contre lui, il lui baise les cheveux et la berce en silence. Ses yeux font le tour de la pièce, a-t-elle heurté un meuble en tombant ? Son pied a-t-il dérapé sur un obstacle indu ? Il regarde, il ne trouve rien, rien qu'une feuille blanche à portée de la main... Il s'en saisit, la lit, tout s'éclaire, il comprend, elle sait ! Elle sait ce qu'il voulait à tout prix lui cacher ! Il lit les mots tremblants qu'elle a tracés, il lit son téléphone, il lit son nom. Elle sait. Elle n'a pas supporté. Il s'était promis d'attendre encore un peu avant de l'affronter.

MANN
Oh ! mon amour... tu sais... C'était mon secret !

ANGELINA
Je sais, je suis indigne... je n'aurais pas dû lire.

MANN
Tu sais et tu tombes d'effroi... Tu as si peur que ça ?

ANGELINA

Je t'ai déçu, n'est-ce pas ?

MANN

Je débarrasserai ta tête de ces stupides idées, je te
délivrerai...

ANGELINA

Tu reviendras vers moi ?

MANN

Toujours je serai là. Rappelle-toi le serment que je
t'ai fait un jour, il faut me faire confiance...

Il la redresse, la force à le regarder, elle détourne
la tête, épuisée.

ANGELINA

J'ai si envie de fuir...

MANN

Pourquoi veux-tu partir ?

ANGELINA

Je laisserai la place...

MANN

Mon amour, j'ai fait une folie... De ne pas te parler.
J'avais si peur de te blesser... Ne pars pas ! Je ne vis
pas sans toi... Tu me pardonneras le jour où tu sauras...

Elle promet et tremble de ne pas réussir. Tout la
retient à lui, sans lui, elle est perdue. Elle se souvient
de ces mots que, jadis, il prononça alors qu'il s'apprêtait à l'abandonner une première fois, je dois partir,
disait-il, je dois partir, attends-moi... Aie confiance.
Je voudrais te demander une chose, dit-il. Une
seule chose...

Tu peux tout me demander, tu le sais.

Ecoute, écoute, je parle sérieusement. C'est important...

Je t'écoute, je t'écoute sérieusement.

Je voudrais que jamais, tu entends, jamais tu ne perdes confiance en moi. Même si les éléments les plus terribles, les plus noirs me confondent, m'habillent de traîtrise, de tromperie, te prouvent que je t'ai abandonnée, meurtrie, que jamais tu ne les croies, que toujours tu espères... Promets-moi.

Je te le promets.

Que tu n'écouteras ni les autres ni celle qui est en toi et qui doute toujours.

Je te le promets.

Que jamais tu ne me travestiras de lâcheté, de duplicité, de cynisme.

Jamais.

Que toujours tu auras foi en moi envers et contre tout, envers et contre tous.

Toujours.

Alors je peux marcher la tête haute et le cœur léger, armé comme un guerrier qui rit devant l'épée. Alors je peux conquérir le monde, détourner les océans et les rivières, irriguer les déserts, te guérir des plus fortes fièvres, te parer des plus belles fleurs. Alors, si tu me donnes ta confiance, je peux tout, mon amour.

Je te donne ma confiance pour toujours, mon amour.

Aujourd'hui, elle lui doit plus que la confiance.

Elle lui doit cet amour qu'elle ne connaît pas encore, l'amour qui donne tout et ne demande rien, l'amour qui s'efface, recueille les miettes, les verse en un levain généreux, tresse des guirlandes de pain doré et chaud, nourrit le corps et l'âme, l'amour, le vrai où l'on s'oublie, où l'on prie, où l'on s'incline devant son seul ami et devant tous les hommes. Je ne sais pas aimer ainsi, il faut que j'apprenne, c'est le seul amour qui vaille, le seul qui grandit, remplit, rassasie, il faut que je parte, que je fasse retraite, que je fasse silence pour que tout doucement l'empreinte de cet amour immense s'imprime dans mon cœur, resplendisse dans mes gestes, ce n'est qu'à ce prix-là que je connaîtrai la joie, la joie rend libre et fort, elle délivre de la peur, cette infâme compagne qui nous colle à la peau, je veux aimer Mann sans craindre de le perdre, je veux l'aimer en égale, être grande et libre, et donner sans compter.

Elle fait route dans la nuit, elle a pris le premier train qui attendait à quai, elle ne veut pas attendre, elle ne veut pas se retourner, elle s'en remet au hasard, le hasard n'existe pas, elle a tout à faire, tout à reconstruire, elle n'a pas peur, elle s'étonne même d'être si calme, si intrépide, elle veut tenir debout envers et contre tout, envers et contre toutes, le bruit des roues frappe les rails, scande les prénoms de ses rivales : Antoinette, Louise, Claire, Laetitia, laquelle va l'emporter ? Laquelle va se coucher contre Mann ? Nouer ses bras autour de lui, boire à sa bouche fraîche, tendre son cou, sa gorge ? Elle frissonne, elle chasse les images comme des mouches fauves, Antoinette, Louise, Claire, Laetitia, elles bourdonnent, lui lancent des aiguilles, lui crèvent les yeux, elles éclatent de rire, elle ne pleure plus, ce temps-là est passé, elle ne sait pas pourquoi, elle veut laisser le temps faire son ravaudage, apprendre, quitter sa niche douce, son amour, son rosier, et affronter l'orage. Elle doit livrer combat, sans lui, Mann n'a rien à voir dans cette lutte aveugle, c'est à elle de comprendre, c'est à elle de gagner, elle sait, elle n'a plus peur même si le bruit des roues lui martèle la tête d'une ritournelle grinçante, lui enfonce des clous rougis au feu qu'elle arrache un à un sans gémir ni se plaindre.

Monsieur Despax rayonne sur son lit d'hôpital. De monsieur Despax, rien ne dépasse, on ne voit que ses yeux, deux yeux qui brillent, jubilent dans un enchevêtrement de bandes blanches, le reste de son corps repose sous les draps, emmailloté dans des pansements, des plâtres, des attelles, des drains d'où part un goutte-à-goutte. Monsieur Despax n'en a cure. Il vient avec beaucoup de difficulté de feuilleter le grand dictionnaire, il a cherché la définition du mot « accident » et la déchiffre en gourmet savant :

ACCIDENT : du participe présent, *accidens,* « tomber sur » et, au figuré, « arriver par hasard ».

Il se mord les lèvres pour ne pas rire, cela lui soulève les côtes et le fait souffrir. Il gigote sur le lit pour atténuer la peine. Que la vie est belle ! Que la vie est drôle ! Quel farfadet charmant anime ces chroniques ! Voilà son accident résumé en deux lignes ! Il est tombé dans l'escalier, à cause d'un rosier, par le plus grand hasard ! Que la langue est belle et précise, pythie devineresse, sorcière clairvoyante, c'est à cette divinité qu'il veut dorénavant consacrer tout son temps. La grammaire ! Le vocabulaire ! ces deux phares éclaireront sa route. Il faut que ce soit clair ! Le doute n'est plus permis ! Qu'elle cesse ses visites, celle qui le poursuit encore ! Il doit être inflexible. Armé de ses deux tomes, il ne craint plus personne. Ce sont deux boucliers qu'Achille lui envierait. Elle peut rôder avec son air de chatte éprise, ses mines sournoises et fausses, sa pitié empruntée. Un peu de naturel, de franchise, jouons cartes sur table ! Je ne suis plus cet agneau qui bêlait à ses pieds, cet animal de cirque qu'elle faisait tourner, un ballon sur le nez ! Cela suffit ! Quitte les lieux, infâme ! C'est qu'elle insiste, elle piétine dans le couloir en regardant sa montre, elle veut s'asseoir à mon chevet la première. Mais pourquoi ? Qu'attend-elle ? Elle m'a tout pris déjà, dévalisé, persécuté, harcelé ! Qu'elle s'en aille ! Elle n'aura rien de moi ! J'ai mieux à contempler !

C'est qu'il m'en arrive de belles, depuis que je suis tombé ! Je ne me reconnais plus. Un charivari dans ma tête ! Un puzzle endiablé ! il me revient des bouts de mon passé ! Des fragments que j'avais oubliés... De choir sur mon chef m'a rendu la mémoire ! En partie seulement ! Je ne sais rien de moi, j'ai tout à réapprendre, l'alcool, le chagrin, la misère avaient tout effacé, j'avais tout oublié mais voilà que le passé surgit sans crier gare, des bruits anciens, des mots durs, des mots doux, des odeurs, des parfums, des nénuphars... Qu'est-ce que c'est ? je ne sais, je vais bientôt savoir. Ça revient, ça se pose, ça prend tournure, je ne suis plus cet homme qui titubait en sortant les poubelles, qui essuyait les quolibets des uns, les remontrances des autres, je suis un autre mais qui ? Le sait-elle, la sale bête qui m'a rendu fou, qui m'a plongé dans l'alcool le plus dur ? et pourquoi pas le fusil sur la tempe ? Ç'aurait été plus sûr... Elle voulait se débarrasser de moi, mais pourquoi ? Elle m'a abandonné, jeté comme un mégot, je m'en souviens, j'étais devenu clodo ! et pourtant, elle vient chaque jour, demande comment je vais, si j'ai dit quelque chose, je l'ai entendue, hier, presser le médecin, l'assommer de questions, si j'avais parlé dans mon sommeil, si j'avais dit « magot ». Quel magot ? Pourquoi ce mot ?

Il se soulève un peu, il élève un bras, il empoigne le livre, l'ouvre à grand-peine, il tourne les pages lentement, il grimace, il s'applique, magot, ce mot cache une piste, mais laquelle, son œil exercé parcourt les

pages glacées, « magnifique », « magnitude »,
« magnolia », il s'arrête un instant, le mot lui rappelle quelque chose, magnolia, les grandes fleurs
blanches qui bordaient les marches qui allaient vers
la mer, quelle mer ? quelles marches ? « Magnolia »,
elle portait une robe rayée bleu et blanc et son parfum me tournait la tête, du jasmin, de la feuille de
violette, de la fleur d'oranger, du lilas, un clou de
girofle, du petit grain, du néroli, tout s'exhale en ce
bouquet d'arômes enchâssés, « magnolia », ombres
blanches qui parfument mon passé, « magnolia »,
qu'il est bon de vous respirer, pourquoi suis-je parti
loin de ces fleurs-là ? loin de ces tubéreuses enchantées ? J'étais donc si borné que je ne voyais pas
le bonheur près de moi ? « Magnolia » puis
« Magnum »... et le champagne éclate, et les rires et
les filles et le sable qu'on foule pieds nus en tendant
la main vers l'une, vers l'autre, et celle-là qui boite,
où va-t-elle dans la nuit avec sa jambe tordue ? Elle
pleure ou fait semblant ? Elle tend la main, mendie,
je la suis, j'ai trop bu, je ne sais plus, « magnum »,
un bruit terrible comme un bouchon qui saute, un
bruit qui tue, et je tombe, je tombe... Tout se mélange
dans ma tête ! Je ne sais plus, je dois suivre les mots,
leur faire confiance, ils guident mes pas vers le secret
caché, « magot », que caches-tu sous ton nom de
bouffon ?

MAGOT : d'origine incertaine. On a proposé d'y voir
une altération inexpliquée de l'ancien français
mugot, « trésor caché », qui est le même mot que
l'ancien français *musgot*, « provision de vivres et lieu
où l'on conserve les fruits », lui-même probablement
issu d'un germanique *musgauda* (voir Mijoter).

Mijoter, en Allemagne, dans un endroit rempli de
fruits... Mijoter avant de partir loin, loin... ses yeux
se plissent, sa mémoire part à la recherche, il entend
la corne de brume d'un bateau, des ordres lancés du
quai, des voix qui leur répondent, une odeur de
mazout, un cri de perroquet, il voit des ombres, une

odeur de fruits pourris lui soulève la gorge, des ananas moisis, des bananes trop sucrées, noires, sures, il se sent mal, il a chaud, son cœur se soulève, il veut sortir, il veut vomir, qu'on le laisse monter sur le pont là-haut, c'est cette odeur, cette odeur, il a toujours été si sensible aux odeurs... Que s'est-il passé ? Dans quel port a-t-il embarqué ? Pourquoi ces fruits pourris ? Et cet endroit gardé comme une sacristie ? Une cave, un grenier ? Il se voit, lui couché parmi les détritus, il fouille dans le tas, mais pourquoi ? Et ce magot ? D'où vient-il ? Est-il à lui ? Où l'a-t-il enfoui ?

La tête lui tourne, il ne sait plus, Despax, est-ce son nom vraiment ? Est-il un autre ? Un autre qu'elle a connu jadis ? C'est celui-là qu'elle veut, c'est son magot caché. Mais qui est cet homme ? Portait-il son nom ? Ou le lui a-t-elle changé ? Elle a changé son nom, elle l'a poussé à boire, elle l'a drogué aussi, il a perdu la mémoire, il serait mort pour elle, il le sait, il lui aurait obéi jusqu'à en perdre la tête, jusqu'à y perdre la vie, il l'a tellement aimée, cela il en est sûr, il lui en reste l'empreinte, cet amour maudit pour cette femme qui le guette, qui veut le détrousser... Mais quel est cet argent ? Il faut qu'il se souvienne, il le faut ! Pour la chasser ! Il ne veut plus la voir ! La fièvre le reprend, il referme les yeux, il veut dormir, il n'est pas de taille à affronter ce passé. Il a peur, que va-t-il trouver ? La convoitise pousse souvent au crime. Quel homme se cache derrière monsieur Despax, gardien de son état et grand liseur de livres ?

A son réveil, un homme est assis à son chevet, il lui prend le pouls. C'est le docteur Boulez. Vous allez mieux, dit-il, mais dans votre sommeil, vous parliez de magot, de champagne, de bateau, de boiteuse, de fruits pourris, de femme qui sourit, méchante, que signifient toutes ces péripéties ? Pourquoi délirez-vous ainsi ? Cela nuit au repos, il vous faut reprendre des forces pour galoper à nouveau. Allons, dites-moi tout ! Je suis médecin du corps et de l'âme, je garde

140

les secrets les plus infâmes, je n'ai peur de rien et rien ne m'effraie plus qu'un mal mystérieux qui ronge le mental et vient pourrir la chair. Monsieur Despax acquiesce. C'est que, depuis que je gis sur ce lit d'hôpital, il me revient des choses étranges, j'ai beau tourner et tourner dans ma tête, je ne démêle rien, je mélange tout. Le docteur Boulez se gratte fort la joue, dans ces cas-là, dit-il, il faut réveiller les fantômes, agir sans avoir peur, affronter le péril, que diriez-vous si j'entreprenais avec vous cette quête de sens ? Oh ! je n'en espérais pas tant, ce serait bien généreux à vous de m'accompagner dans ce voyage obscur car voyez-vous, docteur, je ne le disais pas mais cela fait un moment que je ne sais rien de moi. Et puis... A quoi sert la mémoire quand on n'a plus de vie, qu'on se traîne, déchet lamentable, qu'on se croit en survie ? Au début, je pensais que c'était le pastis, le Ricard, le whisky, l'anisette étoilée que je consommais sans modération... mais depuis que je suis ici, dans cet hôpital, les odeurs particulières à cet édifice ont réveillé en moi une série de mystères qui, à n'en pas douter, signent un lourd passé. Qu'ai-je fait autrefois ? Qui suis-je vraiment ? Quel est le rôle de cette femme avide, que vous avez croisée debout dans le couloir ? Que cherche-t-elle ici ? Car je ne peux croire qu'elle vient par bienveillance pour prendre de mes nouvelles... Je connais un secret qu'elle veut m'arracher, tant que je suis vivant, elle me traquera sans relâche, elle m'a déjà poussé à bout, elle était près du but, du moins elle le croyait et...

Arrêtez tout de suite, le délire vous reprend, nous allons procéder autrement. Pour vous rafraîchir la mémoire, pour la ressusciter, je vais aller quérir tout ce qui vous tourmente, le bouchon de champagne qui claque près des oreilles, les fruits pourris qui croupissent au fond d'un paquebot, le cri d'un perroquet, la sirène d'un bateau, un peu de sable chaud, le rire d'une femme... Je convoquerai ces témoins irritants qui se moquent de vous. A force de les entendre, de les respirer, peut-être vous souviendrez-vous d'un détail, d'une plage, d'un été et tout vous reviendra, tout se mettra en place. Monsieur Despax ne peut contenir ses larmes, que vous êtes bons avec moi, vous, monsieur Mann, mademoiselle Angelina, chacun tour à tour vous vous penchez sur moi, vous me tendez la main, mais pourquoi ? Parce que vous êtes un homme, un prochain, un égal, qu'une étincelle divine brille dans vos entrailles, que chaque vie sauvée est un pied de nez au Malin qui veut tout polluer...

Polluer...

Polluer ? A ce mot, le gardien se redresse et s'agite, le rosier, mon Dieu, où est-il ? A-t-il péri fracassé dans la chute ? L'a-t-il écrasé sous son poids en tombant ? Ce serait terrible, il ne se le pardonnerait pas, mademoiselle Angelina l'aime tellement ! Il va bien, on l'a transporté dans une clinique spéciale pour rosiers fracassés. Il ment, bien sûr il ment, le rosier a été ramassé, rempoté, remonté sur son balcon où il doit affronter à nouveau les pluies acides et l'air vicié de la ville. Ah ! je respire, il n'est pas mort, j'ai craint le pire, je crois que je vais prendre un peu de repos, la tête me tourne...

Il serre une dernière fois la main du bon docteur, se tourne vers le mur et soupire. Il n'est pas certain de vouloir affronter son passé, être jugé peut-être, montré du doigt, privé de liberté, de ses livres, ses grammaires, ses dictionnaires, a-t-on le droit de les emporter avec soi en prison ? Je ne serai vaillant qu'à cette condition, marmonne-t-il avant de tomber dans un sommeil profond.

Je te l'ai dit cent fois, tonne Mann arpentant le bureau, enfonçant ses talons de géant dans la moquette blanche, chassant les mèches de cheveux noirs qui tombent sur son front, chaque fois qu'il m'arrive d'être heureux, de respirer enfin, chaque fois que j'ouvre mes poings, chaque fois le malheur se rue sur moi et me ceinture ! il me traîne à terre, m'étourdit, me punit de l'avoir relégué au rang de péripétie ! Le malheur est gourmand, le malheur est sévère, il châtie l'insolent qui le nargue et le nie ! Elle est partie. Je croyais à un jeu, à une comédie, je l'écoutais parler, je me disais, elle croque du malheur, elle veut se faire peur... je ne lui avais rien dit de la liste de femmes, je gardais le secret, je lui aurais dit un jour ! Les femmes sont intrépides, les femmes sont hardies ! Elles s'inventent des histoires, des folles du logis, elles les enfourchent, s'envolent ! Et nous restons là, les bras ballants, le nez au vent, bernés...

Où est-elle allée, Mann ? Tu as bien une idée ! Je ne sais pas, elle m'a échappé ! Il marche de long en large dans le bureau désert, c'est le soir, il marche dans son grand manteau noir, il s'emporte, il enrage, il agite ses manches, il se frappe le front, il se mord le poing, il menace, je le connais depuis si longtemps, à quoi bon lui dire que la vie est ainsi, du bonheur et du malheur, du malheur et du bonheur, qu'il faut s'y habituer, que c'est une grande chance, cette alternance d'états... Que dirait-il de ma vie à moi ? Plate comme un lac morne sous un ciel de cendres.

Oh ! Mann, si tu savais ce que c'est que de vivre sans passion, ni tourment, ni désir... Vivre sans appétit ! Si tu savais que, parfois, il m'arrive de te haïr, toi qui dévores tout ! Qu'as-tu de plus que moi outre ta bonne mine, ta taille de géant, ton sourire, ton éclat ? C'est beaucoup, je le sais, mais est-ce suffisant pour rafler toutes les femmes, les rires et les larmes, les soleils et l'ivresse d'un monde qui se refuse à moi ? Tu as vu mon visage ? Il est lisse, il est rose, il respire l'ennui. Depuis qu'elle est partie, cette mère Majesté, personne ne l'a remplacée. J'ai jeté une pierre au fond de ma poitrine, ce serait pour moi le plus grand des bonheurs que de poser la main sur mon cœur et de sentir qu'il bat, qu'il vibre, qu'il palpite... Mais à quoi servirait de parler maintenant, tu ne m'écouterais pas, Mann, tu tournes en rond, tu rumines ton chagrin, tu l'étripes, tu rugis...

Chaque fois que je ploie un genou, que j'aime sans compter, que je m'offre tout entier, je crois prier une femme... mais c'est un fier guerrier que j'implore ! Je ne veux plus faire la guerre, je l'ai faite autrefois, elle ne m'amuse plus, passe-temps des cœurs stériles et secs, je veux aimer jusqu'au ciel, jusqu'aux racines, je veux tout donner, je veux qu'elle prenne tout et davantage encore, qu'elle prenne mes désirs les plus noirs, mes plus vils péchés, mes faiblesses, mon orgueil, ma vanité, qu'elle baise mes lèvres de lépreux, qu'elle m'aime à terre, me relève, me couronne... je veux tout... un amour qui résiste aux flammes, aux bûchers, aux tyrans ! Rien n'est petit chez elle, ce n'est pas comme cette autre que j'ai aimée jadis, qui se parait de rouge, de vert, et d'artifice pour imiter le feu et cacher sa banquise, celle-là je ne l'ai pas pleurée, je ne l'ai pas cherchée...

Margret est revenue, Mann, est-ce que tu le sais ? Elle est venue me voir, dans ce bureau, un soir que j'étais seul, elle n'a pas perdu espoir, elle veut te retrouver, mais tu lui as dit que j'en aimais une autre ? elle a éclaté de rire, elle te cherche partout, elle renifle ta trace comme une chienne en chasse, elle te retrouvera, Mann, elle n'a pas renoncé ! je ne l'aime plus, je ne l'ai jamais aimée, c'est une autre que je chérissais en elle, tu le sais, c'est toi qui me l'as dit, toi qui m'as ouvert les yeux ! C'est après ton séjour chez moi, en Islande, que les écailles sont tombées de mes yeux abusés ! Tu m'as réveillé d'un songe creux ! Je t'en ai voulu pourtant, tu me volais mon rêve, ma raison d'espérer, ma béquille trompeuse, j'ai longtemps refusé, puis soudain, j'ai vu clair, mais il était trop tard ! Elle avait compris, elle aussi, longtemps avant moi, l'amour aiguise les sens, débusque le danger ! Je ne lui pardonnerai jamais sa vile comédie ! Quel idiot, j'ai été ! Ah ! elle était tombée de cheval ! paralysée à jamais ! Ah ! les radios ne lui laissaient aucun espoir de marcher ! Elle jouait la généreuse, elle minaudait, pars si tu veux, ne reste pas ici, ma vie est finie ! Plus rien ne lui importait, elle ne voulait plus vivre et pour que je la croie, pour effacer le doute qui s'emparait de moi, elle a pris un fusil, m'a demandé de la conduire aux écuries, et, profitant d'un moment où je parlais à Jan, le palefrenier, a abattu sans ciller le pur-sang unique que son père lui avait donné ! Je le revois encore... son long cou se tordait en une dernière prière, son regard plein d'amour demandait pourquoi, qu'ai-je fait de si terrible que tu veuilles ma mort ? Je me souviens du regard éperdu qu'il lui a jeté avant qu'elle ne tire... Elle n'a pas hésité ! Trois coups de feu ! Il ne bougeait pas, il ne cherchait pas à fuir, il a plié les jambes, il a tendu son cou, il se rendait à elle, il voulait bien mourir ! ce dernier regard ! J'aurais dû me méfier... Je me suis retourné pour contempler ce pur-sang étoilé qui sautait les haies de si douce façon qu'on le donnait aux enfants quand ils voulaient apprendre ! On l'appelait, il venait manger dans la main, on le sifflait, il accourait pour qu'on pose la selle. Il s'appelait Arsène, un beau cheval bai... Et puis après... ces longues soirées à me morfondre, à tisonner le feu, je la croyais immobile à jamais, je ruminais, c'était ma faute, elle ne voulait pas monter ce jour-là, j'avais dit : ce n'est pas grave, j'irai avec Alice, la fille du gardien, je l'aime beaucoup, Alice, elle est jolie, elle saute bien les haies, elle a des yeux si bleus qu'on y lit ses pensées... C'est vrai, je l'aimais bien et elle me le rendait... Margret m'a suivi, elle a sellé Arsène et nous sommes partis dans la lande, il pleuvait, le sol était glissant, au retour, en franchissant un fossé plein de boue, elle est tombée la tête la première, c'était ma faute, elle ne le disait jamais mais le laissait entendre, c'est Mann, il n'aime pas monter seul, il aime la compagnie, les courses sous la pluie, les chevaux qu'on ramène écumants à l'écurie, c'est Mann... Elle minaudait et me tendait la main comme une petite fille punie d'avoir si bien obéi... Et moi, je me disais, je ne peux plus partir, elle a raison, c'est ma faute, elle est seule, qui va tenir la ferme, elle n'a personne au monde... Je ne l'aimais plus déjà, je te l'assure, je ne l'aimais plus... Tout cela, je te l'ai dit cent fois mais l'idée qu'elle est là, dans la ville, qu'elle me guette, qu'elle m'épie, me rend fou, elle est capable de tout... Oublie, Mann, oublie, elle se lassera ! Non, tu ne la connais pas ! Rien ne lui fait peur ! Enchaîné à elle, voilà ce que j'étais ! Mann par-ci, Mann par-là, je n'avais plus le droit de partir galoper, je regardais au loin les montagnes enneigées, énormes dinosaures à la crête hérissée, les champs de lave noire, l'herbe verte, les terrils rayés de coulées rouges... elle me tenait en laisse, où vas-tu, Mann, qu'est-ce que tu fais ? cent fois par jour, elle m'appelait, elle savait que je luttais contre l'envie de fuir, elle ne disait rien, elle veillait au grain, on se faisait la guerre avec des mots très doux, elle disait : je t'aime, reste avec moi, sans toi je ne suis rien, je suis là, Margret, je veille sur toi, et je serrais les cuisses pour emballer sous moi un cheval chimérique... Je disais : il faut que je surveille la récolte de blé, que je marque les moutons, récolte les duvets, elle disait : laisse, ils le feront sans toi... chaque jour je devenais plus sombre, mais je m'occupais d'elle, elle semblait heureuse, nous étions tous les deux... J'étais sans forces, écrasé de remords, j'attendais, je pensais un jour, je me libérerai, je ne savais pas comment, je pensais à ta mère, je me suis remis au piano, elle en devint jalouse et je dus arrêter ! et puis un jour, le fermier est venu me chercher, des bêtes étaient malades, il fallait les soigner, les déplacer, elle m'a laissé partir à regret, j'ai installé la couverture, j'ai allumé la télé, lui ai préparé un plateau, des gâteaux, du thé... Ce soir-là, je me souviens, je ne suis pas rentré, j'ai galopé dans la lande verte et noire, sur la mousse des volcans où les sabots trébuchent, mon cheval volait par-dessus les rochers, il volait, après toutes ces journées passées à l'écurie, il était comme moi, ivre d'espace, de lumière, d'infini et je l'encourageais, plus vite, plus vite, emmène-moi loin d'ici, encore plus vite, il galopait, il galopait vers la montagne noire, les lacs de glace blanche, il faisait froid, le vent du nord s'était levé, la pluie tombait fine et serrée, je ne sentais rien, je délirais, je criais dans la nuit, je criais dans le froid, je me disais pourquoi pas ? pourquoi ne pas partir ? Je suis parti très loin, mon cheval écumait de mousse blanche, il crachait, il suait, il ruait, je le poussais encore, et tout me revenait, ta mère, les concerts, les leçons de piano, sa main sur la mienne quand j'apprenais mes gammes, son sourire si beau, ses longs cheveux qu'elle laissait tomber en rideau sur mon visage le soir, fais-moi la pluie, je lui disais, fais-moi la pluie... Au petit matin, je suis rentré à pied, mon cheval boitait, je le tenais par les rênes, je lui parlais, je lui disais donne-moi du courage, je ne veux pas rentrer et pourtant je me rends, tu vois, les hommes les plus forts reculent devant leur conscience, c'est une arme redoutable qui nous met à genoux, mais peut-on construire toute une vie sur le fait de se sentir coupable ? Il m'écoutait, il hennissait, il secouait la tête au vent, il voulait dire va-t'en, va-t'en, j'étais fier de lui, si fier de sa force, tu n'es pas libre toi non plus, tu n'es pas libre, nous sommes tous deux enchaînés à plus fort que nous, je voulais que le temps dure longtemps avant d'arriver, je voulais me glisser dans la maison, ne pas la réveiller, ne pas entendre ses plaintes, ses questions... je suis entré, j'ai levé la poignée de la porte en silence, tu te rappelles quand on était enfants, quand je me faufilais pour mieux te surprendre ?

Je te traitais de bandit, de voleur, tu me faisais peur...

Je me suis glissé dans le salon, j'ai voulu m'approcher de la baie, regarder en homme libre l'aube qui se levait... j'ai entendu un bruit dans la cuisine... Quelqu'un au téléphone parlait à la police, disait que j'étais parti, donnait mon signalement, parlait d'aéroport, qu'il fallait m'arrêter, j'avais volé l'argent... J'ai regardé le canapé où je l'avais laissée. Il était vide. Je me suis approché doucement de la cuisine, j'ai poussé la porte à deux battants, elle parlait au téléphone, elle marchait en tenant le fil d'une main, elle tournait en rond, elle s'agitait, elle criait : il faut le retrouver, cet homme est dangereux, c'est un voleur, il m'a tout pris ! Elle frappait de la pointe du pied la frise du carrelage, de toutes ses forces comme une enfant en rage, je me suis dit : regarde bien, retiens tout ce que tu vois, écarquille les yeux, compte bien tous ses pas, remarque la jambe tendue, le talon enfoncé, la taille qui pivote, regarde bien et puis... J'ai dit tout bas, tout bas : Margret, elle s'est retournée comme une toupie heurtée, elle a lâché le téléphone, il s'est balancé un moment dans le vide, elle a mis ses mains sur sa bouche, elle était toute blanche, elle ne savait que faire, j'étais très calme, si heureux, si heureux, elle marchait, elle n'était pas paralysée, j'étais libre ! j'ai répété : Margret ? elle est venue vers moi, elle a dit mon amour, je vais tout t'expliquer, c'est un miracle, tu sais ! elle a jeté ses bras autour de moi, je les ai défaits, je lui ai dit regarde-moi, Margret, regarde-moi bien car tu ne me verras plus, je te laisse tout, tu peux tout garder, l'argent, la ferme, les bêtes, je m'en vais... et je suis parti ! Sans rien emporter, sans même me retourner ! Je suis venu te retrouver ici, tu te souviens, ce jour où j'ai rencontré Angelina, je t'ai montré les radios...

Je me souviens, je les ai examinées, elle n'avait rien, rien du tout...

C'était un coup monté avec son médecin, ils avaient tout manigancé, je suis reparti régler quelques affaires, le piano blanc d'abord, le piano de ta mère, je ne voulais pas le laisser en Islande... et puis, il y avait le reste... j'avais peur qu'elle ne se serve de moi, de mon nom, le jour de mon départ elle a tenté de me faire arrêter à l'aéroport, un coup de téléphone anonyme, je transportais de la drogue, j'étais un dangereux trafiquant, je n'ai eu aucun mal à prouver le contraire mais cela a pris du temps, j'ai raté l'avion que je devais prendre, Angelina a cru que je ne venais plus... Quand j'ai été libre enfin, que j'ai pu repartir, c'était le jour de ses noces ! C'est dans un journal, dans l'avion, que j'ai lu le faire-part de mariage, l'adresse de la mairie, l'heure de la cérémonie ! Ah ! ils ont du bon les usages bourgeois, le carnet du jour que je ne lis jamais m'a attiré l'œil cette fois !

Oh ! que ne donnerais-je pas pour vivre une heure, rien qu'une heure de cette vie-là...

Aujourd'hui, tu sais tout, elle est partie, elle me fuit, je perds la raison...

Il se laisse tomber dans le fauteuil en cuir, ses épaules se voûtent, sa nuque ploie, il soupire, il contemple ses mains sans les voir, les gratte jusqu'au sang.

Elle reviendra, Mann, elle reviendra, il faut être patient, tout est allé si vite... Il dit des mots sans sens pour masquer son envie, oh ! qu'il souffre lui aussi, cela m'est doux à voir, oui, je sais, c'est hideux de ma part, je me dégoûte mais c'est plus fort que moi... il répète, sans foi : elle reviendra, elle reviendra, tu crois, dit Mann, il lève sur lui un regard d'abandon, il espère un instant, il sourit. Puis il se reprend, son regard s'assombrit, il se lève, s'étire, il fait craquer ses doigts, reprend sa marche de forçat, je n'en suis pas aussi certain que toi, elle doute, elle croit que je l'ai trahie, elle brode mille histoires...

Es-tu allé chez Paul ? Elle est peut-être partie se réfugier chez lui, il connaît tout d'elle, c'est son plus vieil ami... Il éclate de rire, ses yeux brûlent les miens, retrouver Paul ! Tu es fou ! Cet homme minuscule, cette ombre, cette esquisse ? Et pourquoi pas ? On a vu souvent des femmes s'enflammer pour des hommes ordinaires ! J'en ai connu plusieurs dans ma clientèle. Pas Angelina ! Tu la soignes peut-être mais ne la connais pas. Elle ne vit pas dans un monde ordinaire, elle vit à perte de vue, dans son imaginaire. Quelqu'un qui ne voit pas plus loin que le bout de son nez a de l'amour une vision simplifiée, il aime ou il n'aime pas, on l'aime ou on ne l'aime pas, il ne va pas chercher plus loin, il ne fait pas feu de tout bois. Un plus un égale deux et le train-train l'emporte. Bientôt plus rien ne le dérange, ne l'enflamme, ni ne le transporte... tandis qu'Angelina vit dans un autre monde. Un monde où tout est signes, indices, nuances indicibles, détails invisibles, elle alimente ainsi une toile qu'elle brode, enlumine, tisse de mille fils. Il n'y a pas de limite à sa quête, tout est miel, tout est fiel, elle rêve, elle s'envole, elle ne vit pas sur terre... et la logique s'efface, on ne la raisonne pas. C'est une âme sensible qui invente mille vies, mille raisons de croire et de désespérer, une âme supérieure qui souffre de tant savoir, de tant comprendre ! Tu déraisonnes, Mann, tu dis n'importe quoi ! Non, je sais sa folie magnifique, son intransigeance, c'est pour cela aussi que je l'aime à en mourir !

Il tourne les talons, il ouvre grand la porte, se retourne vers moi, éclate d'un rire féroce... il est parti, je reste là, anéanti, spectateur impuissant de cet homme que la vie m'a jeté dans un cahot de route et qui n'en finit pas de me bouleverser.

Madame Rosier ne sait plus comment s'occuper. Elle a beau promener un regard sévère autour d'elle, plisser les yeux, scruter la surface des meubles, des fenêtres, plus la moindre poussière à ramasser, le moindre cuivre à faire briller, la moindre vitre à nettoyer. Le parquet est ciré, les nappes sont repassées, les étagères rangées, les penderies bien en ordre. Elle pourrait recommencer... cela ne changerait rien, elle a beau s'étourdir, sa conscience lui parle et toujours la même ritournelle : pourquoi ne vas-tu pas le voir à l'hôpital ? Pourquoi ? Gertrude Rosier est muette. Pourquoi, en effet, ne va-t-elle pas rendre visite à monsieur Despax sur son lit de souffrance ? Elle sait qu'il est en piètre état. Elle sait la chute, le rosier, les triples fractures, les plâtres, les drains, le goutte-à-goutte, les blessures, elle sait mais ne peut se résoudre à se déplacer. Pourquoi, Gertrude, pourquoi ? Madame Rosier se parle souvent à elle-même, c'est une habitude qu'elle a contractée à force de vivre seule. Si elle veut mettre un peu d'animation dans son deux pièces étroit, il lui faut bien se parler à haute voix. Ma pauvre Gertrude par-ci, ma pauvre Gertrude par-là, cent fois par jour, elle s'apostrophe. Gertrude, tu te fais vieille, regarde un peu tes rides, chausse tes lunettes, tu glisses vers la vieillesse et tu n'as rien vécu, un mariage éclair, quelques belles promesses suivies d'échecs, d'arrangements discrets, mais aucune prouesse, rien dont tu ne puisses te vanter, je sais, je sais, répond-elle à son double, mais rappelle-toi, c'était ainsi de mon temps, on ne se battait

151

pas, on avalait tout cru les idées de nos mères, on restait dans le rang, on ne dérangeait pas, et tu voudrais que j'aille visiter un homme que je ne connais pas ? Tu le connais, voyons, tu prends le thé chez lui ! Je le connais, d'accord, mais en secret. Personne ne le sait. C'est très différent de m'afficher en plein jour au pied de son lit ! Tiens, rien qu'à prononcer ce mot, je rougis ! Tu vois, j'ai des progrès à faire ! On n'est pas très dégourdies dans la famille ! Ma mère était pauvre et modeste quand mon père l'a rencontrée, elle n'avait rien d'une suffragette ! Il était issu d'une excellente famille qui l'a déshérité dès que le bruit courut qu'il voulait se marier. Ils furent reniés tous deux, privés d'héritage, il ne savait rien faire, il mourut poitrinaire, j'avais trois ans à peine ! Ma mère travailla dur pour m'élever, elle me mit à la tâche dès qu'elle put ! Ouvrière à seize ans ! De la vie, je n'ai connu que le dur labeur, trois mois d'idylle le temps de mon hyménée puis je retournai le nez sur le clavier. J'étais dactylo-chef quand je pris ma retraite, une maigre pension qui me permet à peine de garder ce logis ! Comment puis-je être hardie dans ces conditions extrêmes ? Personne ne m'a appris ! Il faut de l'entraînement, de l'argent, des rires, un compagnon ! Je n'ai rien de cela ! D'autres ont essayé au moins, toi jamais, pas le moindre entrain à tenter l'aventure ! Je ne suis pas une tête brûlée, j'ai des principes, j'ai été éduquée ! Cela n'a rien à voir, on peut être honnête, droite et exaltée ! Lis la vie des saintes, Gertrude, et prends-en de la graine ! Elles osaient sans rougir, soignaient les scrofuleux, piétinaient les crotales ! Et toi, tu hésites devant une simple visite à l'hôpital ! Ce n'est pas tout, il y a autre chose... Quoi donc ? C'est que c'est dur à dire... Vas-y, ose pour une fois ! Ecoute, Gertrude, quand même, tu sais bien... je sais quoi ?... Eh bien... Eh bien quoi ? Mais parle donc ! Pourquoi cet embarras ? Je n'ose pas, j'ai un peu honte... Ecoute, il n'y a personne dans la pièce, dis-le-moi ! Bon, d'accord ! Mais

tu ne me fustiges pas ! Tu ne me fais pas la leçon ?
J'essaierai, Gertrude, j'essaierai... Madame Rosier a
honte, pour une chrétienne ce n'est pas très beau ce
qu'elle va avouer, elle regarde à droite, elle regarde
à gauche, s'assure que personne ne l'épie, puis arti-
cule très bas : Gertrude, écoute... ce n'est pas très
charitable de ma part mais... Vas-y enfin ! Dégoise !
Gertrude... il est concierge, cet homme, c'est peu
dans l'échelle sociale... C'est cela qui t'arrête ? Je suis
franche avec toi, cela me refroidit un peu... Alors ça !
Tu me fais honte, Gertrude, tu me fais honte ! Que
celui qui n'a jamais péché me jette la première
pierre ! s'emporte madame Rosier, c'est facile de me
faire la leçon, ah ! tu as le beau rôle en tant que
conscience, tu ne descends pas sur terre, toi, tu ne
te salis pas... Oh ! mais je ne serais pas fière si j'étais
toi ! Eclaire-moi d'un doute : cet homme serait, par
le plus grand des hasards, fils de maharadjah et de
maharani, tu te précipiterais au pied de son lit ?
Madame Rosier rougit, Gertrude n'a pas tort, un
maharadjah ! quand même, ça ne se néglige pas ! Tu
m'énerves à la fin, laisse-moi tranquille, comme si je
n'avais pas assez de soucis ! On parle, on suppute, on
vaticine, mais il y a plus grave : ma fille a disparu !
Une nouvelle fugue ! Personne ne sait où elle est !
Pas même le ravisseur !

   Madame Rosier tourne et tourne dans son appartement. C'est vrai qu'il en a pris de la place, monsieur
Despax, elle n'a plus d'amies depuis qu'elle le fréquente. Elle passe ses après-midi dans la loge avec
lui, l'aide à faire le courrier, classe les requêtes, que
vont devenir ces illettrés ? Son cœur s'émeut, elle
s'inquiète, elle a honte et veut se rattraper.

   La queue est déjà longue quand elle arrive enfin.
Elle n'a pas la clé mais elle se souvient, la porte de
la cuisine qui donne sur la cour est toujours entrouverte, il ne la ferme jamais, elle la pousse doucement,
entre sur la pointe des pieds, quelle drôle d'impression de pénétrer ainsi chez lui ! c'est toute une aven-

ture ! Et s'il était au lit ? et s'il était guéri et qu'il l'attendait ? S'il lui tendait les bras et la renversait ? Elle se reprend, elle se gourmande : Gertrude, arrête tes sottises ! Elle relève sa voilette, ôte ses gants de peau, s'installe sur la chaise, sort son stylo, ouvre son encrier d'encre violette, reçoit le premier homme dans la queue, un géant en boubou bleu, une lettre pour l'Afrique, pour sa femme première, qui est restée là-bas à balayer la case, elle m'aime, elle est fière, elle a de très grands pieds, écrivez ce que vous désirez, elle ne sait pas lire, elle respire mes missives, les palpe, les frotte contre sa peau, se parfume de mes mots, que c'est beau, soupire Gertrude dont le cœur chavire, elle l'écoute, elle écrit, elle s'applique, la queue est déjà longue et son temps est compté, à quatre heures la loge doit fermer. A l'heure dite, elle renvoie tout le monde, range son plumier, son papier, l'encre violette, enfile ses gants, installe sa voilette quand on frappe à la porte... elle crie non, non, c'est fermé, revenez demain à l'heure de la pause, c'est moi, dit une voix mâle, le syndic de l'immeuble, que faites-vous là, madame ? je suis une amie de monsieur Despax et... Monsieur Despax est malade, je dois faire visiter sa loge car nous allons le remplacer ! Comment, le remplacer ! Pour une si courte période ? Non, pour toujours, madame, on lui trouvera une autre place, ou on n'en trouvera pas, ajoute-t-il avec un petit sourire de connivence, un sourire qu'on échange entre gens du même monde, comment, s'échauffe madame Rosier, vous ne pouvez pas le congédier ainsi ! C'est grâce à cette loge qu'il s'est rétabli, qu'il a cessé de boire, qu'il a donné un sens à sa vie ! Si vous le jetez dehors, il est fini ! Peut-être, madame, mais on ne peut laisser un immeuble de cette catégorie sans gardien, c'est impossible, nous n'avons pas le choix, il est devenu plus froid soudain, son ton est moins poli, il prend de la hauteur, mais vous n'avez pas le droit, il avait un contrat ! Oui, peut-être, mais on s'arrange, allez, madame, allez, cela ne vous regarde en rien, rentrez chez vous, rentrez, mettez de la poudre sur ce joli nez... et puis il faut arrêter cette comédie, tous ces misérables dans cette entrée ! Les gens se plaignent, vous savez, les gens se plaignent, la charité publique, je ne suis pas contre mais qu'il se trouve un local pour s'adonner à ça !

À ces mots, Gertrude entre en scène et avant que madame Rosier ait pu répliquer, elle s'entend proposer au syndic un marché : je vous garde la loge le temps qu'il se remette ! Je la garde gratuitement à la seule condition que vous lui versiez son dû et qu'il n'en sache rien ! Le syndic la regarde, médusé, vous êtes insensée, madame, une dame de votre qualité, habillée, gantée, chapeautée, vous voulez travailler ! faire le ménage ! porter le courrier ! laver à grande eau ! sortir les poubelles dès potron-minet ! je sais faire le ménage, je ne suis pas manchote ! le reste, j'apprendrai, ce n'est pas sorcier ! Et surtout n'oubliez pas : pas un mot de tout cela ! Pas un mot ou je vous dénonce ! Comment cela, madame ? Je vous dénonce... voulez-vous que je m'explique à voix haute et devant tout le monde ? Oh ! Gertrude, tu exagères ! pense madame Rosier. Pas du tout, tu vas voir comme il va s'effacer ! regarde bien ! Cet homme a du moisi sur la conscience ! Elle a dit vrai, il baisse le ton, les épaules, bougonne ça va comme ça, et se retire sur la pointe des pieds. Ça alors ! pense madame Rosier, Gertrude comment as-tu fait ? Un peu d'audace, que diable ! et la vie désaltère à grands verres... il suffit d'un rien pour sortir du désert... Madame Rosier applaudit à tout va ! Gertrude a bien raison, la vie est aguichante quand on ne compte pas, qu'on se pend à son cou, qu'on la prie, qu'on la chante !

Et c'est ainsi que madame Rosier devient gardienne de l'immeuble de sa fille. Elle apprend à monter le courrier, à faire briller les boules de l'escalier et les poignées de porte, à sortir les poubelles à six heures du matin, à trier le courrier, à changer les ampoules, à battre les tapis, à brosser les moquettes, à graisser les serrures, à arroser les plantes, à cirer les parquets, à garder les paquets, les chiens et les bambins... Sans oublier les illettrés, à l'heure de la pause ! elle reçoit sur rendez-vous pour ne pas être inquiétée. Une belle clientèle disciplinée et douce qui lui apporte des noix de coco, des tissus, des eaux douces, des parfums, des alcools, des totems, des épices, des colliers, des pagnes, du rouge coquelicot à se mettre sur les lèvres... Boubou Bleu est le plus assidu, il la couvre de cadeaux, d'attentions, de gris-gris, il a très mauvais goût et madame Rosier ne sait plus comment échapper à ses offrandes sans le blesser. Vous savez, mon ami, lui dit-elle de son air le plus doux, je n'aime qu'un parfum qu'on ne fabrique plus, gardez pour vous ces patchoulis, ces violettes, ces muguets, gardez vos sous ! Boubou Bleu est déçu, il demande le nom de l'intrus, madame Rosier le lui écrit en calligraphiant de belles lettres, Boubou Bleu déchiffre Jolie Madame, il croit qu'elle parle d'elle, il hoche la tête, elle a raison, elle est bien jolie et bien bonne aussi...

Quand le soir arrive, madame Rosier récite sa prière, applique sa crème de nuit, déplie le canapé et glisse dans les draps. Plus besoin de calmants, de somnifères, de tisanes savantes, elle s'allonge, ferme les yeux, s'endort. Au réveil, elle enfile une blouse en tergal rose sur un pull de soie, des collants épais, boit son café au lait debout en trempant ses tartines, fait quelques flexions, deux ou trois étirements, épile ses sourcils, empoigne son seau, son plumeau, une éponge et part dans les escaliers. De jour en jour, elle voit son corps s'affiner : les muscles se dessinent, sa colonne s'allonge, elle observe son reflet dans la glace de l'entrée. Que tu es belle en souillon, murmure-t-elle, que tu es appétissante ! Ton corps s'épanouit loin des gaines étouffantes ! Elle esquisse un pas de danse, chantonne, elle est heureuse !

C'est sans compter avec sa conscience. Gertrude, s'entend-elle murmurer un jour alors qu'elle monte des colis au premier, tu n'es toujours pas allée le voir à l'hôpital, et pourtant tu es devenue concierge toi aussi ! Que crains-tu, maintenant ? Tsst ! Tsst ! répond Gertrude en posant le colis sur le paillasson, de quoi te mêles-tu ? J'irai quand j'irai, un point c'est tout ! Et quand ? Quand je l'aurai décidé... J'attends... et soudain, prise d'une subite inspiration, elle ajoute : j'attends un signe du Ciel qui m'intime l'ordre d'y aller, alors j'obéirai ! Sa conscience ne sait plus quoi répondre et se tient coite. Madame Rosier a gagné, pour combien de temps ? ceci est une autre histoire... elle a gagné, c'est suffisant ! Car si elle trouve grisant de se mettre au service des autres, de vivre dans une loge, de jouer à la gardienne, rejoindre le chevet de cet homme blessé est une autre affaire, où son cœur rouillé a son mot à dire, et pour le moment son cœur demeure résolument muet...

L'été fut tardif, cette année-là.

La pluie s'entêta à tomber tous les après-midi à l'heure du thé avec une régularité qui en déprima plus d'un. On ne disait plus tiens, il est quatre heures mais tiens, c'est l'heure de la première ondée. L'ondée de seize heures était suivie d'une courte apparition du soleil puis de l'ondée de seize heures quinze, l'ondée de seize heures trente, l'ondée de seize heures quarante-cinq. Les averses marquaient l'heure comme les chiffres romains au fronton d'un cadran solaire. Les bureaux des psychiatres se remplirent de patients déprimés qui regardaient leurs pieds. Lever les yeux au ciel était risqué.

Qui a dit que le ciel est bleu, maugréait Mann, le ciel n'est pas bleu, l'été n'est pas vert, l'automne n'est pas jaune, la neige n'est pas blanche, il faut être amoureux pour voir la vie en couleurs... amoureux et aimé...

Les jours allongeaient, les pluies rinçaient les trottoirs et les toits, l'été était devant lui, l'été, les cœurs se lient, se nouent, s'unissent pour la vie, il marchait seul.

Trois mois qu'elle était partie !

Aucune nouvelle d'elle.

Aucune nouvelle...

Il ne travaillait plus. Il n'ouvrait plus le courrier ni les fenêtres.

L'été est inutile, l'été est embarrassant, l'été est gris quand on se heurte à des couples qui s'embrassent, murmurent, rient en se lisant des yeux, achètent un croissant pour deux... il les maudissait en les croissant.

Il marchait seul...

Il marchait seul, les mains enfoncées dans les poches, les poings fermés, les pieds heurtant les trottoirs trop hauts. Partie, partie, partie, scandaient ses pas, partie où, je ne sais pas, partie sans moi, partie sans savoir pourquoi, elle lui manquait, elle lui manquait de plus en plus, elle lui manquait tout le temps, il lui arrivait d'éprouver de véritables points de côté à force de penser à elle, il s'appuyait aux murs, il fermait les yeux, ses pieds arrêtaient de scander les mots qui faisaient mal, toujours les mêmes. Et comme il ne savait pas répondre, il marchait.

Il marchait en aveugle, il ne regardait personne, il marchait en muet, il ne parlait à personne, il marchait en sourd, il n'entendait pas les voitures klaxonner sur son passage. En partant, Angelina l'avait rendu infirme. L'amour commence par un regard, le regard s'arrête sur l'autre, le regard choisit l'autre, le reconnaît puis les regards s'unissent, se caressent, on aime avec les yeux, l'amour est contemplation, extase, on n'a pas besoin de se parler, on se regarde, on se touche des yeux, on se caresse, on se lèche, on gémit des yeux, on pleure, on s'unit, on crie avec les yeux. On peut s'aimer derrière des barreaux, rien qu'avec les yeux.

Il marchait et ses yeux la cherchaient.

Angelina, Angelina...

... elle ne ressemble à aucune femme, elle ne fait pas de régime, elle n'a pas de points noirs, elle ne met pas de bas résille, elle ne fredonne pas les chansons à la mode, elle n'achète pas des bâtons de rouge, elle n'a pas de meilleure copine, elle ne porte pas de sac à main, elle garde tout dans ses poches. Elle parle au rosier, aux nuages, aux vitrines, aux chats, aux chiens, elle lit dix fois le même livre, dix fois le même passage qu'elle récite à haute voix, elle traverse les musées pour un seul tableau, entre dans les salles de cinéma pour une seule scène d'un film oublié, à la copie rayée. Elle est là, elle n'est pas là, il ne peut jamais dire elle est à moi, je la possède, elle glisse entre ses doigts, il demeure ballant, ballot, rempli de doute, va-t-il la retrouver ? va-t-elle le reconnaître ? Elle ne sait pas l'effet qu'elle produit sur lui, ce n'est pas de la coquetterie, ce n'est pas de la stratégie, c'est de la magie, parfois il se dit elle n'existe pas, je l'ai inventée, j'ai créé cette femme pour me consoler de ne l'avoir jamais rencontrée, pourquoi est-elle partie ? A cause de la liste ? de ces prénoms couchés sur du papier blanc ? Elle n'a pas cru que... Non, elle ne peut pas... Elle me fait confiance... Elle me l'a promis, me l'a répété lors de notre nuit de noces, elle ne peut pas être jalouse d'une autre... Alors ? Elle a eu peur que je retrouve cette femme ? que je la somme de s'expliquer, que je la menace ? elle a percé mon secret, elle a donc si peur ? Il ne peut savoir, elle est si différente, il hausse les épaules, écarte les bras en signe d'impuissance. Elle ne joue pas. Elle prend tout au sérieux comme une petite fille. Elle veut bien jouer mais à condition que cela soit sérieux. Tout est si grave chez elle ! et si léger aussi !

Il marche, il marche, elle lui manque tellement, ses jambes l'emportent, il marche, il éperonne l'air, il cravache l'espace, il y déverse son courroux, c'est la seule façon de faire passer le temps, le temps lui fait mal, les aiguilles de l'horloge s'enfoncent dans son cœur, l'écorchent, il veut comprendre, il refuse d'attendre, il ne comprend pas, patiiience, patiiience, dit une voix, patiiience, la voix grince dans sa tête, elle commande ses pas, les ordonne, elle ondule, plainte déchirante, longue écharpe de notes, elle se déploie, s'enroule autour de lui, patiiience, patiiience, il est prisonnier, où peut-il aller ? où qu'il aille il l'entendra, il baisse la tête, il tend ses poignets comme un prisonnier qu'on arrête, une horloge au loin sonne les douze coups de minuit, un carillon de douze notes qui trouent la nuit, l'égaient, l'enchantent, il entend, il se redresse, il dit j'entends ses pas, il dit elle n'est pas loin, elle revient... Et la musique de minuit lui répond, douze notes dans le bleu foncé de la nuit, douze notes qui vibrent, s'élancent, dessinent des noires, des blanches, des croches, des triolets, une mélodie chuchote en lui, des notes au piano, les premières notes qu'elle lui a apprises, elle, la première femme de sa vie... mi, la-si do do, ré-mi fa, si-do-ré-la-sol-fa, mi-fa, mi-ré dièse mi... elle les chantait en étendant les bras, en renversant la tête, et tout son corps tournait, tournait, elle dansait, elle danse, elle lui tend la main, elle lui montre les pas, il entre dans la danse, il la suit, mi, la-si do do, il glisse sur le bord du trottoir, un pied dessus, un pied dessous, mi, la-si-do do, il danse, la nuit est bleue, la nuit est douce, il se souvient, des notes qui commencent une vie, sa vie d'enfant ramassé au bord de la route, il tend l'oreille, il la voit, elle avance sur la route sombre, elle le regarde de haut, elle se moque, ils se mesurent, elle est revenue...

Elle est revenue lui parler, mi, la-si do do, ré-mi fa, si-do-ré-la-sol-fa, c'est ce qu'elle avait de plus cher, elle disait toujours quand tu as de la peine, de la joie, quand tu ne sais pas comment le dire, tu t'assieds là devant le piano blanc, et tu joues, tu joues... tu verras, les notes te diront ce que tu ne sais pas, les notes surgiront sous tes doigts, elles t'apprendront des mystères... tu les écouteras, tu les écouteras, elles te parleront, elles t'apaiseront, tu verras, mi, la-si do do...

Elle est revenue dans un carillon de douze notes échappées du clocher d'une église de ville, une église insolente qui chante à minuit, qui colore la nuit, souligne le rouge du sens interdit, l'orange de la carotte du tabac, le vert de la croix de la pharmacie, le jaune d'une marque de bière. Il lève les yeux au ciel et, pour la première fois depuis trois mois, il sourit, la colère s'éloigne, il s'apaise, il baisse les bras, il murmure merci, merci, je me souviens maintenant, je me souviens mi, la-si, do do, c'était si beau, mon premier morceau de piano... ma première joie muette, mi, la-si do do, ré-mi fa, si-do-ré-la-sol-fa, mi-fa, mi-ré dièse mi... il pousse des petits cris, il rit, il s'ébroue, elle se plaçait derrière moi, elle disposait mes doigts en crochets de sorcière, sorcière, sorcière, elle disait arrondis tes doigts, creuse la paume de ta main, tiens haut tes coudes, laisse aller tes bras, elle chantait les notes de sa voix grave comme si elle lui donnait les chiffres secrets pour ouvrir les portes d'un royaume enchanté, j'écoutais, je ne savais rien alors, je jouais en pensant à elle, tout ce qui est beau me vient d'elle, le piano, les concerts, la plainte de chaque instrument, sa place dans l'orchestre, et les mots aussi, les mots qu'elle m'a révélés en me récitant des poèmes...

Je suis né de cette femme croisée sur une route, la nuit.

Elle m'a tout donné... la première femme de ma vie.

Il s'assied devant le piano. Il l'ouvre, il sourit en pensant à Elle, la très belle, elle ne portait pas de prénom, juste un nom précédé de La... comme les plus grandes, il l'avait baptisée Mia, mienne, à moi, rien qu'à moi, il n'était pas prêteur, Mia, à moi, Mia ma mie, quand il était plus grand, Mia ma mère, ma femme, mon enfant, mon tout, Mia, reviens, j'ai à te parler ! Quelle autorité ! Elle lui obéissait, elle avait ce sourire qui marquait la distance, un léger temps d'arrêt avant de tout donner, pour souligner que c'était de son plein gré qu'elle s'abandonnait, qu'elle obéissait, elle imprimait toujours une lenteur calculée dans son acquiescement.

Il s'assied devant le piano blanc, il murmure à toi, à toi Mia que j'aime, à toi qui savais tout... il effleure le clavier, laisse courir ses doigts, ils racontent l'infortune de sa vie, ils courent sur les touches blanches et noires, ils racontent sa peine, son amour disparu, ils parlent, elle est partie, je la cherche partout, je suis devenu fou, dites moi, s'il vous plaît, je veux qu'elle revienne, je le veux, je le veux... Mi, la-si do do, ré-mi fa, si-do-ré-la-sol-fa, mi-fa, mi-ré dièse mi... il se penche sur le piano, il murmure, elle s'appelle Angelina, je vais vous la chanter... la-si do do, ré-mi fa, il ferme les yeux, c'est elle qui surgit, elle, Mia, elle explique patiemment à l'enfant, elle explique la musique, la musique c'est raconter une histoire, dire son émotion, réclamer, chanter, danser, trépigner, crier, oser, n'aie pas peur, demande, demande, quand tu étais gamin, sur la route, tu te souviens, tu n'avais peur de rien, tu te débattais, ils ont dû se mettre à deux pour te ceinturer, j'ai aimé ta colère, elle te faisait granit, volcan, tu es en colère, n'est-ce pas ? je le sais, je te connais, je sais ton regard noir, tes pieds qui frappent les trottoirs, tes poings qui enfoncent la doublure des poches, qui les gonflent, qui les crèvent, attends, attends, tu vas la retrouver, elle reviendra sur la pointe des pieds, c'est un rêve, il murmure c'est un rêve, son front frôle les touches, et ses doigts les caressent, et ses lèvres appellent Mia, Mia ? Il joue comme un bossu, un pénitent égaré qui implore le pardon, il se plie, se ramasse, il ferme les yeux, il joue encore, toujours les mêmes notes, les notes de l'enfance, patiiience, patiiience, dans le silence de ton cœur, tu l'entendras, il y a trop de tumulte dans les rues, trop de bruits qui ravivent ta peine, ses mains courent sur le clavier, son cœur bat à tout rompre, mi, la-si do do, tout remonte à l'enfance, tout le temps, c'est la clé du mystère, il faut savoir rester humble pour apprendre, savoir rester seul pour recevoir l'autre, écoute, écoute ton silence et elle te reviendra, dans ton silence tu la célébreras, tu la chanteras.

Et puis...

... et puis, elle se met en colère, tu as oublié, n'est-ce pas ? Tu as oublié qu'il ne faut jamais courir après les femmes ! Jamais s'incliner devant une femme ! Se

tenir la tête haute, le menton fier, les yeux secs !
Comment m'as-tu séduite, rappelle-toi ?

En me toisant !

En me toisant ! Moi, l'essence de la féminité ! la
musicienne adulée ! je me suis agenouillée devant un
enfant de huit ans qui me prenait de haut ! C'est là
le secret ! Tu le savais à huit ans, tu as oublié ? Les
femmes, il faut les tenir à distance, les ignorer et
alors ce sont elles qui te courent après. Ne jamais
courir ni après les femmes ni après l'argent, alors tu
seras riche et aimé ! Laisse-la revenir, laisse-la se
demander, intriguée, mais pourquoi ne court-il pas,
essoufflé, derrière moi ? Mia, elle n'est pas comme
ça, elle ne joue pas, elle est sérieuse, terriblement
sérieuse, c'est une enfant ! Pauvre garçon ! Tu
ignores tout de l'amour, tu crois savoir mais tu es
ignare ! Il se rebelle, il se débat, elle le contemple,
dédaigneuse, pauvre garçon ! Ecoute-moi, je sais
tout des femmes, je suis la plus terrible d'entre elles,
la plus amoureuse, la plus intrépide, alors écoute-
moi ! Il courbe le dos, elle a peut-être raison, elle est
imprévisible et belle, changeante et fidèle, cruelle et
tendre, il va attendre, il n'a plus qu'à attendre, sans
bouger, sans parcourir toutes les routes de France
pour la retrouver. J'étais prêt à partir, Mia, prêt à
fouiller les hôtels, les hospices, les gargotes, les meu-
blés, les auberges, les gares, les aéroports, les cafés,
les fourrés...

Attendre, attendre, je ne pourrai jamais !

Si ! tu attendras, assis devant ce piano blanc et
long que je t'ai donné, il te reste les notes, les notes
sacrées, écoute-les, construis autour de toi un rempart de musique, un rempart de beauté, replie-toi sur
tes terres, sois arrogant et fier, elle reviendra, tu verras... Laisse courir tes doigts, laisse s'égailler les
notes... Elles t'emporteront dans un pays lointain qui
ne connaît ni la douleur ni le deuil, un pays de beauté
inégalée, tu oublieras le temps, tu oublieras tes
larmes, tu oublieras jusqu'au prénom que tu cries

dans le noir, tu seras libre, intrépide, impie, tu oublieras tout, dévoré par les notes sacrées...

Alors la partition lui revient en un éclair, ses doigts s'arrondissent, ses paumes de main se creusent, il gémit comme la femme dont l'enfant tressaille dans le ventre, il chantonne, bouche pleine, les notes se bousculent, mi, la-si do do, ré-mi fa, si-do-ré-la-sol-fa, mi-fa, mi-ré dièse mi... ses doigts glissent sur le clavier...

mi la si do do... en une lente mélopée qui l'emporte... ré mi fa... il oublie sa peine, son fardeau, il le dépose entre les notes... il s'emporte, il oublie qu'elle est partie, il oublie l'heure, il oublie le jour et la nuit, il oublie la pluie, il n'est plus seul, il n'a plus peur, il n'a plus faim, les notes sont un chemin qui l'emmène dans un autre pays, un pays dont il est le roi, Mia l'a repris entre ses bras...

Angelina écoute le carillon de l'église du couvent.

Il est six heures du matin...

six heures du matin.

La lune indécise flotte dans les nuages et se grise, surprise

par le soleil.

Sommeil, sommeil,

c'est l'heure...

l'heure de se lever, de s'habiller, d'aller s'abîmer le front sur les dalles de la chapelle, l'heure d'oublier Angelina...

Angelina sans les bras de Mann autour de la taille quand elle dort...

sans le sourire de Mann qui veille au-dessus d'elle, prisonnier, prisonnière,

à l'aube, je rêve toujours de vous...

vous êtes toujours là, à l'aube, et je vous dis vous.

... l'heure d'ouvrir les portes du couvent aux pauvres qui s'y pressent, de sortir les bancs, de mettre le couvert, de faire chauffer le café, de couper des tranches de pain frais, de les recouvrir de beurre salé, de disposer les pots de confiture, les petits pots de miel, les petits pots de sucre, les bouteilles de lait, c'est l'heure, c'est l'heure, se dit-elle à mi-voix dans sa cellule,

... sous la couverture grise, j'ai froid sans lui, j'ai si froid, sa bouche dans mon cou, sa main qui repose sur mon ventre...

l'heure de penser aux autres, de chanter l'amour des autres pour laisser entrer la paix dans mon cœur,

167

elle est la dame de la porte, c'est le poste que l'on donne aux nouvelles arrivées, elle n'est pas encore une sœur chevronnée qui peut rester à l'arrière et prier, elle doit se frotter aux autres, s'oublier, renoncer, c'est du travail de renoncer, il faut commencer par de petites choses, de toutes petites choses

... son rire, ses cheveux noirs qui battent ses joues bleues... à l'aube, je rêve toujours de vous...

avant d'abandonner son être en entier, toutes ses tentations, toutes ses coquetteries, la porte est le premier poste de la débutante, et c'est le sien depuis ce jour d'avril où elle est arrivée au couvent.

Elle avait marché longtemps...

... longtemps avant d'atteindre la grosse bâtisse sur la départementale 36, elle avait pris le train, puis le car, puis la route, au petit bonheur, les yeux fermés, elle allait de l'avant, elle fuyait, elle fuyait les prénoms qui encombraient sa tête, ne lui laissant aucun repos, aucun répit, elle parlait toute seule sur la route comme une pauvre folle, les doigts gourds, les cheveux mouillés, collés sur le front, son sac en bandoulière, les bras croisés sur la poitrine, elle avançait, elle avançait, elle se disait il y aura bien un signe pour m'arrêter, pour me dire c'est là, pose ton bagage, frappe à la porte, tu es arrivée...

Au début, elle dormait à l'hôtel, dans une auberge, puis l'argent manquant, elle demanda refuge aux fermes, chez l'habitant. Elle dormait entre deux meules de foin, entre deux moissonneuses-batteuses, la nuit quand elle se réveillait, elle poussait un cri en les apercevant, menaçants dinosaures penchés sur elle, prêts à la dévorer, elle ne restait jamais longtemps, au petit matin elle repartait, elle laçait ses souliers, elle remerciait, elle repartait. Elle montrait ses papiers quand on l'arrêtait, elle était polie, soumise, courtoise avec les autorités, elle n'avait aucun mal, elle ne les entendait pas, elle ne les voyait pas, elle était ailleurs, aux prises avec les prénoms qui hurlaient dans sa tête, Antoinette, Louise, Claire,

Laetitia, ils tournaient et retournaient ses papiers, la scrutant, cherchant la faute, cherchant l'erreur. Ils ne la retenaient pas, ils la laissaient partir, intrigués, que faisait cette femme sur la route ? que cherchait-elle ? que fuyait-elle ? Elle ne pouvait pas répondre. Elle savait très peu de choses sur elle, je ne suis pas finie, j'ai plein de bouts qui manquent, j'étais en pleine croissance quand je fus arrêtée, oh Mann ! tu me manques, j'ai tant besoin de toi ! Où es-tu ? Que fais-tu ? A quoi sert ma peau si tu ne t'y frottes plus ? A quoi servent mes lèvres ? et mes yeux ? et mes doigts qui apprenaient ta chair ? Elle lui parlait, elle lui tendait la main, elle lui prêtait sa voix... Un jour... Dieu que c'est long ! il suffit d'être patiente, oh je sais, tu détestes ce mot et pourtant il est beau, tu entends comme il glisse sur la glace, comme il s'élance, il fait des vrilles, il parle de givre blanc, de valses lentes, de patineurs qui s'aiment, de vent froid sur mes joues, de ma main dans ta main, tu embrasses mon cou, tu me portes, je te porte, on trébuche sur la glace, on est tout mouillés, on rit, on se relève, patiiiience, patiiience, je bondis, tu me suis, et nous montons lentement dans un immense amour, mon amour, mon amour... comment pourrais-je t'en vouloir ? en quoi suis-je supérieure à toi, moi qui ai trahi aussi ?

Moi qui ai trahi aussi !

... je ne suis pas meilleure que toi ! J'ai commis le même péché, j'ai trahi, j'ai trahi la confiance d'un cœur pur et simple, un cœur qui s'ouvrait pour la première fois, j'ai piétiné ce cœur, je l'ai mutilé pour la vie, mon amour, pour la vie, je suis indigne, je dois me racheter, endurer les pires châtiments, renoncer à ce bonheur parfait qu'avec toi je goûtais... Nous sommes deux humains égarés... c'est cela que je dois admettre... ça fait mal, je dois comprendre, j'aime celui qui me torture, celui qui me torture m'aime et me trahit !

Elle attendait un signe, n'importe quoi qui dise

169

stop ! c'est là ! devant la grande bâtisse, sur la départementale 36, après vingt-deux jours de marche,
d'errance, de courbatures dans les jambes, dans le
dos, dans la nuque, elle sut que c'était là. A cause du
nom écrit en lettres d'or au-dessus de la porte, Les
petites sœurs de la Jubilation, quel drôle de nom !
Elle éclata de rire, quel drôle de nom, vraiment ! Et
de quel saint, de quelle sainte, cet ordre-là se recom-
mande-t-il ? De saint Jubilé ? De sainte Jubilée ? Elle
s'arrêta, remit de l'ordre dans ses cheveux, tira sur
ses pauvres nippes, frotta ses mains, frotta ses pieds,
frotta ses joues, prit une grande inspiration pour se
donner du courage et sonna à la porte. Elle aperçut
son reflet dans la rondelle en cuivre de la sonnette,
un reflet déformé, un gros nez rouge, un menton
fuyant, des cheveux hirsutes, des petits yeux de souris, des dents proéminentes, elle s'observa, étonnée,
elle ne se reconnaissait pas ! Elle attendit, elle attendit. Elle sonna encore, personne ne répondit. Elle
posa son sac à terre. Que faisait-il pendant ce
temps ? Quelle fille avait-il choisie ? Antoinette,
Louise, Claire ou Laetitia ? Célibataire, mariée, facile
d'accès, un peu revêche mais bonne... Une fille plus
jolie qu'elle, c'est sûr, plus intelligente, plus fine. Sa
mère le lui avait seriné, enfant, les hommes sont
comme ça, cela n'a pas d'importance pour eux, c'est
un désir physique, brutal, incompréhensible, qu'ils
oublient aussitôt assouvi, ils ne donnent pas leur
cœur à chaque fois, il faut le savoir, c'est tout, fermer
les yeux, ne pas en faire un drame. Ne pas en faire
un drame ! Elle l'écoutait en tortillant ses tresses, elle
se disait mon amour à moi, il ne fera pas ça, il
n'aimera que moi et je lui suffirai, je me travestirai
en mille personnages pour le garder, l'intriguer, le
séduire, le combler. Oh ! je ne supporterais pas qu'il
en regarde une autre ! Jamais ! La peine était si forte
qu'elle pleurait à l'idée du grand malheur qui pourrait lui arriver, plus tard, quand elle serait grande.
Elle pleurait dans l'obscurité de sa chambre, dans

son petit lit étroit en serrant l'oreiller contre elle pour que sa mère ne l'entende pas.

Et la nuit de sa fuite...

Avant de disparaître, elle était allée voir le docteur Boulez pour lui dire...

pour lui demander...

... il avait répété les mêmes mots, Mann est ainsi, elles succombent toutes à son charme, cela ne signifie rien pour lui mais il faut le savoir, il faut vous résigner, je le connais si bien, j'ai consolé tant de femmes éplorées...

Les mots étaient si laids qu'elle avait frissonné, repris son sac, repris le chemin de la gare. Les mots étaient si laids qu'ils l'avaient délabrée...

Ce jour-là, en observant son reflet dans le rond en cuivre de la sonnette, elle comprenait. Comment aurait-elle pu le retenir ? Comment avait-elle pu croire qu'elle pouvait lui suffire ? Elle ne faisait pas le poids ! Elle rêvait trop grand pour elle, un peu de modestie, ma fille, tu as trop d'orgueil en toi, tu es trop légère, trop futile, oh ! je l'aimais plus que tout, je voulais tout lui donner...

Je renonce à aimer, déclara-t-elle tout haut, en prenant le ciel pour témoin, le ciel, les brins d'herbe, les limaçons, les papillons, les vers de terre, les coquelicots, les primevères, les barbes de Noé, je renonce à aimer un homme, j'aimerai tous les hommes, j'aimerai Dieu, je serai sa servante, je prendrai soin de mon prochain, j'accomplirai avec humilité ma tâche, je n'attendrai rien d'un homme, je m'en remets à Dieu, je serai une petite sœur de la Jubilation !

Et depuis, elle était chargée de la porte d'entrée. Fidèle au poste, elle recevait les pauvres, les abandonnés, les laissés-pour-compte, les sans-abri, les sans-papiers. Elle leur donnait à manger, elle les conduisait à la salle de douche, elle lavait leur linge, elle leur offrait un lit, elle les écoutait parler, raconter leur vie, elle se surprenait à penser qu'est-ce que mon petit chagrin face à ces douleurs terribles, ces espoirs anéantis, ces êtres avilis ? Fendez le cœur de l'homme le plus noir, vous y trouverez toujours un soleil, disait mère Marie-Madeleine, la supérieure du couvent, elle avait raison, un seul regard suffisait, une parole d'amour et le soleil jaillissait de ces êtres calcinés, il éclaboussait les murs du réfectoire... Il suffisait de presque rien pour que ces êtres sombres, édentés ouvrent les lèvres et laissent échapper un souffle de bonheur étonné. Chaque sourire était pour Angelina un apaisement, une caresse, un délicat baiser posé sur ses tourments. Chaque sourire l'éloignait de ses peurs intérieures, de son insurmontable frayeur... elle ne faisait plus l'horrible cauchemar, la femme cyclope avait été chassée par tous ces malheureux qu'elle soignait avec dévotion, elle dormait, apaisée, s'écroulait sur le petit lit en fer de sa cellule et ne se réveillait qu'aux six coups de l'horloge.

Elle était heureuse, loin d'elle, si heureuse.

Loin d'elle...

Le docteur Boulez devait le reconnaître : sa thérapie avait été un échec, monsieur Despax s'apprêtait à sortir de la maison de repos où il séjournait depuis trois mois aussi amnésique qu'il y était entré. Le corps avait été réparé, rééduqué, musclé, pansé, soigné mais la tête n'avait pas retrouvé sa mémoire. Monsieur Despax bondissait comme un cabri, sautait des haies, faisait le grand écart mais ne se rappelait rien, rien du tout, pas le moindre détail de son passé. Et pourtant, ce n'était pas faute d'avoir essayé...

Monsieur Despax était fort désolé : il sentait bien qu'il décevait les efforts du docteur Boulez. Régulièrement, le docteur Boulez se présentait à la maison de repos avec un grand panier contenant tout un assortiment de bananes trop mûres, de fruits de la passion, d'oranges écrasées, de noix de coco ouvertes, de citrons verts, de citrons jaunes, de cédrats, de bigarades, d'ananas, de litchis, de mangues, de goyaves, de grenades, de kakis, de kiwis, il les étalait sur un plateau, les palpait, les pressait, les élevait jusqu'aux narines dilatées de monsieur Despax qui reniflait, reniflait, fermait les yeux, se concentrait, reniflait encore, aspirait les arômes, les parfums, les effluves, renversait la tête afin qu'ils se mélangent, remontent au cervelet, réveillent un souvenir usé... il restait ainsi, le cou étiré, la nuque renversée, les yeux clos, se laissant pénétrer par toutes ces odeurs mais rien ne se passait. Les deux hommes se consultaient du regard, impuissants, consternés, le docteur Boulez réfléchissait un instant puis sortait un magnétophone de son panier, le posait sur la table, appuyait sur le bouton Play, des cris de perroquets, des rires de femmes, des câbles qui claquent sur les quais, des sirènes de bateaux, des mots en anglais, en allemand, en italien, en persan remplissaient la petite chambre d'une joyeuse cacophonie. On se serait cru dans un port de Lituanie, dans un estaminet de marins en cavale... Non, non, faisait monsieur Despax en secouant la tête, je ne me souviens de rien. Attendez, suppliait le docteur Boulez, fermez les yeux, écoutez, et il reproduisait en frottant un bout de bois contre la table le bruit d'une femme qui boite sur la plage, qui claudique à travers les ronces et les buissons, alors ? Non, répétait monsieur Despax, rien ne revient.

Le docteur Boulez ne s'avouait pas vaincu, il sortait de sa poche des petites fioles de parfum : de la violette, de la fleur d'oranger, du jasmin, du lilas, des clous de girofle, il les agitait sous le nez de monsieur Despax qui fronçait les sourcils, murmurait attendez, attendez, ah oui... peut-être... quelque chose qui... une femme dont... des jupons... mais... oh ! cela disparaît... mon Dieu... encore... encore un peu de violette... de l'aubépine peut-être... recommencez !... Il faudrait les mélanger ! j'y suis presque pourtant, j'y suis presque... il ne manque presque rien... un soupçon de mousse de chêne... Le docteur se frottait les mains, s'encourageait, on va y arriver, on va y arriver, il reprenait les fioles, les versait dans un verre, remuait, agitait, présentait le mélange au gardien qui l'élevait jusqu'à ses narines, réfléchissait, réfléchissait, serrait le verre à le faire éclater puis laissait retomber sa tête, non, j'y suis presque mais n'y arrive pas... vous êtes sûr qu'il ne manque pas un ingrédient ? une seule odeur qui réduit vos efforts à néant ? Attendez, attendez, s'exclamait le docteur Boulez, j'ai gardé le meilleur pour la fin, et il débouchait une bouteille de champagne en faisant claquer le bouchon comme un coup de tonnerre, alors ? alors ? Son visage se rapprochait, presque menaçant, transpirant, congestionné, et monsieur Despax reculait, non, rien du tout, je suis désolé, vous vous donnez beaucoup de mal mais je ne peux malheureusement pas vous aider, ne dites pas cela, Hubert, vous avez réagi aux fioles, oui, c'est vrai, ce serait plutôt du côté des odeurs qu'il faudrait chercher...

... alors le docteur Boulez se levait,

... il se déshabillait

... s'aspergeait du contenu des fioles, se massait tout le corps, en insistant sur le creux du poignet, le creux du coude, la nuque, les aisselles, les épaules et, tournant sur lui-même en un lent ballet odoriférant, les bras au ciel, les reins ondoyants, il s'offrait à l'appendice du gardien dont les narines se dilataient à nouveau, essayant de trouver l'impossible indice qui lui permettrait de crier je sais, je me souviens, je me rappelle... et de donner sa véritable identité, son âge, ses origines, et l'emplacement exact du trésor ! Car il y avait un trésor à la clef de toutes ces recherches !

Le docteur Boulez repartait, désespéré, le dos voûté, tenant le gros panier de fruits, inutile. Il semblait si fragile. Monsieur Despax soupirait, cela lui était bien égal de ne pas retrouver son passé, il ne devait pas y être très heureux puisqu'il l'avait troqué contre une autre vie, certes plus modeste, plus accidentée. Quant au trésor, il s'en moquait, l'argent n'était qu'une source d'ennuis, de malheurs infinis ! S'il ne tenait qu'à lui, il resterait toute sa vie amnésique et discret, cela lui convenait. Il n'avait que faire de cet autre lui-même qu'on voulait le forcer à retrouver.

Mais le docteur Boulez insistait et il s'en serait voulu de lui faire de la peine : il avait été si bon pendant sa maladie. Alors il se prêtait avec grâce à ces petits jeux, torturait sa mémoire pour qu'elle se mette en branle. Hubert Despax, gardien, cela sonnait bien. Il ne savait pas sous quelle autre identité il allait se retrouver... Et si cet autre ne lui plaisait point ? S'il le dégoûtait ? S'il apprenait qu'il avait commis des crimes, des indélicatesses ? Il craignait le pire. Il avait du mal à s'endormir, il lui arrivait même de simuler un mal terrible, une migraine, une rage de dents pour échapper aux exercices odoriférants.

L'application du docteur Boulez lui pesait. Parfois, il venait accompagné d'une jeune fille, une véritable beauté, elle restait à l'écart sur un banc, tendant son visage et ses bras au soleil. Elle ne parlait jamais, elle l'attendait, elle jetait des regards autour d'elle comme une laborantine exercée qui prend des notes, établit des mesures, elle portait sur les gens des regards métalliques qui évaluaient, classaient. C'est votre fiancée ? avait-il chuchoté, un jour au docteur. Ce dernier avait réfléchi puis avait dit, oui, au sens étymologique du terme. Après son départ, monsieur Despax s'était rué sur le dictionnaire.

« Fiancée », du verbe « fier », du latin *fidare*, avoir confiance. « Se fiancer, c'était d'abord engager sa parole. »

A quoi s'étaient engagés le docteur Boulez et la belle jeune femme aux longs cheveux cuivrés ? Elle regardait monsieur Despax comme un objet, ses yeux glissaient sur lui sans le voir, il se sentait utilisé, un pion sur un échiquier. Elle le faisait frissonner, c'est toujours lui qui détournait les yeux. Quand elle était là, le docteur Boulez ne parlait presque pas. Il se limitait à ses expériences mais, en son absence, il lui donnait des nouvelles des uns et des autres. Angelina avait quitté Mann, elle avait trouvé une liste de ses maîtresses couchée sur du papier blanc. Elle était partie, on ne savait où, elle doit être en plein tourment, pensait monsieur Despax, pourvu qu'il ne lui soit rien arrivé ! Et Mann, demandait-il, et Mann ? Mann, après s'être enfermé dans l'appartement sans parler à personne, était parti lui aussi.

L'appartement était vide, il ne restait que le piano, le grand piano blanc. Et puis un jour, sans crier gare, il réapparaîtra, il viendra sonner à ma porte et reprendra la conversation là où nous l'avions laissée, c'est toujours comme cela avec lui, je m'y suis habitué. C'est un gitan, vous savez, il ne reste pas en place, il reviendra, je ne m'en fais pas. Et madame Rosier ? demandait timidement monsieur Despax. Elle va bien, elle se porte comme un charme, c'est étonnant après tous ces malheurs ! Pourquoi n'est-elle jamais venue me voir ? se demandait monsieur Despax, pourquoi ? Que lui ai-je fait ? Nous nous entendions bien pourtant, que de fois ai-je pensé à elle ! A nos thés, à ses macarons, au courrier que nous faisions, à sa voilette, à ses longues jambes qu'elle tenait serrées... il soupirait. Ses yeux s'humectaient, il frottait sa moustache, il n'était pas sûr de vouloir retourner dans sa loge... et l'autre ? La vipère ? Vous l'avez revue ? Le docteur Boulez secouait la tête. Du jour où il avait quitté l'hôpital, plus personne n'avait eu de nouvelles de son ex-femme. Bizarre, bizarre ! sifflait le docteur Boulez car elle avait l'air de chercher ce magot avec voracité. Bizarre ! reprenait monsieur Despax, cela ne lui ressemble pas de lâcher sa proie.

Monsieur Despax était songeur, monsieur Despax était sombre, monsieur Despax était sur le départ. Les infirmières s'en inquiétèrent, lui demandèrent s'il voulait prolonger son séjour à la maison de repos, il hésita puis décida de rentrer : son congé maladie prenait fin et il ne voulait pas se mettre en faute vis-à-vis du syndic.

Le jour du départ arriva. Il pliait son linge dans sa petite valise, il pensait à Angelina, à madame Rosier, à Mann, ils auraient pu lui écrire tout de même ! pourquoi ce silence ? Il saurait bientôt, cela lui importait plus que de retrouver le magot ou son nom, quel drôle d'homme je suis, se dit-il, tout encombré de ma personne, je me perds dans autrui mais je suis heureux ainsi, pourquoi changer, ce sont les autres qui veulent vous changer, toujours, toujours, pourquoi ? je fuis les responsabilités, je fuis l'argent, les honneurs m'ennuient, le sport c'est assez bête, il faut être en groupe, crier pareil, penser pareil, je n'aime pas les troupeaux, d'ailleurs je n'aime pas l'effort, je suis un paresseux, le comble du plaisir, être assis près du feu et lire un dictionnaire, j'apprends des mots parce que ma vie n'est pas assez... pas assez bigarrée, coloriée, bruyante, les mots me suffisent, ils me font du cinéma, ils me font des tableaux, ils me racontent des histoires... la seule émotion dont je me souvienne, la seule émotion que je peux attacher à mon nom est celle de cet amour vénéneux, cet amour qui mordit ma vie jusqu'au sang et me laissa presque haineux tellement j'étais malheureux ! Est-ce cet amour qui a brûlé ma mémoire ? est-ce à cause de lui que j'ai tout oublié ? Oh ! mon Dieu, protégez-moi des fièvres de l'amour, éloignez de moi ces chimères, laissez-moi dans ma petite vie qui me convient si bien, laissez-moi inventer, rêver, empêchez-moi de vivre, ça ne m'a jamais réussi, je ne suis pas un aventurier.

Il marmonne ces prières en bouclant sa valise, en guettant par la fenêtre le bruit de la voiture du docteur qui vient le chercher... et voilà, je retourne à la vie civile, à la vie de gardien, à la vie de tout un chacun, je quitte mon refuge. Tout cet éloignement à cause d'un rosier, il y a de quoi rigoler quand même !

Il rit encore, assis sur la banquette arrière de la voiture, les mains posées bien à plat sur les cuisses. Il aperçoit la nuque du docteur Boulez, les cheveux coupés court, gris sur les côtés, un peu gras, les plis de la peau retombent sur le col de la chemise, les lobes d'oreilles sont rouges et pointus. A côté de lui, les longs cheveux de la jeune femme brillent sous le soleil. Il lui a demandé son nom avant de passer à l'arrière. Margret. Elle a un fort accent quand elle parle français. Margret, la fiancée au sens historique du docteur Boulez. Il lui fait confiance, ils ont passé un pacte, mais quel pacte ? il ne sait. Elle n'a pas l'air très affectueuse pour une fiancée. Elle se tient bien droite, loin du docteur, elle ne l'effleure pas, elle prend garde à ne pas le toucher quand la voiture tangue. Pourquoi l'accompagne t-elle partout ? Quel est son intérêt ? Est-elle en vacances ? Trop âgée pour être étudiante. Trop froide pour être fiancée. Il peut sentir la tension dans son dos, dans ses épaules. Le silence lui pèse. L'émotion lui serre la gorge à l'idée de se retrouver dans sa loge. Il a pris l'habitude de ne rien faire, de se laisser dorloter, de rêvasser. Il laisse de nombreux amis derrière lui. Il les regrettera. C'est l'avantage de ne pas avoir de mémoire, il se fait de nouveaux amis partout où il va, il y a de la place en lui. Il n'est pas encombré de relations, d'affections, d'obligations. Je suis un homme libre, se dit-il en regardant le paysage qui défile. Tiens ! On se rapproche de la ville. Les champs ont laissé place à de grands ensembles, à des surfaces commerciales. Vous voulez entendre un peu de musique ? demande le docteur Boulez. Oui, si vous voulez. Des notes de jazz s'élèvent. Il a envie de siffloter, il n'ose pas. A quoi sert d'être si belle si c'est pour intimider le monde ? se dit-il. Angelina est belle aussi mais c'est un ange tombé du Ciel. Angelina, où êtes-vous passée ? Vous me manquez. Les anges sont menacés quand ils battent la campagne. Il faut veiller sur eux comme ils veillent sur nous. Chacun est responsable de son ange. Il ferme les yeux et se rappelle ses débuts à la loge, les regards qu'Angelina lui lançait pour qu'il garde courage, qu'il ne se laisse pas aller. Sur son passage, il se redressait. Elle lui servait de tuteur, elle voyait tout mais ne disait rien, jamais la moindre remarque, la moindre critique. Il y a des gens dont les yeux et le sourire sont des portes où on a envie de s'engouffrer, il garde les yeux fermés sur l'image de son ange et s'endort, bientôt on n'entend plus qu'un faible ronflement sur la banquette arrière.

J'étouffe dans cette voiture, se dit Margret, j'étouffe entre ces gens petits, étriqués, mon pays me manque, ce pays est si étroit, si prévisible, si faible, il n'y a que des vieux, des malades, il y a des gens partout, ils parlent tout le temps, ils vous dévisagent, vous frôlent, vous bousculent, ne demandent jamais pardon, je dois tout supporter dans l'espoir de le retrouver, il reviendra, il revient toujours vers ce grand frère aîné, c'est sa seule famille, celui-là, il me colle, il me dégoûte avec son air apeuré, empressé, on dirait un ver de terre, il est terne comme une ardoise, plat comme un champ de neige, il n'a pas de couleurs, il est si correct, si appliqué, l'argent caché de l'autre imbécile le fait rêver, il pense me conquérir avec son magot, il croit pouvoir changer de vie, mais il ne sait pas, l'idiot, que je me moque de lui, il rêve à bon compte, tant pis, c'est sa faute ! je dois me retenir de l'envoyer au diable, je dois faire semblant, Mann, où es-tu ? Pourquoi pars-tu tout le temps ? Pourquoi toutes ces femmes ? Je suis plus forte qu'elles, je te reprendrai, je suis belle, je le sais, tu me l'as dit cent fois, et si je n'avais pas commis cette terrible bévue, tu serais à mes pieds, je t'aurais reconquis, je t'aime, mon amour, je t'aime, je n'ai jamais aimé personne, je sais la différence, Mann, un jour, tu reviendras, l'appartement est vide mais le piano est là, alors tu reviendras... et je te reprendrai, elle s'abandonne, elle renverse la tête sur le côté, elle soupire, elle part dans un rêve...

... Mann est près d'elle, ils galopent dans les champs, ils s'aiment au coin du feu, comme avant, comme avant... il jouait du piano à l'hôtel Borg, le grand hôtel de Reykjavik, elle l'avait aperçu de dos, elle s'était dit dans un éclair : cet homme, je le veux, il est à moi, il ne le sait pas encore, mon père me le disait toujours : tu es belle, ma fille, tu auras tous les hommes, ils s'inclineront devant toi, elle avait déployé les ruses des femmes qui aiment, les ruses qu'on n'apprend pas, qui frémissent dans l'âme, qui n'attendent qu'un signal pour dégainer leurs armes, elle s'était approchée lentement du piano, s'était accoudée, avait souri, et il s'était rendu.

... elle lâche un nouveau soupir, s'enfonce dans le siège, ferme les yeux pour poursuivre son rêve, le docteur prend cet abandon pour un soupir d'aise, il lui sourit doucement, lui caresse la main, ne pas l'ôter trop vite, lui laisser croire qu'il me plaît, tant qu'il ne m'approche pas de trop près, je suis bien près de vous, Margret, chuchote-t-il en vérifiant dans le rétroviseur que le passager dort, je suis si bien, c'est la première fois, toute ma vie j'ai attendu cela et vous me réveillez, j'étais tout engourdi, merci, il lui baise les doigts, elle se rétracte, recule, n'ayez pas peur, Margret, je prendrai tout le temps qu'il faudra, j'attendrai... Il a monté la musique pour prononcer ces mots, il ne risque rien, monsieur Despax dort, il ronfle, le menton appuyé au creux de sa poitrine, il ne faut pas qu'il sache, il le dirait à Mann et ce dernier n'apprécierait pas que je lui vole une femme. Qu'elle est belle ! Et je suis si près d'elle ! Qu'importe le jugement de Mann ! Elle me laisse l'approcher, elle m'accompagne partout, elle habite chez moi, elle me suit pas à pas, ce sont des preuves, ça ! elle l'oubliera, je lui laisserai tout le temps qu'il faudra, j'ai attendu longtemps, que m'importe ! pourvu qu'elle reste là, près de moi, Margret, je suis si heureux, si vous saviez, je veux rester ainsi, cela me suffit presque... Heureux, je croyais ne jamais épeler ce mot-là.

Margret ?

Margret ?

... il la regarde, mendiant muet qui quête une caresse, un regard, un sourire, elle esquisse une moue, cette offrande l'écœure, et pour couper court à tout enchantement demande de sa voix rauque, en montrant la route, on est encore loin ? je n'en vois pas la fin de cette promenade !

Mère Marie-Madeleine a un principe qui garantit l'intégrité de sa communauté : chaque nouvelle arrivée doit se présenter, énoncer les raisons de sa présence au couvent. Personne ne déroge à ce principe. Mère Marie-Madeleine désire être en règle avec les autorités, elle refuse que son hospice soit un refuge pour criminelles, un abri pour celles qui ont commis des fautes que la justice réprouve. Elle ne convoque pas tout de suite les nouvelles, elle leur laisse le temps de se reprendre, de se reposer puis un jour, l'ordre tombe : vous êtes convoquée, impossible de s'esquiver. Celles qui ont la conscience peu tranquille préfèrent fuir, les autres se présentent, rien n'échappe à l'œil aigu de la sœur supérieure.

Les entrevues ont lieu dans le grand bureau du couvent, au pied du crucifix. La nouvelle entre, introduite par une sœur secrétaire, s'incline et vient se placer face à mère Marie-Madeleine qui siège sous le Christ en croix. Cette dernière s'avance, demande à ce qu'on les laisse seules, saisit la nouvelle dans ses bras, l'embrasse puis retourne s'asseoir. L'interrogatoire commence. D'une voix douce mais ferme, mère Marie-Madeleine pose des questions, prend des notes, établit un dossier.

Ce jour-là, c'est au tour d'Angelina d'être interrogée. Mère Marie-Madeleine est directe, parfois brutale, guidée par une grande connaissance de l'homme qui lui permet de démasquer les âmes fourbes, les âmes noires. Elle connaît Angelina, elle l'a observée. Tout le monde, dans le couvent, chante les louanges de cette jeune femme qui ne réclame jamais, se sert la dernière, range le réfectoire, passe la serpillière, soigne les plus démunis, veille toutes les nuits. Mère Marie-Madeleine se réjouit de tant de zèle mais le trouve suspect. Trop d'abnégation ! Cela cache un secret. Hier, sœur Clarisse lui a rapporté qu'on l'a retrouvée aux pieds d'un vagabond dont elle baisait les pieds infectés d'ulcères ! C'en est trop, se dit-elle, elle veut se mortifier, mais l'excès est fatal. Elle en a connu plusieurs de ces jeunes exaltées qui viennent entre ces murs expier leurs péchés, qui se mortifient, s'imposent mille épreuves pour racheter des fautes souvent imaginaires, des péchés véniels qu'elles travestissent en crimes, elle est là pour les aider, les absoudre, les remettre sur la route.

— Angelina, que fuyez-vous en venant vivre ici ?

Angelina rougit, baisse les yeux, balbutie.

— Je peux tout entendre, vous savez...

Angelina voudrait parler, elle sait qu'elle peut faire confiance à la mère supérieure, elle sait surtout qu'il ne lui faut pas mentir.

— Je rate tout ce que j'entreprends... Ici, j'ai l'impression de servir à quelque chose...

— On ne résout jamais rien en partant...

— Je me bats contre un ennemi que je ne vois pas, contre un cauchemar...

— C'est lui que vous fuyez, c'est lui qui vous a conduite ici...

— J'avais appris à vivre avec ce cauchemar, j'étais heureuse même, j'usurpais un bonheur auquel je n'avais pas droit...

— Soyez claire, mon petit...

— J'avais rencontré un homme que j'aimais, que j'aime... et puis... Oh ! ma sœur, je ne peux pas !

— Vous n'avez jamais pensé à parler avec lui, à dire franchement ce que vous avez dans le cœur ?

— Je n'ose pas.

— Pourquoi ?

— Il faudrait que je dise tout le reste... et il ne m'aimerait plus.

— Pourquoi vous sous-estimer ainsi ? D'où vient ce désir de détruire votre vie ?

— J'ai commis une faute, un immense péché... il me hante, me poursuit.

— Vous ne connaîtrez jamais la paix de l'âme si vous vous esquivez...

— J'ai si honte...

— Vous pouvez me parler...

— C'est que... je ne sais pas... Je pensais que vous alliez me demander tout autre chose, ma sœur, je ne m'attendais pas à...

— Vous avez raison, je suis brutale, on me le dit souvent ! enfin... ! Le jour où vous voudrez parler, je serai là, prête à vous écouter. J'en ai entendu des histoires, j'en ai vu des drames mais tant qu'on a la vie, le désir de vivre, rien n'est jamais perdu... la vie est un cadeau magnifique que vous avez reçu, vous en êtes responsable !

Elle sort un papier, retrousse ses manches, s'empare d'un stylo.

— Je suis obligée de vous ouvrir un dossier. Il nous arrive de nous faire contrôler... Beaucoup de gens disparaissent chaque année, on en retrouve peu, le nombre est dérisoire. Je tiens donc un registre de chaque arrivée, j'établis une fiche d'identité, j'exige qu'on prévienne quelqu'un de la famille ou un proche, c'est vous qui choisissez... Vous me marquerez là votre nom, votre âge, votre dernière adresse, le nom de la personne à qui je dois écrire pour donner de vos nouvelles...

— Pourrais-je écrire moi-même et vous montrer la lettre ?

— Le principal est que ce soit un proche et qu'il sache où vous êtes... La lettre sera postée en recommandé afin que je sois sûre qu'elle est bien arrivée. Au revoir, mon petit, je ne vous raccompagne pas, vous pouvez disposer.

Angelina se lève, se dirige vers la porte, quand la sœur la rappelle, griffonne quelques mots sur un papier qu'elle lui tend, malicieuse, lui demandant de méditer, c'est une prière ? demande Angelina, quelques versets de la Bible ? Lisez, dit mère Marie-Madeleine dans un sourire si doux, vous reviendrez me voir et nous en parlerons, allez, mon enfant, allez et ne vous perdez point, ne péchez pas par orgueil en augmentant votre faute, c'est une tentation aussi, un tour du Malin !

Elle sort dans le couloir, elle referme la porte, c'est dimanche aujourd'hui, le jour où on jubile...

... dans la cour du couvent de jeunes sœurs agiles ont relevé leur robe pour être plus à l'aise, elles jouent au badminton et éclatent de rire, se jettent sur le volant, l'envoient vers le filet, s'élancent vers le ciel, poussent des cris joyeux quand un point est marqué, jettent leur raquette en signe de triomphe, s'exclament, se félicitent, font des pirouettes et reprennent le jeu en changeant de côté...

... c'est bientôt l'heure du thé, du cake et des sablés que des sœurs gourmandes ont cuits dans les fourneaux, certaines jouent aux cartes, au cerf-volant, au loto, d'autres dansent la valse au son d'un vieux Teppaz, le disque grince un peu mais elles ne s'en soucient guère, elles laissent aller leurs corps en arrière, elles comptent un, deux, trois, un, deux, trois, dessinent d'amples pas, Angelina sourit, les rejoint, elle s'assied au soleil, elle ouvre la feuille pliée en deux, quelques mots griffonnés, c'est tout simple, un jeu d'enfant qui joue avec les mots, presque une équation, elle lit gravement et sourit, elle n'y avait jamais pensé...

C'est si simple.

Les mots sont magnifiques, ce sont des grands sorciers qui guérissent nos maux.

C'est évident, dit-elle, et je ne le savais pas.

— Viens, Angelina, viens, crie une sœur essoufflée qui lui tend sa raquette... des mèches de cheveux dépassent de sa coiffe, elle les replace d'un doigt en les lissant, viens, je n'en peux plus de courir après ce volant !

... les mots sont des lutins qui en savent plus que nous, des petits elfes moqueurs qui éclairent notre âme, on les maltraite, on les ignore, on les déforme, on ne les entend plus, monsieur Despax le sait, lui qui les aime tant, monsieur Despax, c'est le nom qu'elle donnera, à lui qu'elle écrira, il ne la trahira pas, elle peut lui faire confiance, il gardera pour lui le nom de sa retraite, sa mère serait tentée de venir la chercher, de lui faire la morale, de pleurnicher, lui ne dira rien, monsieur Despax, mon ami chéri, vous me manquez, quelle place avez-vous prise dans ma vie ! je suis l'enfant que vous n'avez pas eue, je peux vous faire confiance, je vous raconterai les jolis mots écrits de la mère supérieure, ces mots qui ont raison au-delà de tout, un jour, je parlerai à mère Marie-Madeleine, elle a vu clair en moi, c'est un soleil qui tombe dans mon âme, me permet d'espérer, de n'être plus infâme.

Elle déchiffre à nouveau les mots sur le papier, soigner, a-t-elle écrit, soigner, soi nier !

Elle se lève, attrape la raquette, l'incline entre ses bras comme une partenaire et danse au son du vieux pick-up en chantant un deux trois, un deux trois...

Madame Rosier ne sait plus où donner de la tête, c'est aujourd'hui qu'il rentre, aujourd'hui qu'il revient, c'est la fête ! ils sont tous là pour l'accueillir, ils ont revêtu leurs plus beaux habits, la loge est bien petite, on a sorti les meubles dans la cour, on se serre, on se bouscule, on fait connaissance, les locataires se pincent un peu le nez en reconnaissant ceux-là mêmes qui encombraient l'entrée, qu'ils voulaient refouler pour cause de sécurité, mais bien vite les langues se délient et ils deviennent amis, ils ne sont pas si terribles après tout, dit la dame du troisième étage à une autre qui garde les doigts serrés autour de son collier, c'est en groupe qu'ils font peur, ou bien c'est leur couleur, murmure l'autre à voix basse, ils sont bien sombres, ils effraient, elles rient un peu, gênées, elles ont honte, elles voudraient se rattraper et se montrent affables, alors que faites-vous en France ? vous travaillez, c'est bien... vous avez une femme ? des enfants ? finalement ils ne sont pas si différents... et puis, dit une dame arabe ouvrant ses paumes de mains orange, on a un point commun, ah bon ? s'étonne une autre, quel est-il ? eh bien, monsieur Despax, votre gardien ! C'est un homme si bon ! Il nous aide beaucoup, sans lui on est perdus, on est contents qu'il rentre !

Et tout le monde s'agite, dépose son cadeau, s'exclame, monsieur Despax revient ! Monsieur Despax revient après une longue absence ! madame Rosier s'inquiète, va-t-il me reconnaître ? n'ai-je pas mis trop de poudre ? trop de rouge ? et ma robe,

Boubou Bleu ? va-t-elle lui plaire, enfin ? Oh, mes nerfs, oh ! mes nerfs ! la loge est décorée de guirlandes de fleurs, les murs sont lessivés, le plancher est ciré, elle a cousu elle-même des rideaux qui égaient, du plus joli effet, changé le luminaire, fait briller les carreaux, le vasistas luit dans toute sa splendeur, quelqu'un est monté y accrocher une fleur ! Elle soupire, émue, oh ! elle pourrait pleurer ! jette un dernier regard, des bouquets trônent sur la table, sur la grande nappe blanche, des bouteilles, des petits fours, des macarons, elle en a trouvé des nouveaux, chez Ladurée, au beurre salé, il devrait les aimer, avec lui on ne sait jamais ! et le champagne, le champagne où est-il, j'oubliais ! Il faut sortir le seau, y mettre de la glace, y en aura-t-il assez dans le réfrigérateur ? et la douche ? la douche qu'elle a fait construire dans un coin de cuisine afin qu'il ne traverse plus la cour, sa serviette à la main, c'est indigne de lui ! voyons, Boubou Bleu, que tiens-tu dans tes mains, un cadeau ? les cadeaux sont à poser là, sur la table, on les lui donnera avant de déboucher le champagne, non ! la chanson c'est avant, Boubou Bleu, où as-tu la tête ? tu m'embrouilles, tu m'embrouilles ! on reprend tout, allez ! on répète, d'abord la petite chanson, vous vous souvenez, on a bien répété, que dis-tu, Boubou Bleu, un cadeau ? c'est pour moi, tu es fou ! il ne fallait pas, mais tu n'as pas de sous ! il faut les garder pour toi, pour ta famille, pour ta femme au pays, enfin... c'est trop tard, tu as commis une folie...

Boubou Bleu, qu'est-ce que c'est ?

Boubou Bleu fallait pas !

... je peux l'ouvrir maintenant ?

Sont-ce des chocolats ?

Le paquet est joli, la ficelle bien belle, Oh ! mon Dieu ! Un parfum ! je n'ai pas mes lunettes ! Lis-moi le nom, veux-tu ? que dis-tu ? Jolie Madame ! Mais ça n'existe plus ! Tu l'as donc retrouvé ? ce n'est pas Dieu possible ! où ça ? Chez ton cousin Issa qui habite Abidjan ! Il te l'a envoyé, il lui restait un flacon au fond de son bazar ! Ça alors ! Par le plus grand des hasards ! oh ! merci, Boubou Bleu ! quelle attention aux autres ! Vous êtes si gentils ! il va être si heureux de vous trouver ici ! Attention au palmier, ne le renversez pas ! mettez-le dans le coin, là... merci, Boubou Bleu, tiens, je vais en mettre quelques gouttes pour t'honorer, quelques gouttes au creux de mon poignet et là derrière l'oreille !

Hmmm ! que c'est bon !

... je repars dans le temps ! J'ai vingt ans à nouveau, je vois la vie en rose, je vais me marier, que mon mari est beau là sous la tonnelle et que je suis mignonne dans ma robe en dentelle !

Que dites-vous, il arrive ! Vous avez vu la voiture tourner pour se garer ! Tout est prêt ? vous êtes sûrs ?... dès qu'il entre, on entonne tous en chœur notre petit couplet ! je lance les premières notes, on chante à l'unisson sans faire de fausses notes, vous vous rappelez ? mon Dieu, que d'émotions ! je vais m'évanouir... Oui je sais, ce n'est pas le moment, allons, allons... On se tient tous debout et...

Il est là...

Il hésite...

Il fait un premier pas...

il voit la loge pleine...

... les guirlandes de fleurs, la nappe blanche, les rideaux élégants...

... la fleur au vasistas qui brille comme un diamant...

les rires d'enfants qui montent au firmament... et son cœur se remplit de soleil, il reconnaît des têtes amies, il sourit, il dit : il ne fallait pas, vous êtes trop gentils, le docteur Boulez se tient à ses côtés, raide comme un piquet, Margret aussi, ils semblent déplacés, étrangers à la liesse, il n'en a cure, il a retrouvé les siens, ses yeux s'embrument, il voit des bouches qui s'ouvrent, une mélodie s'élève, madame Rosier s'avance, elle a bouclé ses cheveux et mis bien trop de poudre, ses yeux brillent, elle se met à chanter, tout le monde la suit, c'est trop ! c'est trop pour lui ! trop de bonheur ! elle s'avance, elle ouvre les bras tout grands pour le prendre sur son sein, elle ouvre les bras et la tête lui tourne, il tombe à la renverse...

Et il verse, il s'enfuit dans un très long couloir...

où le temps n'a plus prise, où le jour devient noir...

il court, il crie, il hurle dans un long entonnoir...

Quand il revient à lui, il gît sur le sofa, on lui prend le pouls, on défait sa chemise, on lui frotte les tempes avec de l'ammoniaque, il reconnaît l'odeur, il grimace, écarte le flacon, que lui est-il arrivé ? où est-il ? que fait-il là ? qui sont ces gens autour de lui ? Monsieur Despax, monsieur Despax, comment vous

sentez-vous ? Il doit y avoir erreur, on le prend pour
un autre, il faut qu'il parte, il va pour se lever mais
les forces lui manquent, il retombe aussitôt et ses
yeux se referment, il est vaincu, il s'abandonne, il y
a trop de monde, dit une dame qui s'agite, celle-là
même qui lui ouvrait les bras, le serrait sur sa poitrine, elle semble le connaître, allez, écartez-vous, il
faut le laisser seul, on est trop nombreux, laissons-
le se reprendre, on célébrera plus tard, laissez-le respirer, laissez-le, il regarde autour de lui mais qui sont
ces gens ? et qui est cette femme qui prend tout en
main ? les connaît-il vraiment ?

... le silence est tombé dans la loge, les gens se
retirent, un à un, un grand Noir en boubou bleu
dépasse tout le monde, ils lui font des signes ami-
caux de la main, ils disent : on reviendra demain,
reposez-vous, on est si heureux que vous soyez rentré, reposez-vous, c'est certain, ils le prennent pour
un autre, c'est une terrible méprise, ils s'en vont, la
dame les reconduit, elle dit : j'en fais mon affaire, elle
s'adresse à un homme qu'elle appelle docteur, je vous
appelle dès qu'il va mieux, docteur, je vous tiens au
courant, c'est la fatigue, je crois, il faut qu'il se
repose, l'homme l'observe un instant, dit qu'elle a
raison, auprès de lui se tient une jeune fille très belle
qui le tire par la manche, vous croyez que je peux
vous laisser ? demande l'homme, j'en ai soigné des
plus malades que lui, dit la femme, vous pouvez me
faire confiance, il doit se reposer, c'est l'émotion sans
doute, quelle émotion ? se demande-t-il, mais où
suis-je ? que me veulent ces gens ? c'est un traque-
nard, pourtant ils n'ont pas l'air méchants...

... puis c'est le silence, ils demeurent immobiles,
guettent la paupière de l'autre, forment silencieuse-
ment des vœux...

en proie à une joie qu'elle ne peut contenir, elle
s'assied à ses côtés sur le sofa rouge, elle lui prend
la main, elle se penche, elle murmure comment vous
sentez-vous, pensez-vous aller mieux ? et... la tête lui

tourne, ses forces le désertent, il perd conscience, défaille...

repart au fond du gouffre,

traverse les étés, les hivers et les mers,

entend des bruits de pas, reçoit un très lourd coup, s'écroule enfin dans une poussière d'or pendant qu'un rire éclate, un rire démoniaque...

Quand il revient à lui, la femme est toujours là, elle tient le flacon d'ammoniaque, il entrouvre les yeux, il demande : qui êtes-vous ? je ne vous connais pas, mais enfin, monsieur Despax, c'est moi, Gertrude Rosier... elle s'approche, inquiète, quelque peu affolée, il respire à nouveau son parfum, oh ! cette note de tête, du petit grain, de la girofle, du néroli... Gertrude Rosier... et ensuite, oui c'est ça, une note de cœur avec du jasmin, de la fleur d'oranger, une feuille de menthe, du lilas, de la tubéreuse... attendez, attendez, ne reculez pas si vite, tout me revient, Non ! ce n'est pas possible, ce n'est pas toi, Gertrude !

Gertrude !

Gertrude, mon aimée, ma femme sous la tonnelle... Gertrude dans ta robe de dentelle... et ce premier baiser où tu me disais oui en reculant un peu, où je te demandais voulez-vous, êtes-vous sûre, voulez-vous m'épouser pour toujours ?

... approche-toi un peu mais pas trop ou je verse ! elle s'écarte, étonnée, que dit-il ? de quoi veut-il parler ? il l'appelle Gertrude et non madame Rosier ? a-t-elle bien compris, il marmonne si bas... a-t-il senti son trouble ?

... son odeur, ce parfum, ça y est ! tout lui revient ! Gertrude, approche-toi, ne crains rien ! Viens près de moi ! Viens !

Il la tutoie ! Il lui prend la main, il ferme les yeux, ses narines palpitent, il divague, prononce d'autres mots qu'elle ne comprend pas, sa main est chaude contre la sienne, elle remonte sur son bras, s'attarde sur son coude, le caresse doucement, porte son poignet à hauteur de ses lèvres, elle frissonne, tout émue, sort son mouchoir, se tapote le nez, les larmes lui piquent les yeux...

Gertrude... mon Dieu ! Gertrude ! tout me revient ! Jolie Madame ! Balmain ! tu te souviens ! Ce parfum qui, jadis, me faisait perdre la tête ! Gertrude, c'est moi Hubert ! Hubert, ton époux ! Tu ne me reconnais pas ? je sais, c'est difficile, il y a si longtemps... j'ai dû changer beaucoup, je ne suis plus fringant, des ans je porte la trace et je subis le joug, hélas ! pourtant je suis le même qu'il y a trente ans, sous la tonnelle... quand je demandais ta main, tu te souviens ? tu portais une robe en dentelle, et déjà ce parfum entêtant qui m'obsède...

C'est au tour de Gertrude de devenir toute blanche, elle vacille, elle suffoque, elle mord son mouchoir, Hubert, son époux ! Hubert Rosier ! cet homme perd la raison ! On lui a donné trop de médicaments !

... enfin Gertrude, enfin ! je sais ce que je dis, tout me revient... nous avions vingt ans, nous étions jeunes et purs ! mon Dieu ! quelle aventure ! Mais enfin, monsieur Despax ! Monsieur Hubert Rosier, rugit-il, et je vais le prouver !

Il se redresse d'un bond, il ouvre sa chemise, un bouton, deux boutons, Gertrude pousse un cri ! trois boutons... la cicatrice apparaît, large, rouge, boursouflée, celle-là même qu'elle aimait caresser de ses doigts frais pendant qu'il lui racontait comment il avait trompé la mort, dans un petit port, cerné par des marins qui puaient le vin et tentaient de le détrousser ! Ce n'était que mensonges, mais il était jeune alors, il aimait se vanter ! Il voulait qu'elle l'admire, qu'elle l'aime très fort, pour le meilleur et pour le pire !

Mais alors... mais alors... elle n'a pas le temps de finir, elle voit mille étoiles et tombe évanouie...

Gertrude, mon amour, ma belle fiancée, mon à peine épousée et si vite laissée ! tout me revient ! J'étais un beau marin, j'étais un officier, aspirant sur un navire qui m'emportait au loin, et dans un port, un soir où je faisais escale, j'ai rencontré une femme ! je croyais, à l'époque, avoir trouvé la trace d'un magot au fond des océans, dans le golfe du Mexique, à vingt-six pieds de fond, un beau galion lesté de pierres précieuses, j'en parlais imprudemment, elle a su m'amadouer, elle m'a rendu fou, pour elle j'ai tout oublié, jusqu'à mon nom, ma femme, ma patrie, ma dignité ! Gertrude, pardon ! pardon ! comment pourrai-je me faire pardonner ?

Il parle tout seul, il s'agite, il bredouille. Il se lève, se rassied, se redresse, fait trois pas, se laisse tomber sur le sofa, prend la main de Gertrude, la frictionne, la tapote, glisse un coussin épais sous la nuque où les cheveux frisottent, sa tendre nuque qu'il avait délicatement baisée sous la tonnelle, ce jour de fiançailles.

Il se souvient...

Un soir, dans les Barbades, il avait bu, il parlait sur la plage en sifflant de grandes rasades de rhum, il se vantait, il faisait le malin, il avait trouvé, oui messieurs, puisque je vous le dis, un trésor au fond des mers, il allait devenir riche, riche à en crever, à dégueuler des sous, des millions de dollars, tenez, je vous invite à boire, je me construirai un palais de seigneur des mers, de brigand, de pirate éphémère, on marchera sur des pièces d'argent, les plafonds seront pavés d'or, remettez-m'en encore de ce rhum brûlant, il buvait, il buvait, les piastres se multipliaient, les perles rares roulaient, les diamants clignotaient, les émeraudes, les saphirs, les écus sautaient sur ses genoux, il mélangeait tout, ils sont des milliers en mer à courir les lingots, à fouiller les récifs, à fendre les rafiots, la chasse au trésor ! et le ciel avait voulu que ce soit lui ! il serait riche bientôt, riche à rouler par terre ! Il avait caché la carte en lieu sûr, il redoutait les crimes, les larcins, les bandits, il éclatait de rire, ses genoux ne le tenaient plus, il s'accrochait au bar...

C'est alors qu'elle s'était avancée, sombre,

197

sinueuse, hyène voluptueuse qui dessinait des cercles avec ses hanches, ses yeux lançaient des éclairs, ses seins trouaient la robe légère, ses dents brillaient, ses yeux noirs l'avalaient, lui chauffaient l'appendice qui se dresse entre les jambes et exige le vice, elle l'aguichait de loin, elle lui tendait la main, elle venait de casser un talon d'escarpin et marchait en boitant sur la plage, elle l'avait attiré contre elle, s'était frottée à lui, tu veux ma bouche, disait-elle, tu veux ma bouche sur ta bosse, tu veux mes seins, tu veux ton corps contre le mien et me boire tout entière, tu le veux, chien ? et elle s'écartait en parlant, elle s'écartait pour qu'il la suive plus loin, ses mains descendaient sur ses hanches, elle se caressait en marchant sur le sable, en claudiquant comme une malheureuse et il l'avait suivie, l'eau coulait à sa bouche, il avait mal entre les jambes tant elle l'avait chauffé... après... il ne se rappelait plus, un coup sur la nuque, un coup violent, une chute, il s'était senti dégringoler un escalier, rouler contre des barriques, heurter des piles de fruits, il avait été transporté, c'est sûr mais où... il ne sait plus, il faudrait qu'elle se réveille, que je la respire encore... pour me souvenir... Gertrude, ma fleur du souvenir, ma fleur si douce...

Gertrude ! reviens à toi, je te raconterai tout, tout ce que je sais, le reste est superflu, je n'étais plus un homme, j'étais un détritus qu'elle repoussait d'un doigt quand elle n'en voulait plus, je me rappelle sa peau qu'elle me laissait goûter quand elle était gentille, ses jambes comme des anguilles, l'odeur de ses aisselles que je respirais, oh ! la menthe poivrée, le sel des marais, la nacre des coquillages et l'eau entre ses jambes, Gertrude, tu étais si sage...

Elle voulait savoir où se trouvait la carte, le magot, disait-elle, le magot, où est-il ? Où l'as-tu caché ? Elle se faisait tendre, miel, gourgandine, puis méchante et rude, elle sifflait un long coup de ses lèvres pur-purines, et me livrait aux autres qui me laissaient presque mort, abruti dans la cale parmi les fruits pourris et le vieux perroquet... je m'endormais en écoutant la mer frapper contre la coque, frapper contre ma tête, venir lécher mes plaies. J'ouvrais des noix de coco pour me désaltérer, me laver, ça poissait... je somnolais. Elle revenait encore, se roulait contre moi, me mangeait, me mordait, me vidait de mes forces, me frottait contre des écorces, me remettait debout, se collait contre moi, où est-il, où est-il et je t'en donnerai plus, je te rendrai fou, je sais faire tant de choses qui rendent les hommes bêtes, je te ferai l'amour et tu mourras debout, ta tête éclatera, tu ne seras que viande repue, tu ramperas à terre, tu supplieras encore, encore... et je te gaverai.

... mais je ne savais plus, j'avais tout oublié et ça la rendait folle, elle m'humiliait, me rudoyait, mais ne perdait jamais espoir, se disait ce n'est pas trop tard, il va se souvenir... on en connaît des histoires de trésors enfouis, ce n'est pas une chimère, il doit se souvenir !

Gertrude, c'est toi dont je me souviens aujourd'hui, je reviens à ma première enfance...

... je ne me souvenais de rien, j'avais tout oublié, elle avait cogné trop fort, elle s'emportait contre ces idiots qu'elle avait soudoyés pour me frapper, je ne servais à rien, elle voulait me jeter mais ne savait comment, comment se débarrasse-t-on d'un amant encombrant ? j'étais déjà esclave, elle allait me faire boire, ensuite ce serait facile, un ivrogne, on le balance à la rue comme un malotru ! et moi je ne disais rien, je respirais l'odeur de sa couche, je me traînais à ses pieds pour y coller ma bouche, elle me repoussait, sombre crétin, fantôme de yé-yé ! elle m'avait affublé du nom d'un vieux chanteur à la gloire passée...

On est revenus à terre, elle avait besoin de moi, j'étais son valet, son souffre-douleur muet, cent fois elle me jeta et cent fois je revins, elle me travestissait en clochard, m'envoyait tendre la main, volait mes sous, me battait, j'étais devenu ce déchet qui ne méritait plus le nom d'humain et je le serais resté si un soir, alors que je rentrais, ivre de honte bue et de mauvais alcool, je n'avais trouvé porte close, elle était partie... Je retournai à la rue.

oh ! Gertrude, tu tressailles, m'entends-tu ?

... et c'est le hasard ou la main de Dieu qui voulut qu'on m'octroie une dernière chance, que je vienne dans cette loge, que je recommence une vie nouvelle aux pieds de celle que je baptisais l'ange et qu'aujourd'hui je peux appeler...

— Angelina, ta fille...

— Angelina, ma fille ! Le même amour des mots, la même folie d'aimer qui nous pousse à la faute...

— Angelina... elle est partie, elle aussi ! Angelina... Hubert !

Elle étend la main pour l'étreindre, il la prend dans les siennes, la réchauffe, la couvre de baisers, comme des fiancés, il dit, comme des fiancés...

On dirait un marin tombé de son bateau, dit une femme qui passe dans le couloir et lui fait les yeux chauds. Mann se recule pour la laisser passer.

On dirait un marin tombé du haut d'une femme, pense-t-il en ramenant ses coudes sur la barre de la fenêtre quand la femme est passée. Le front contre la vitre, il regarde la pluie qui perle et dessine des notes, tu vois des notes partout, mon vieux, tu deviens fou... il n'a jamais été si près de la retrouver, de la délivrer, enfin il va savoir.

Vous allez loin comme ça ? dit la femme en sortant une cigarette de son sac, en la tendant vers lui pour qu'il l'allume, elle a le trac, elle ne veut pas qu'il sache.

Je descends à la prochaine, dit Mann, souriant sans la voir, sans même lever le front de la portée de notes.

Moi aussi, dit la femme cherchant à attraper ses yeux, ce n'est pas loin, nous sommes presque arrivés... Elle accroche des couteaux dans ses yeux, cambre un peu les reins, secoue ses longs cheveux, quel bel homme ! se dit-elle, il ne porte pas d'alliance, quel bel homme ! vous n'auriez pas du feu ?

Il sort de sa poche un briquet, le lui tend sans la regarder. Ah ! soupire la femme, que le temps est triste, que le temps est pluvieux ! C'est un temps à rester près du feu, à rôtir des chataignes, à lire ce vieux Montaigne ! Elle aspire la fumée et la recrache grise dans le couloir du train où ils ne sont que deux.

Il porte une veste froissée, un pantalon léger, un sac de marin gît à ses pieds, que fait-il dans la vie, cet homme vagabond ?

Vous connaissez la ville ? Vous y travaillez ? dit la femme que rien ne décourage.

Non, c'est la première fois, répond Mann en guettant les nuages.

Moi, j'y vis, j'y travaille, c'est une jolie ville, une ville d'étudiants, j'enseigne à la faculté depuis quelques années, c'est plaisant, je pourrais vous promener, si vous le désirez, c'est une ville fermée, les gens y sont méfiants... ils ne parlent pas aux étrangers.

A ces mots, l'homme s'anime, il se tourne vers elle, il pose ses yeux sur elle, des yeux noirs, brûlants, elle se sent étourdie, je le veux, je le veux, je veux cet homme sur moi, je veux goûter sa peau, même pour une seule nuit... elle tremble, elle rougit, elle tire sur sa cigarette jusqu'à ce que la tête lui tourne.

Je viens ici pour voir une amie, professeur elle aussi. J'ai hâte de la voir ! Vous la connaissez peut-être...

Ah ! dit la femme déçue, il a donc une femme...

Elle ne l'entend plus, elle sent un vide si grand en elle qu'elle pourrait pleurer, la spirale de désir qui l'avait élevée se brise en plein élan, elle sent grandir l'absence, l'abandon, c'est la fin d'une histoire, elle veut aller s'asseoir, reprendre sa solitude où elle l'avait laissée, elle éteint ses cheveux, elle éteint ses yeux, apaise ses reins en feu, il n'est pas libre, qu'allait-elle imaginer ? c'est sa faute aussi, il inspire le désir, l'urgence d'être contre lui, aspirée, anéantie, c'est si violent...

... si violent

... elle a imaginé une histoire d'amour, deux corps qui s'étreignent, se reconnaissent, s'emmêlent pour la vie, quelle midinette, je suis !

La cigarette n'est plus que cendres, il est temps de descendre.

202

Il se montre charmant, prévenant, il voudrait porter ses bagages, lui parler, lui parler d'une autre qu'elle ne veut pas connaître.

C'est inutile, dit-elle, on m'attend, au revoir.

Il la regarde partir, il ramasse son sac, il descend derrière elle, une minute d'arrêt, il la voit s'éloigner sur le quai, les jambes longues et fines, les épaules en arrière, le sac qui balance avec autorité, les femmes sont bizarres, d'humeur si changeante, on ne peut s'y fier, dommage, il se serait bien attardé, elle lui aurait confié peut-être un secret. Il hausse les épaules et reprend son chemin, le rendez-vous est pour demain, demain il saura tout, demain elle sera libre, peut-être...

L'ÉPOUX

Filles de Jérusalem, je vous conjure par les che-
vreuils et par les cerfs de la campagne de ne point
réveiller celle que j'aime, et de ne la point tirer de son
repos, jusqu'à ce qu'elle s'éveille d'elle-même.

L'ÉPOUSE

J'entends la voix de mon bien-aimé ; le voici qui
vient, sautant au-dessus des montagnes, passant par-
dessus les collines.

Mon bien-aimé est semblable à un chevreuil et à un
faon de biche. Le voici qui se tient derrière notre
muraille, qui regarde par les fenêtres, qui jette sa vue
au travers des barreaux.

Voilà mon bien-aimé qui me parle et qui me dit :
Levez-vous, hâtez-vous, ma bien-aimée, ma
colombe, mon unique beauté, et venez.

Car l'hiver est déjà passé, les pluies se sont dissipées
et ont cessé entièrement.

Les fleurs paraissent sur notre terre, le temps de
tailler la vigne est venu.

Le figuier a commencé à pousser ses premières
figues ; les vignes sont en fleur et on sent la bonne
odeur qui en sort. Levez-vous, ma bien-aimée, mon
unique beauté, et venez.

Voilà les mots que je récite le matin en me levant,
bien cher monsieur Despax, ils me parlent de Mann.
Je l'entends, il marche à mes côtés dans les couloirs
voûtés, il veille sur mon sommeil, je ne suis jamais

seule, je le porte en mon cœur, ses doigts ouvrent ma bouche, la tiennent écartée, je me plie, je me ploie, sa langue est dague de feu, elle m'ouvre, me fend en deux, je suis homme, je suis femme, je le reçois en moi, le chauffe dans mon âme, je suis sa plus-que-femme.

Vous avez dû recevoir la lettre où je vous disais dans quel endroit je me cachais, ne le dites à personne, c'est un silence entre nous.

Ce texte si beau m'a été offert par mère Marie-Madeleine, elle me donne des livres à lire, des phrases à méditer, de beaux vers, elle me guide et je lui en sais gré, le Cantique des Cantiques est le plus beau, je le récite le matin en me levant, en nouant mes longs cheveux, en les aplatissant sous un foulard, en enfilant la robe épaisse qui dissimule mon corps, les spartiates qui protègent mes pieds, je le récite à la chapelle le front sur la pierre froide, je le récite quand je soigne les plaies de ces hommes, de ces femmes égarés, mon amour pour Mann est si grand, si douloureux, je suis comme l'Epouse « fermée comme un rempart » et si pleine de lui, je me réveille le matin, je m'arrondis dans son bras, je caresse son corps, j'embrasse ses paupières, je l'attends, je l'entends et toujours il s'efface pour surgir plus loin dans un autre sourire, dans une main tendue... un jour je serai forte peut-être, un jour je serai forte,

je saurai pardonner,

avouer ma faute,

attendre son pardon,

j'apprends tout doucement, souvent je trébuche.

Je refuse de passer toute ma vie à me connaître par le regard des autres, par ce qu'ils disent de moi, par le nom qu'ils me donnent, par l'absence qu'ils impriment dans mon cœur. Je veux connaître mon existence, la valeur de cette existence en me soumettant à mon propre regard. Me faire confiance. Toujours l'idée d'insuffisance surgit, nourrit une colère qui ne tarit jamais. Le silence de ce monastère, les souffrances de ces pauvres hères me permettent d'apprendre le bien, de comprendre le mal, d'accepter les bosses, les plaies comme autant d'accidents vers un bonheur plus vrai.

Il est presque six heures, il faut que je vous quitte ! Je vous envoie mes pensées les plus tendres, Angelina.

P.-S. : Ne dites à personne, *à personne* que je suis ici.

Elle referme la lettre, tire une langue rose pour la sceller, se souvient des premières lettres à Mann, du secret partagé avec monsieur Despax. C'était il y a longtemps, elle rêve un instant, se reprend, il est six heures, elle doit se hâter.

Elle dépose la lettre, dans une grande panière, à l'entrée du couvent, jette un œil dehors, la file est déjà longue, et dans la queue, une femme se tient sur le côté. Une femme élégante en tailleur bouton d'or, chaussée d'escarpins assortis qui étirent la jambe. C'est madame Vigier, lui dit sœur Marie-Hortense, une de nos bienfaitrices, elle vient rendre visite à mère Marie-Madeleine, elle nous aide, nous donne du linge neuf, des vêtements, des médicaments, elle classe nos chèques, règle nos factures, elle veille sur nous avec bonté, vous la conduirez auprès de notre supérieure.

Angelina s'incline et fait signe à madame Vigier de la suivre. Elle baisse les yeux comme l'impose la règle et marche à petits pas pressés, elle ne doit pas traîner. Chaque fois qu'elle approche du bureau de la mère supérieure, elle se fait des reproches, elle lui a promis une confession, sans cesse elle la repousse, maintes fois elle a posé sa main sur la poignée en bois châtain puis l'a enlevée comme brûlée, elle seule peut m'aider, je devrais lui parler mais... être jugée encore ? connaître encore l'effroi ? Dites-moi, dit la dame bouton d'or, on se connaît, n'est-ce pas ? je vous ai déjà vue... est-ce ici ou ailleurs ? Angelina se redresse, regarde la femme, elle doit avoir son âge, tirée à quatre épingles, oui c'est vrai, on se connaît, votre visage m'est familier, je suis depuis quelques mois dans la communauté, vous avez dû m'apercevoir dans les travées... Non, non, je vous ai vue ailleurs, vous n'aviez pas cette robe, vos cheveux longs flottaient sur vos épaules, vous étiez plus... animée, plus libre, je suis sûre de ne pas me tromper, quel est donc votre nom ?

Angelina, madame, Angelina Rosier...

Angelina ! La dame bouton d'or marque le pas, Angelina ! mais oui ! tu ne me reconnais pas ? j'ai tellement changé ! ce n'est pas charitable ! fais un effort ! nous étions jeunes encore, je te l'accorde mais... Angelina plisse les yeux, tente de se souvenir... Angelina ! Voyons... Ce n'est pas possible ! je suis désolée, madame... si vous me donniez un indice pour m'aider ? un indice ? ce n'est pas si loin pourtant ! je suis vexée, je m'en vais de ce pas dans un institut de beauté, c'est toujours comme ça, tu vois, on se marie, on oublie qu'on est belle, on se néglige, on porte un tablier, on beurre des tartines, on fend la mirabelle, on la met dans le four sur une pâte dorée, et le temps passe, moqueur, il raye notre beauté... ne dites pas cela, vous êtes très belle ! c'est ma mémoire, elle défaille... moi, je t'ai reconnue dès que je t'ai vue, et plus je te détaille... tu n'as pas changé, tu as gardé ce charme suranné, une pureté troublante, une certaine... innocence, voilà le mot que je cherchais, il te convient si bien... Angelina, ici, entre ces murailles enfermée ! si on me l'avait dit ! tu étais si fière, si obstinée, tu tenais tête à tous ceux qui voulaient te plier, tu disais il ne faut pas tricher, pas renoncer, pas se résigner, il faut pouvoir rêver sans qu'on nous coupe les ailes ! tu avais un sacré caractère ! aidez-moi, s'il vous plaît, aidez-moi, je ne voulais pas vous offenser... je reviendrai plus tard, je te le promets, et elle disparaît dans le bureau de la mère supérieure.

Qui peut-elle donc être ? songe Angelina, son visage ne m'est pas inconnu, il faut qu'elle me livre son nom... mais, dans le même temps, une peur familière l'étreint, je ne dois pas revoir cette femme, je ne dois pas, peut-être sait-elle, peut-être vient-elle pour me châtier ?

Elle repart prendre son poste à l'entrée, c'est l'heure de la douche, du petit déjeuner. Les sœurs sont débordées, on lui fait signe de se mettre à l'évier, de laver la vaisselle, de refaire du café, d'éplucher les légumes pour la soupe de midi, de faire cuire du riz, elle retrousse ses manches, s'absorbe dans sa tâche, récite en silence le Cantique des Cantiques, elle vient pour me punir, elle m'a retrouvée, est-ce un hasard ou bien... ses mains tremblent, une assiette lui échappe et se fracasse à terre, elle se penche pour en ramasser les morceaux et la tête lui tourne, la femme à l'œil unique apparaît...

... vêtue d'une ample robe grise, son corps enfle et enfle encore, vacille, puis s'ébranle et, plus elle avance, plus elle se dilate, avale tout l'air, il ne lui en reste plus à elle pour respirer. Elle se débat, jette les bras en avant pour repousser l'énorme femme, haute comme une montgolfière qui, c'est sûr, va l'étrangler de ses puissantes mains-battoirs....

Quand elle ouvre les yeux, la femme bouton d'or se tient à ses côtés.

Angelina, dit-elle d'une voix grave et triste, Angelina, n'aie crainte, je ne te harcèlerai pas, je ne t'en veux pas, c'est vrai, j'ai dû changer, on est toutes coquettes, on ne veut pas vieillir, allez... je ne te ferai plus attendre, je vais te dire mon nom, mon nom de jeune fille, viens par là, prenons un peu de temps... c'est que je ne peux pas, j'ai tant de choses à faire, le riz n'est pas rincé, et les pommes de terre... j'ai parlé à mère Marie-Madeleine, je lui ai dit que... Que lui avez-vous dit ? vous n'aviez pas le droit ! pour qui vous prenez-vous ? ça ne regarde que moi ! Angelina, calme-toi... Je lui ai dit que je t'avais connue autrefois, qu'on avait fait nos classes ensemble... tu te souviens ? parfois, le soir, j'allais chez toi, je connaissais ta mère, ton père avait disparu en mer, cela te rendait sombre et parfois meurtrière... tu sortais toutes tes griffes, tu me faisais peur...

Je vous faisais peur, moi ?

Oui, toi, Angelina Rosier, en classe de terminale au lycée Condorcet, j'avais les cheveux longs, toujours bien habillée, deux grands frères, pas très bonne élève... ça y est ? tu te souviens ? Non, fait Angelina en secouant la tête, toujours pas, ce n'est pas ma faute, j'ai voulu oublier ce temps-là, je n'avais pas d'amies, je ne parlais à personne... Laetitia Dantec... Laetitia Dantec, nous étions quatre, nous formions une bande, Antoinette, Louise, Claire et moi, tu nous rejoignais parfois... tu demandais : ça vous dérange si je fais la cinquième ? les autres filles m'ennuient, traînent à Monoprix, s'achètent du vernis, des barrettes, des twin-set...

Angelina n'entend plus, ou plutôt elle entend si fort qu'elle devient sourde, elle ne retient que ces quatre prénoms : Antoinette, Louise, Claire, Laetitia, les quatre prénoms de la liste...

... mais alors, dit-elle, c'est vous qu'il voulait voir, ce sont vos numéros, il vous a retrouvées ? c'est vous, ce n'était que vous ! Elle éclate de rire et montre Laetitia du doigt comme si elle se moquait.

De qui me parles-tu ? Angelina, s'il te plaît... Il est allé vous voir, et il ne m'a rien dit... mais qui ? calme-toi ! Mann, l'homme que j'aime plus que tout, il a fait une enquête, il a eu votre nom, ne mentez pas ! je sais tout ! j'ai les preuves écrites et de sa main encore ! ne faites pas semblant d'avoir tout oublié ! il vous a téléphoné, je le sais, mais pourquoi ? Angelina, tout doux ! reprends-toi ! Non, je ne me calmerai pas, je ne vous ai jamais aimées, vous et vos amies, vous faisiez les malignes, vous vous pavaniez parce que vous étiez les plus belles, les mieux habillées, que vous aviez un père, un vrai, pas un pauvre marin bouffé par les requins, vous me regardiez de haut, ma mère travaillait, nous étions presque pauvres et vous étiez si riches ! je plaignais votre vie si petite ! Moi je rêvais de grand, de beau, de pyramides et vous, si fières avec vos beaux habits, vos soirées, vos copains insipides, je vous aurais crevé les yeux si, au moins, j'avais pu ! le soir, pour m'endormir, j'inventais des vengeances, des supplices, je vous aspergeais d'acide et vous étiez aveugles, vous attrapiez la gale, il fallait vous raser, vos pères étaient ruinés, vous mendiiez en guenilles à la porte du lycée ! c'était trop doux encore ! Angelina ! arrête, tu me fais peur... tu dois être bien malheureuse pour être si violente ! Je n'ai que faire de votre compassion, j'ai trouvé vos prénoms sur la liste, ceux de votre petite bande, vos quatre prénoms avec pour chacune, une mention ! laquelle te revient ? « bavarde comme une pie » ou « facile d'accès » ? ne mens pas ! un homme t'a téléphoné ! un inconnu ! il y a quelques mois ! je le sais ! à ton tour de faire un effort !

Laetitia la contemple, ébahie, tu es la même, tu n'as pas changé, pourquoi cette violence, qu'est-ce que je t'ai fait ? Angelina se radoucit, elle n'obtiendra rien si elle crie... souviens-toi, Laetitia, souviens-toi, c'est important pour moi, il t'a téléphoné, un soir, un matin, un après-midi ? il a demandé à te parler... si violente puis si douce, on n'osait t'approcher, on ne savait jamais sur qui on allait tomber, la méchante, la gentille, la farouche, on t'évitait, c'est vrai... je suis désolée, mais c'est plus fort que moi, c'est ma vieille colère qui... mais souviens-toi ! c'est ma vie, tu comprends, ma vie qui est en jeu ! Tu sais ce que ça veut dire, toi toujours si posée, si tranquille, si prévisible, il ne t'arrivait rien ou si... tu te mariais avec un jeune homme bien, agréé par ta famille ! Un homme t'a téléphoné un jour, il t'a demandé, il t'a demandé quoi ?

Souviens-toi !

... ah ! tout me revient ! l'homme qui voulait

savoir... il a appelé un soir... je n'ai pas eu le temps de beaucoup lui parler, Pierrot avait de la fièvre, le médecin attendait, il m'a parlé de toi... Qu'a-t-il dit ? Il s'est présenté, m'a posé des questions sur cette année de terminale, m'a demandé ce qu'il s'était passé, si nous avions un prof qu'on aimait plus que les autres, je lui ai dit que oui, en effet, cela m'est revenu, mademoiselle Bazoches, le prof de philo, te souviens-tu ? on en était tous fous, même les garçons les plus effrontés filaient doux et pourtant ! elle rit, met ses doigts devant sa bouche rouge pour étouffer son rire, et pourtant, elle était laide, mais laide ! Enorme dans sa robe grise, les cheveux enroulés sur le sommet du crâne, la peau luisante, les bas épais... mais dès qu'elle parlait ! on oubliait tout ! quelle passion dans toute sa personne, quel élan, quelle générosité, Platon, Descartes, Montaigne, Kant et tous les autres, j'ai gardé ses cours, je les ai photocopiés... je les relis parfois, je suis éblouie ! J'ai raconté cela à ton mari... Il voulait la retrouver, il voulait lui parler, je n'ai pas eu l'idée de demander pourquoi, le médecin s'impatientait, Pierrot pleurait, je lui ai conseillé d'appeler Louise, tu te souviens, Louise Reich, tu t'entendais bien avec elle, ou du moins je croyais... il a dû l'appeler parce qu'après je n'ai plus jamais eu de ses nouvelles... Oui, c'est ça, Louise a dû lui donner le téléphone de Claire et d'Antoinette, tu es contente, enfin, tu es satisfaite ?

Angelina bafouille, elle comprend maintenant, elle répète, abrutie, il ne m'a rien dit, il ne m'a rien dit, il voulait me sauver, il m'avait pardonné alors, il m'avait pardonné... Mais pardonné quoi ? Angelina...

Elle ne l'écoute plus, elle répète oui, c'est ça, et je n'ai rien compris, je n'ai pas cru en lui, je n'ai pas cru en moi, Laetitia, excuse-moi, je ne sais pas ce qui m'a pris... je comprends, je comprends, elle lui prend la main, je te pardonne... je suis impardonnable ! Je ne changerai jamais, c'est plus fort que moi... Mais non, tu exagères, tu étais de nous tous la plus douée, la plus vivante, la plus intelligente, rappelle-toi d'ailleurs, mademoiselle Bazoches t'adorait, elle te mangeait des yeux, elle suivait ton regard, et si ta main cessait de prendre son cours en note elle s'arrêtait tout net, disait : Angelina, qu'y a-t-il ? vous avez quelque objection à faire ? on était stupéfaits mais on ne disait rien, personne ne se moquait, tu nous épatais, tu étais différente...

Tu te souviens ?

Tu te souviens de la lettre, Angelina ?

Arrête, je t'en supplie, arrête... elle plaque ses mains sur les oreilles, elle ne veut pas entendre.

Quelle histoire, cette lettre ! Tu étais intrépide ! tu ne ressemblais à personne et on était flattées quand tu venais vers nous pour faire la cinquième, t'en rendais-tu compte, au moins ? Angelina, à quoi penses-tu ?

Elle ne l'entend plus. Elle ne veut plus entendre. Il m'aime, il m'aime, il ne m'a pas trahie mais... est-ce qu'il sait ? que lui ont dit les autres ? Que savent-elles au juste ? Il m'aime, il m'aime. M'aimera-t-il encore quand il saura ? Et le sait-il déjà ?

Angelina, dis... tu crois que je devrais éclaircir mes cheveux, suivre un régime, m'habiller autrement ?

Tu es très jolie, Laetitia, ne change rien, c'est moi qui ai changé depuis qu'on s'est quittées, cette faute que je porte partout où je vais, qui me poursuit, je n'en peux plus...

Je devrais peut-être aller passer une semaine en cure marine... une semaine de repos, de soins, de régime, il paraît que c'est bien, je perdrais des kilos, j'aurais meilleure mine...

Il faut que je parle, que je me confie, c'est un signe du Ciel ta venue aujourd'hui, elle arrête ma fuite, me force à affronter le mal qui m'habite, je vais aller parler à la mère supérieure, je lui dirai tout, elle saura m'écouter...

Ou peut-être essayer le nouveau coffret Guerlain

pour les peaux fatiguées, j'ai une amie qui a essayé, un vrai miracle... Mon Dieu ! Quelle heure est-il ? Je vais être en retard, nous dînons ce soir chez le sous-préfet, il faut que je m'habille, au revoir, ma chérie, je reviendrai.

Elle s'en va, droite et digne, dans son beau tailleur jaune, elle se retourne, envoie un baiser, fait un signe à la sœur qui lui ouvre la porte.

Angelina ferme les yeux et remercie tout bas. Mann, mon amour, Mann, tu m'entends ?

Je voudrais te demander une chose, dit-il. Une seule chose...

Tu peux tout me demander, tu le sais.

Ecoute, je parle sérieusement. C'est important.

Je t'écoute, je t'écoute sérieusement.

Je voudrais que jamais, tu entends, jamais tu ne perdes confiance en moi. Même si les éléments les plus terribles, les plus noirs me confondent, m'habillent de traîtrise, de tromperie, te prouvent que je t'ai abandonnée, meurtrie, que jamais tu ne les croies, que toujours tu espères... Promets-moi.

Je te le promets.

Que jamais tu n'écouteras les autres ni celle qui est en toi et qui doute toujours.

Je te le promets.

Que jamais tu ne me travestiras de lâcheté, de duplicité, de cynisme.

Jamais.

Que toujours tu auras foi en moi envers et contre tout, envers et contre tous.

Toujours.

Alors je peux marcher la tête haute et le cœur léger, armé comme un guerrier qui rit devant l'épée. Alors je peux conquérir le monde, détourner les océans, les rivières, irriguer les déserts, te guérir des plus fortes fièvres, te parer des plus belles fleurs. Alors, si tu me donnes ta confiance, je peux tout, mon amour.

214

Je te donne ma confiance pour toujours, mon amour.

Elle récite le serment que, jadis, ils prononcèrent à deux, les yeux dans les yeux, le serment de ce premier jour, sous une porte cochère, entre deux buées de baisers, se relève et se dirige vers le bureau de la mère supérieure.

Cette fille est un ange, c'est ma fille, ma fille... quel drôle de mot... cinq petites lettres qui prolongent ma vie, l'agrandissent, l'illuminent, lui donnent un autre poids... ma fille... je dois la protéger, se dit monsieur Despax en relisant la lettre, tous ces mots entre nous, une perpétuelle fête, ces mots qui m'ont conduit à elle, qui l'ont conduite à moi, qui aujourd'hui encore jettent un pont entre elle et moi.

Il tient entre ses mains le courrier du matin. Une nouvelle lettre qu'il vient de parcourir, il soupire, il ne la trahira pas, il brûle d'aller la voir, un jour peut-être elle lui demandera de venir la chercher...

Un jour, elle reviendra...

Un jour...

Hubert Despax soupire, la vie est imprévisible et le hasard est grand, il faut lui faire confiance, lui laisser toute la place pour qu'il puisse s'exercer, être léger, curieux, généreux, désintéressé, balayer les angoisses, ne plus avoir peur et tout peut arriver. Il s'est acheté un dictionnaire de citations, une occasion sur le marché, il cherche le mot « Hasard » et se met à rêver.

« Le hasard nous ressemble », Georges Bernanos.

Il aime l'idée, il va la ruminer.

« Le hasard, c'est peut-être le pseudonyme de Dieu quand il ne veut pas signer », Théophile Gautier.

« Le hasard n'arrive que lorsqu'on y est préparé », Pasteur.

Est-il prêt à être père et mari ? Il se le demande... Le hasard l'a remis sur la route de Gertrude et d'Angelina. Le hasard l'en avait détourné. Pourquoi ? Il n'était qu'un jeunot quand il avait embarqué, il croyait tout savoir, il bombait le torse, il faisait le malin, il voulait tout très vite, être riche, être beau, posséder, régner, se faire écouter, il ne voulait pas attendre, toutes ces années perdues, toutes ces années d'errance, de souffrances, il avait appris tant de choses, il ne regrette rien. On n'apprend pas en restant caché, à l'abri, en faisant des économies, il faut prendre le risque, avancer, s'aventurer.

Boubou Bleu frappe à la porte, c'est l'heure du courrier. Elle n'est pas là, Jolie Madame, elle ne revient plus ? Mais si, elle est allée faire des courses, elle sera là bientôt, assieds-toi, c'est que j'ai un autre flacon pour elle, de mon cousin Issa...

Ils n'habitent pas ensemble, chacun reste chez soi, apprend à faire de la place à l'autre, ils doivent tout apprendre ! à dire Gertrude, Hubert, vous croyez, tu crois que... ils hésitent, il aime bien le vous, elle voudrait s'approcher, ils se tendent la joue, rougissent, se heurtent l'un à l'autre, déposent un baiser rapide, reculent, soupirent, c'était plus facile avant quand elle était une autre, madame Rosier lui manque... toutes ces émotions nouvelles... il n'y a pas de place ici, la loge est si petite, il n'a pas envie de partir, il est bien dans son trou... sur la peau de Gertrude, Jolie Madame prend une autre tournure, la note devient plus lourde, du cèdre, du patchouli, un peu de tabac, il la respire beaucoup, une manière de faire plus ample connaissance, laissez-moi vous respirer, dit-il en prenant son poignet...

Boubou Bleu, qu'est-ce que je peux pour toi ?

Boubou Bleu sort une lettre pleine de chiffres, il frotte ses paumes de main entre ses genoux, voûte son dos, il est dans l'embarras, ils n'ont dit à personne qu'ils s'étaient retrouvés, va-t-il falloir avouer ou rester dans la clandestinité ? Il contemple les chiffres, ils dansent sous ses yeux, Gertrude, Angelina, deux femmes à protéger, hier encore il était si léger, il soupire, il ne regrette rien, ce soir il l'a invitée à dîner, mousse de chêne, patchouli, cèdre, tabac, tubéreuse, lilas... le tabac lui donne de l'audace, le lilas le délivre, le patchouli l'enivre... Alors, Boubou Bleu, par quoi commence-t-on ? tu vas voir, ce n'est pas très compliqué. Boubou Bleu l'écoute, il dit : je voudrais également écrire à ma première femme, je ne peux l'oublier, elle est ma mémoire, ma jeunesse, mes audaces, mon courage, elle porte mes couleurs... aujourd'hui je ne suis rien, je n'existe pour personne, j'ai peur de circuler, je me fais tout petit, je n'ose pas lui envoyer de photographies, la dernière fois que je suis allé au pays, j'étais encore robuste, je faisais illusion, regarde ! j'ai les cheveux gris, je perds mes dents, j'ai mal quand je me penche un peu trop en avant, je ne la porterai plus dans mes bras, j'aimais bien la porter, c'était un jeu entre nous... il frissonne, ouvre ses grandes mains à plat, mime son impuissance, allez, Boubou Bleu, allez, on commence par les chiffres ou la lettre de cœur ? Boubou Bleu sourit, pose la main sur son cœur, vous m'êtes très précieux... peut-être pourriez-vous m'apprendre à lire, à écrire ? Je vais te trouver un cours pour néophytes, ce sera mieux, cela ira plus vite, Boubou Bleu sourit, ils vont se moquer de moi, ils vont me trouver vieux ! Mais non, on apprend à tout âge ! il n'est jamais trop tard... J'aimerais bien lire le journal pour avoir des nouvelles de mon pays, des nouvelles sérieuses, pas celles que colportent les femmes à la maison, des potins, des recettes, des récits de querelles, les femmes ne comprennent rien à la politique, elles ignorent tout de la marche du monde, ce sont des ignorantes, elles caquettent, elles m'encombrent la tête ! Et si elles avaient raison, Boubou Bleu ? elles rejettent ce qui nourrit la vanité des hommes, ces beaux mots ronflants qui nous transforment en coqs outrecuidants ! Oh ! monsieur Despax, il rit, vous trouvez que je ressemble à un coq trop cuit ?

Pourquoi riez-vous tous les deux ? Qu'y a-t-il de si drôle ? demande madame Rosier qui entre dans la loge, elle est toute mouillée, a noué un plastique sur sa mise en plis, le retire, le secoue, éparpille mille gouttelettes qui marquent le parquet, monsieur Despax fronce le sourcil, il vient juste de cirer, dites-moi, Hubert, nous dînons ensemble, ce soir, n'est-ce pas, alors j'ai pensé...

Boubou Bleu les regarde, étonné. Monsieur Despax se gratte la gorge, gêné, pendant que madame Rosier s'affaire dans la loge, déplace un bibelot, redresse un livre sur la cheminée, tapote sa mise en plis, efface un peu son rouge... Hubert ? vous êtes muet ? Et vous, Boubou Bleu, qu'avez-vous à me dévisager ? Ah ! vous travailliez, je vous ai dérangés, continuez, je vais faire du thé, elle aperçoit le flacon de parfum sur la table, pose une question muette, oui, c'est pour vous, c'est mon cousin Issa qui... Oh ! mais c'est trop, Boubou Bleu ! tu as vu Hubert ? Notre parfum... elle étreint le flacon, le serre sur son sein, Hubert rougit encore, ne sait plus où se mettre, Boubou Bleu sourit, il a enfin compris, je suis bien aise, il dit, je suis bien aise... ce n'est pas bon de vivre sans épouse, je vous laisse à présent, je reviendrai demain si vous avez du temps, il se lève, se retire, fait un dernier salut avant de fermer la porte.

Il va falloir leur dire, Hubert, enfin ! On ne va pas se cacher, nous sommes mariés, après tout, je sais, je sais, laissez-moi le temps de m'habituer... et Angelina ? toujours pas de nouvelles ? toujours rien... C'est elle surtout qu'il faudra ménager ! comment lui dirons-nous ? il faudra trouver un moyen de le lui annoncer sans trop la bouleverser, mon Dieu ! que de problèmes nouveaux... tu vois, Gertrude, rien ne presse... écoute, approche-toi... Ah ! je suis bien heureuse ! tu viens de me tutoyer... c'est un premier pas, je désespérais que tu y arrives jamais ! allez, tu peux dire ce que tu veux, je suis toute à toi !

Il est arrivé en avance pour être le premier.

Il a retenu une table près de la baie vitrée.

Il veut la voir arriver de loin, la regarder marcher, lever la tête peut-être, chercher l'entrée du restaurant, il l'imagine lente, maladroite, hésitante.

Il a dit midi trente, cela vous convient-il ? Il a dit je suis très heureux de vous rencontrer, elle n'a pas répondu, il a dit à demain donc, elle a répété à demain, et elle a raccroché.

Il voulait ajouter : vous ne changerez pas d'avis, vous viendrez, c'est promis ? il n'a pas eu le temps. Cela valait mieux, trop d'insistance l'aurait intriguée, elle se serait dérobée peut-être. Hier, en arrivant, il s'est rendu chez elle dans l'espoir de la voir sans se montrer bien sûr, il ne veut pas l'effrayer. Il n'a pas trouvé son nom sur la boîte à lettres. Juste deux initiales. Elle se cache, elle a peur ou veut-elle simplement échapper aux importuns ?

Il lui a donné un faux nom, il s'est inventé un métier, une raison pour la rencontrer, sinon elle aurait dit non, qu'est-ce que vous me voulez ? je n'ai pas de temps à perdre, je suis très occupée. Comment vit-elle aujourd'hui ? Y pense-t-elle encore ou a-t-elle oublié ? On n'oublie que lorsqu'on réussit à aimer une nouvelle fois, sinon on n'oublie pas. Mia lui avait donné une nouvelle enfance, il avait tout oublié de l'autre. Il ne se souvient de rien. Ou si... de bribes suspendues dans le temps, d'une phrase que son père répétait à chacun de ses fils : « Il n'y a pas de honte à être battu. La honte, c'est de ne pas se battre quand il faut », des maisons qu'il dessinait quand il était petit, elles avaient toutes des jambes, de la monnaie qu'il ne ramassait jamais aux caisses des magasins, il était fier, arrogant, il aurait préféré mourir plutôt que de baisser la tête.

Et aujourd'hui, il a le cœur qui bat comme celui d'un enfant qui regarde tomber la neige pour la première fois.

C'est curieux, il ne lui en veut pas. Elle a dû souffrir pour s'enfuir ainsi, effacer toutes les traces qui pouvaient mener jusqu'à elle, changer de vie. Elle sait ce qu'elle a fui mais cherche-t-elle encore ou a-t-elle renoncé ?

Il observe les passants dans la rue, ils sont pressés, ils rentrent à la maison pour déjeuner, ils ont faim, les magasins sont fermés, la ville est déserte, ils avancent courbés, luttent contre le vent, en bord de mer le vent souffle fort, les mâts des bateaux chantent et tremblent sous la brise, jolie brise, moutons nombreux, bonne brise, moutons serrés, vent frais, traînées d'écume, il va mentir, il ne peut pas dire la vérité, elle s'enfuirait, il la blesserait, il veut vérifier que c'est elle, il veut la regarder, l'écouter, peut-être la toucher, poser sa main sur son bras. Se dire : elle est là devant moi, elle est là.

Cette femme que je traque comme une criminelle.

Cette femme tient mon sort entre ses mains.

Et s'il s'était trompé ?

Deux femmes avancent dans la rue, l'une est forte, imposante, l'autre menue. La petite mène le train, elle marche vite, porte un kilt, des bottines, un chandail rouge vif, il lui semble, à lui qui les observe derrière la fenêtre, qu'elle protège le grand corps qui se meut derrière elle... un garde du corps si frêle ! mais sa démarche décidée dément cette fragilité, c'est une petite femme, certes, mais il ne doit pas falloir lui marcher sur les pieds. L'autre progresse en soufflant, s'arrête, se repose, ouvre son sac, en sort un mouchoir pour s'éponger le front, son geste s'interrompt et elle reste à rêvasser, un sourire sur les lèvres. La petite lui fait signe de se presser. Elle s'est arrêtée devant le restaurant, attend que l'autre plus lente l'ait rejointe, et, quand elle est à sa hauteur, lisse le revers de sa veste, remet une broche en place. La plus grande écoute la petite qui lui fait la leçon, l'index en avant, il se trompe ou elle soupire ? Il ne voit pas son regard caché derrière des verres épais. Elle a les cheveux coupés courts, partagés par une raie, elle semble engoncée dans une veste d'homme d'où s'échappe un foulard. Quel drôle de couple ! se dit-il en jetant un regard sur sa montre, il devine les habitudes d'une vie à deux, les rapports de force, celle qui parle toujours, celle qui écoute, celle qui s'occupe de tout et l'autre qui obéit. Il se demande toujours quand il observe des couples qui dirige l'autre : qui est le plus épris ?

Elle est en retard, et si elle ne venait pas ? Si elle avait compris qu'il lui tendait un piège ? Ou bien, pire, s'il s'était trompé et que ce n'était pas elle ? Elle a changé de ville, elle a changé de vie, mais le nom est le même à moins que ce ne soit une parente, une lointaine cousine... Tout serait à recommencer et cette longue enquête qu'il mène depuis des mois... Repartir de zéro sur une autre piste ! La perdre une seconde fois. Il ne veut pas la perdre. La honte, c'est de ne pas se battre quand il faut...

Il se souvient des paroles du concierge du lycée, vous savez ce que nous disons dans mon pays quand quelqu'un ne ressemble pas aux autres, qu'il est fort, généreux, violent, élégant, racé, plaisant à regarder, qu'on sent le danger en lui, qu'on se demande qui va l'emporter, du bien ou du mal, ou pire de la banalité, nous disons chez nous : « il est tombé du ciel », eh bien, elle, c'était exactement cela, « elle était tombée du ciel » pour nous étonner, nous enlever, nous précipiter à terre, on la regardait quand elle passait devant nous... On ne pouvait s'en empêcher... et parmi les élèves, les centaines d'élèves qui s'engouffraient le matin dans les grilles du lycée, on ne voyait qu'elle, sa taille élancée, ses longs cheveux, ses longues jambes, son visage de poupée, son sourire éclatant qui disait clairement je suis là, je ne suis pas comme les autres, je ne plierai pas ou je choisirai mon maître. Elle n'était ni arrogante, ni vaniteuse, ni prétentieuse, non ! elle était, c'est tout... et toujours un sourire pour nous, à la porte ! toujours un mot gentil ! Ils n'étaient pas nombreux à nous saluer, ils passaient devant nous sans même nous regarder ! elle, jamais ! Et son sourire... Tout le monde sourit, n'est-ce pas ? il n'y a rien de plus banal. Elle, que voulez-vous que je vous dise ? Elle ne souriait pas, elle ensoleillait ! elle ouvrait son cœur, libérait ses rêves, ses envies et c'était bien rare si on n'en tombait pas amoureux tout de suite. On la voulait tous, on voulait qu'elle nous sourît, on la guettait, on guettait ce sourire de vie, d'appétit, d'offrande, de défi. Il suffisait de l'attraper ce sourire et on était plus grand, meilleur, plus robuste aussi... j'en ai vu passer des élèves, j'en ai vu passer pendant toutes ces années, celle-là, je ne l'oublierai jamais et parfois quand je suis triste, découragé, son sourire me revient et me remet debout... si vous la retrouvez, dites-lui qu'elle m'a souvent aidé, dites-lui aussi, sans l'offenser, qu'elle m'a fait rêver, vous lui direz ?

Depuis qu'elle est partie, il met n'importe quoi dans sa tête pour ne pas y penser. Cette enquête l'occupe, l'empêche de devenir fou.

Il faut qu'il la retrouve... Il l'emmènera chez cet homme, et auprès de tous les autres qui lui ont parlé d'elle avec la même flamme, les mêmes mots enthousiastes et précis, le savait-elle seulement, elle qui doute toujours ? D'habitude, c'est pour les morts qu'on tresse des couronnes, qu'on invente des superlatifs. Elle... cela venait tout de suite, les sourires naissaient, l'émotion éclatait au coin des yeux, au coin des lèvres, une tendre nostalgie qui redonnait aux gens un espoir enfui.

Monsieur Norton ? demande la femme aperçue dans la rue, la petite femme au chandail rouge vif. Il se lève, étonné. Les deux femmes se tiennent debout devant lui. Il a l'air si surpris que la petite femme répète : monsieur Edouard Norton ? Oui, c'est moi... Vous nous avez donné rendez-vous, vous vouliez nous voir ? Elles sont là, face à lui, il leur fait signe de s'asseoir mais la table est étroite, il n'a réservé que deux couverts, il ne pensait pas qu'elle viendrait accompagnée. Il bredouille, je pensais que... Est interrompu, j'accompagne toujours ma sœur partout où elle va... Il dit ce n'est pas grave, une autre table, garçon !

Et puis...

Ils s'assoient, ils défont leurs serviettes, ils s'épient derrière de longs silences.

Il doit jouer son rôle. Il parle, il explique le but de sa visite. Au début, il a du mal à la regarder, il s'adresse le plus souvent à la petite femme. Ils commandent tous les trois la même chose, un plat du jour qui ne se fait pas attendre, vous prendrez un peu de vin ? Non, ma sœur et moi nous ne buvons jamais... vous vous plaisez ici ? C'est une ville agréable, vous la connaissiez avant de vous y installer ? Ma sœur y a été nommée, je l'ai suivie, nous ne nous séparons jamais, il la sent sur la défensive, aux aguets, elle tient son sac sur les genoux, que craint-elle ? ses yeux font le tour de la salle comme si elle flairait un piège, se posent sur lui, se font pesants, inquisiteurs, il revient à ses affaires, il est éditeur de manuels scolaires, il veut l'engager pour écrire des préfaces, faire une sélection de textes, il a entendu parler d'elle, et par qui ? demande la sœur, vous conviendrez que ce n'est pas courant qu'un éditeur se déplace pour nous rencontrer... par une ancienne élève qui travaille avec nous, ah ! puis-je savoir son nom ? ses yeux se sont rétrécis et le fixent, il dit n'importe quoi, madame Lanson, mais je ne connais pas son nom de jeune fille, elle a eu votre sœur comme professeur au lycée Condorcet...

Le mot éclate comme une grenade dans le petit restaurant ! Les deux sœurs se raidissent, demeurent silencieuses, n'osent se regarder. Le lycée Condorcet, vous y avez enseigné ? Elles hochent la tête, pétrifiées, voûtent leurs épaules, prêtes à subir l'affront redouté. A ce moment précis, elles ne forment plus qu'un bloc, on les croirait siamoises, la plus forte s'est blottie contre sa sœur. Son visage large et plat, au nez épaté, aux lèvres épaisses trahit un profond effroi. Madame Lanson, dit la plus jeune, c'était en quelle année ? Il a tout prévu, il a répété, il fait semblant d'hésiter puis lance un chiffre qui semble les apaiser, elles se laissent aller contre le dossier de leur chaise, et leurs épaules s'affaissent en un soupir muet.

C'était avant que « cela » n'arrive... Il a pris soin de bien choisir l'année.

Trahies ! Elles se sont trahies...

Ainsi, c'est elle. Il en est sûr maintenant. C'est elle. Tout s'est joué en quelques secondes mais son œil exercé n'a rien perdu de leur affolement à l'énoncé du mot « Condorcet ».

Car vous avez enseigné au lycée Condorcet, je ne me suis pas trompé ? enfin, ce sont les références qu'on m'a données à l'Académie quand j'ai voulu vous contacter...

Oui, dit alors la femme épaisse et lourde d'une voix blanche, j'ai enseigné cinq ans au lycée Condorcet. Elle lâche dans un souffle « lycée Condorcet » comme un mot interdit, un mot qui lui déchire la bouche, c'est un peu douloureux, son visage se tord, semble souffrir puis se détend et sourit. Ses yeux opaques et blancs virent sur le côté, se perdent dans l'espace, elle regarde ailleurs, elle n'est plus parmi eux... sa face plate et laide prend un air enfantin, léger, heureux, un air langoureux, ses doigts jouent avec une mèche de cheveux. Il assiste, médusé, à la transformation de cet être disgracieux. Un souvenir passe, se pose et l'embellit. Il voit, il ne rêve pas, il voit ce lourd visage, encombré de lunettes, dénué d'artifice, rajeunir, s'illuminer... ses yeux ont un doux éclat, les pommettes rosissent, les lèvres s'arrondissent, la tête s'incline pour cueillir l'émotion qui jaillit, après toutes ces années de silence et d'oubli.

— Racontez-moi vos cours... ils ont marqué les esprits !

Elle se reprend, s'éloigne de sa sœur, redresse un peu la tête.

— Oh ! dit-elle dans un soupir, c'était un enchantement, ils étaient si gentils, attentifs, ouverts, toujours prêts à apprendre... pas besoin de gronder, de menacer, il suffisait que j'entre et le silence s'installait dans la classe... je me souviens, je leur disais que, pour comprendre la philosophie, il faut la replacer dans son époque, dans l'histoire, dans l'évolution des sciences, du savoir, des coutumes, des préjugés, sinon on ne saisissait pas l'importance des idées, leur originalité...

— C'est une bonne approche pour rendre cette discipline vivante...

— ... alors on étudiait un pays, un siècle, les loisirs, les vêtements, le relief même... ce n'était pas très conventionnel mais ils participaient avec tant de passion que j'étais portée par leur désir d'apprendre. Je voyais devant moi se transformer des êtres à l'âge si difficile où la personnalité se forme, je pénétrais leur vie, leur intimité, c'était si exaltant, j'oubliais parfois que j'étais enseignante, qu'ils étaient mes élèves, tout se mélangeait, je grandissais avec eux, ils se confiaient à moi, me soumettaient des questions de morale, de choix, nous parlions de tout... Si vous prenez Socrate, par exemple, il apparaît aujourd'hui comme la figure emblématique du philosophe et pourtant il y en avait eu d'autres avant lui, pourquoi a-t-on retenu son nom par-dessus tous les autres ?

Elle s'anime, elle donne son cours, quand Socrate commence à faire parler de lui à Athènes, la Grèce a déjà une tradition philosophique vieille de deux siècles, jalonnée de noms prestigieux, d'œuvres connues, et pourtant c'est lui qu'on retient, cet homme si laid, si simple de naissance...

Elle poursuit, les yeux étincelants, elle vibre de tout son être. Il oublie qu'elle est forte, lourde, maladroite, il oublie le nez écrasé, la peau huileuse, le cheveu terne, elle n'est plus qu'un regard qui le remplit, l'envoûte, il voudrait ne plus bouger et l'écouter parler. Elle ne fait plus attention à lui, laisse la nourriture refroidir dans l'assiette et son regard vacille tant le souvenir est fort.

— J'évoquais tous ces noms, j'évoquais les travers de cette société pour laquelle seul le beau comptait, seules les apparences... On lisait *Le Banquet,* on étudiait les mots, leur étymologie. On comparait avec notre temps, les travers de notre temps où, comme dans la Grèce antique, les sens sont trompeurs, les évidences douteuses, les unanimités suspectes. C'est tout ce travail-là que je faisais avec eux. Personne n'a compris, vous savez, personne... c'est ma faute sans doute, j'étais trop jeune alors, c'est important de garder ses distances.

Elle bafouille, baisse les yeux dans son assiette. Elle répète : c'est ma faute sans doute, puis se tait.

— Mais alors, interrompt la sœur qui a senti son trouble, il faudra nous envoyer un contrat...

Il voudrait continuer le dialogue avec elle. Personne n'a compris quoi, mademoiselle ? dites-moi.

— C'est entendu, dit-il, mais il faudrait qu'on se revoie...

— Cela ne peut-il être traité par téléphone, ma sœur est si occupée et de santé fragile... Un rien l'émeut, je dois veiller sur elle, elle se penche, fait semblant de ramasser sa serviette et marmonne tout bas, il n'entend pas, il devine un ordre de se reprendre, de ne pas se trahir ainsi.

La femme qui, un instant encore, était presque belle, émouvante, se tait, la grâce est passée, elle a repris la pose, abritée contre sa sœur, muette, éteinte et laide.

Cela ne sert à rien d'insister. La petite femme veille, elle ne le laissera pas approcher.

Il décrit son travail, le livre qu'il a en tête, il sourit, il plaisante, il voudrait les charmer, gagner leur confiance. Il cite des noms de professeurs, de collaborateurs, des chiffres de tirage. Elles mangent à peine, jouent avec leurs couverts. Si le chandail rouge vif ne le perd pas des yeux, l'autre semble absente, à peine intéressée. La salle de restaurant se vide peu à peu, il ne sait plus quoi dire, sent le malaise grandir, demande : vous avez des questions auxquelles je n'ai pas répondu ?

— Vous n'avez pas apporté de manuels avec vous ? Pour nous montrer comment vous travaillez...

— Non, dit-il, en effet. J'ai oublié... J'aurais dû, vous avez raison.

— Ni de contrat type que vous nous laisseriez pour que nous l'étudiions ? D'habitude, c'est ainsi qu'on procède, me semble-t-il...

Il dit non encore, où avais-je la tête ? Elle répond : cela me semble un peu léger, monsieur Norton. Et le silence tombe, chargé d'hostilité.

— Nous n'avons pas non plus le numéro de téléphone ni l'adresse de votre maison d'édition..., dit le chandail rouge qui revient à la charge.

Il griffonne sur un bout de nappe son numéro de téléphone.

— Vous n'avez pas de carte de visite ?

Elle le regarde, soupçonneuse.

— Je les ai oubliées à l'hôtel quand j'ai changé de costume, répond-il froidement. Mais si cela doit vous rassurer, vous recevrez un contrat en bonne et due forme. Avec mes coordonnées...

Elle le dévisage, ne dit rien mais, quand le garçon

s'approche et propose un dessert, décline l'offre d'une voix sèche.

— Nous n'avons pas le temps, ma sœur a cours dans un quart d'heure.

Sa sœur la regarde, étonnée.

— Vous nous excuserez, monsieur Norton, ajoute-t-elle encore, nous devons y aller.

Et rien qu'à la manière dont elle prononce son nom, détachant chaque syllabe d'une voix métallique, il comprend qu'elle enrage de s'être laissé piéger.

Il les regarde partir. Elles s'éloignent, la petite ouvre la porte, l'autre s'y engouffre, elle la suit, son gilet rouge vif fait tache sur le rideau sombre de l'entrée.

Avant de disparaître tout à fait, elle se retourne, et lui lance un regard meurtrier qui le cloue à sa chaise.

— Cet homme n'est pas plus éditeur que je ne suis gardienne de sacristie... Il voulait nous voir, mais pourquoi ? Cette histoire ne finira jamais, jamais...

Elle crie, elle s'échauffe toute seule dans la rue. La femme en robe grise la regarde, impavide. Elle ne supporte pas que le fantôme revienne, elle le poursuit, s'acharne mais toujours il lui échappe, réapparaît sous d'autres traits...

— ... on n'en finira jamais ! Je suis si lasse de lutter !

Elle, elle ne lutte pas. Elle se laisse submerger, elle reçoit, éblouie, l'onde du souvenir, elle boit à sa source, priant le Ciel qu'elle ne soit jamais tarie.

Personne n'a compris. On m'a accusée de tout, de détournement d'élève, d'abus de position. Oui, j'aimais cette fille et ne le renie pas. Je sais que je suis laide, que je n'y avais pas droit. Je sais les regards que l'on jette sur moi, je le lis dans leurs yeux, je vois mon masque hideux, je sais tout cela mais j'ai été heureuse, si heureuse pendant quelques mois, j'ai été belle même, légère, coquette. Je ne marchais plus, je volais, je regardais les gens dans les yeux, je ne baissais plus les miens, la vie m'appartenait, je faisais des projets, je n'avais plus peur, nous étions deux, chiffre magique et rond qui roule vers le bonheur.

J'avais tous les pouvoirs puisque j'aimais.

J'aimais. Je ne connaissais plus l'indifférence.

Le pire péché envers nos semblables, ce n'est pas de les haïr, mais de les traiter avec indifférence ; c'est là l'essence de l'inhumanité, ce n'est pas moi qui le dis, c'est un auteur anglais, j'ai oublié son nom.

L'indifférence... quand personne ne vous regarde, ne vous choisit, quand vous êtes transparente, inutile, une tache de gris parmi d'autres taches sombres.

L'amour m'avait tirée de cet anonymat.

Je me réveillais heureuse, je m'endormais heureuse. Je connaissais l'amour, moi qui m'en croyais privée à cause de ce corps que j'abhorre, que je dissimule sous des robes informes, cette peau infâme, ce nez grossier, ces yeux exorbités... Je fuyais mon reflet, voilais tous les miroirs, ne supportais comme vis-à-vis que les pages des livres qui ne reflétaient rien.

Avant elle, j'étais infirme et ne le savais pas.

Avant elle, je n'avais pas de corps, pas de désir, pas de rêve.

Avant elle, je n'étais qu'un esprit qui fuyait dans l'étude.

Et je l'ai rencontrée...

Et ma vie a changé. Mon cœur s'est mis à battre, mes yeux se sont ouverts, mes lèvres ont souri, j'étais vivante enfin... C'est si bon de sentir l'amour tomber en vous comme une pluie d'été qui rafraîchit, désaltère, vous irrigue de vie ! J'avais l'audace de celles qui, soudain, n'ont plus peur et se découvrent libres. J'avais rejeté mon carcan de femme laide, j'étais capable de tout.

C'est si bon de se dire, je fais partie du monde, je suis comme tous ceux que je croise dans la rue, qui marchent deux par deux, en inventant des plages, des baisers, des voyages. Je suis comme eux. J'aime... Elle est là, elle m'observe, elle m'écoute, elle échange des mots, des regards, des sourires. Elle me souriait et j'étais transportée. Je la portais en moi, je vivais avec elle, je me penchais sur elle, lui caressais le front, je ne demandais rien que de la regarder, de la veiller, de l'émerveiller. Je ne demandais rien...

Je n'aurais pas osé.

C'était comme dans un rêve.

Le rêve le plus beau, le plus doux, le plus fort.

Mais j'ai commis un crime, celui de me confier. Ne rien dire, voilà l'absolue force ! J'ai cru qu'elle comprendrait, qu'elle accepterait cet amour que je voulais secret, que je voulais muet. Il était devenu trop exubérant, trop encombrant pour moi, il m'échappait sans cesse, bondissait, faisait la roue, éclaboussait, tonnait comme deux cymbales hors de ma poitrine...

Je voulais qu'elle sache, moi jadis si timide, j'avais toutes les audaces.

J'étais devenue une autre, je ne me reconnaissais pas, je ne voulais pas changer, revenir en arrière, au temps que j'étais laide, au temps que j'étais seule. Je me disais : si je lui dis, elle saura, et mon amour vivra.

Si je lui dis, je ne serai plus jamais laide.

Plus jamais laide, plus jamais honteuse, plus jamais rejetée. Plus jamais habillée de gris. Elle n'a pas compris. Elle m'a trahie mais je ne lui en veux pas, elle était trop jeune, elle ne savait pas qu'on peut aimer sans rien exiger, elle s'est sentie menacée, insultée peut-être...

Ou bien elle a eu peur de la lueur allumée dans mon cœur.

C'est terrible d'être aimée quand on n'aime pas.

Je connais chaque terme de ma lettre. C'est la seule

lettre d'amour que j'ai envoyée. Je m'en souviens encore, je ne veux pas l'oublier, je ne veux rien oublier.

« Vous, rien que Vous. Vous qui m'apprenez ce que je ne sais pas, vous qui me donnez tout en posant les yeux sur moi, Vous, raison de mon existence, Moi le professeur, Vous l'élève, Moi l'élève, Vous le professeur, tout ce qui n'est pas donné est perdu, vous êtes l'Amour que mon cœur et ma raison doivent suivre, vous êtes l'Amour que je ne connaissais pas, Vous à jamais dans mon cœur... »

Personne n'a compris. On m'a montrée du doigt, clouée au pilori, changée d'académie. Le scandale a tout balayé, il m'a séparée d'elle, je ne l'ai plus revue.

Je suis venue ici...

Avec celle qui me colle aux basques, me menace, me tourmente, traque le fantôme de mon amour d'antan, renifle mon haleine pour savoir si j'ai prononcé son nom. Je ne dis plus rien, j'ai renoncé, je garde scellé dans mon cœur le secret du lycée Condorcet. J'écris encore des lettres que je n'envoie plus. Celle d'hier disait :

> « Mon aimée, mon adorée, Je te remercie pour tout absolument tout, bon ou mauvais. Tout a été si beau, tout est resté si beau dans ma tête. Pardonne-moi d'être comme je suis, si j'étais différente, je ne t'aurais pas aimée ainsi... »

Je n'oublierai jamais cette année de beauté, d'amour, d'immensité...

L'année où j'ai été belle...

L'année où j'ai aimé au lycée Condorcet.

— Monsieur Despax ! Monsieur Despax, ouvrez, c'est moi, c'est Mann !

Il frappe à la loge, il fait cogner son poing, d'abord doucement puis de plus en plus fort, monsieur Despax ! C'est Mann, il faut que je vous parle ! Il frappe, il frappe de ses deux mains à plat, il frappe de son front, il frappe de tout son corps, il sort à peine du train, il doit lui parler, il doit tout lui dire, un vieil instinct en lui s'éveille, lui dit que cet homme sait, cet homme qui se tait, il sait où elle se cache et, à travers la nuit, la peur de savoir, la peur de la perdre une nouvelle fois, se lève une houle de joie, il sait, il va lui dire, il veut la voir, lui parler, la sauver peut-être avant qu'il ne soit trop tard, qu'elle ait commis le pire.

Car il sent le danger, le danger qui menace, l'instinct ancestral, héritage de son peuple, lui souffle de se presser, il lutte contre le temps qui coule, meurtrier, dans le grand sablier.

Une lumière s'allume et il entend un bruit.

La porte de la loge s'ouvre, monsieur Despax apparaît ahuri, endormi, quelle heure est-il ? dit-il, ébouriffant ses cheveux, Mann que faites-vous ici ? où étiez-vous parti ? monsieur Despax, il s'est passé quelque chose d'inouï, j'ai retrouvé sa trace, et je l'ai rencontrée, mais de qui parlez-vous ? Mann, vous avez vu l'heure ! je vais tout vous raconter, laissez-moi entrer, il faut que je vous parle...

— Ma mère, un jour vous m'avez dit que vous pouviez tout entendre. Ce jour-là, je ne pouvais parler, j'en étais empêchée, les mots étaient trop lourds... Ma mère, j'ai commis un crime, une trahison infâme...

— Calmez-vous, Angelina, calmez-vous, il n'est de faute que Dieu ne pardonne...

— Ma mère, je deviens folle, aidez-moi...

Elle se jette à ses genoux, pose sa tête sur la toile rêche de la robe, noue ses mains en un poing vigoureux et martèle le sol.

— Je suis là, Angelina, je suis là...

Elle lui caresse les cheveux de ses longues mains blanches, l'apaise de sa voix qui sonne comme une prière.

— Vous pouvez tout me dire.

— Il faut que je vous parle... Mes forces me désertent. Sans arrêt elle revient me rappeler ma faute, chaque fois je crois mourir...

— Angelina, que voulez-vous dire ?

— Je traîne le malheur partout avec moi, dès que je suis heureuse, que j'espère un instant connaître le repos, mon cauchemar revient et saccage le bonheur fragile que je m'étais construit. J'affronte un ennemi implacable, il ne respecte rien ! Il n'en a jamais assez ! Il n'y a pas de sacrifice assez grand pour le rassasier. Aujourd'hui, j'ai compris qu'il me fallait parler, que je compliquais tout en gardant le secret, ma faute s'étend comme une tache horrible, elle déborde, m'ensanglante les mains, m'ensanglante la vue. Je viens vous demander, ma mère, vous supplier, de m'accepter dans les rangs de votre communauté...

— Mais pourquoi cette hâte, Angelina ? pourquoi tant de fébrilité ?

— Ici, j'ai trouvé la paix, enfin il me semble...

— Angelina, qu'avez-vous fait de si terrible ?

— Ma mère, il y a longtemps, quand j'étais au

lycée, j'ai connu une femme professeur. Elle m'aimait, me donnait sans compter, me nourrissait, sous son regard attentif je devenais une autre, cela me flattait, me rassurait. Je n'étais pas aussi sûre de moi que je le paraissais... un jour, elle m'a fait un aveu, elle m'a dit qu'elle m'aimait... quelques mots par écrit et... je l'ai poignardée ! J'ai lu sa lettre devant toute la classe ! J'ai lu les mots brûlants qu'elle m'avait écrits ! Ils étaient tous debout, ils se moquaient, chahutaient, tapaient des pieds, faisaient claquer les pupitres, disaient « encore, relis la lettre, encore ! », en reprenaient les termes en criant de plus belle ! Et moi, j'obtempérais, avec une joie secrète, je lisais son aveu, je le lisais sur tous les tons, je la montrais du doigt comme une dévoyée. J'ai ri de son amour ! Je l'ai jetée en pâture, j'ai bafoué son secret, je l'ai exposée aux plus terribles représailles. Ce fut un vrai scandale, elle ne s'en est jamais relevée...

— Mann, c'est bon de vous revoir... Asseyez-vous ! Il s'est passé beaucoup de choses ici depuis que vous êtes parti. Beaucoup de choses, j'en suis tout étourdi...

— Vous me raconterez plus tard, d'abord écoutez-moi !

— Mann, que se passe-t-il ? Et pourquoi cet effroi ?

— Angelina, monsieur Despax, Angelina...

— Oh ! Mann, si vous saviez ce qu'est Angelina pour moi !

— J'ai peur qu'elle ne commette une terrible erreur, elle est sur le point, je le sens, de se sacrifier pour expier une faute qu'elle n'a pas commise...

— Mann, calmez-vous ! Angelina est à l'abri, elle m'a écrit, elle ne craint rien, elle est en de très bonnes mains...

— Ce ne sont pas les autres que je crains, c'est elle et sa folie ! elle est persuadée d'avoir commis un crime, et prête à n'importe quelle folie pour se racheter... Gommer sa faute, expier, effacer l'horrible cauchemar qui hante sa conscience ! Cela fait des mois que j'enquête, que je fouille son passé, j'ai retrouvé la femme qui est à l'origine de tout, je l'ai vue, elle est vivante, elle habite en province et enseigne comme avant, je veux aller chercher Angelina, la confronter avec cette femme afin qu'elles s'expliquent, que l'autre lui pardonne car elle pardonnera, je le sais, j'en suis sûr, elle l'aime comme je l'aime...

— Mann, que dites-vous, vous m'effrayez ! soyez plus clair !

— J'ai fait une enquête, Despax, une longue enquête. J'ai retrouvé des témoins de ce temps lointain où Angelina était élève au lycée Condorcet. Elève de terminale pour être plus précis, elle avait alors un professeur de philosophie, une femme brillante mais dépourvue d'attraits qui les subjuguait tous par son intelligence. Cette femme est tombée amoureuse d'Angelina et, pour la première fois, elle a aimé, elle s'est donnée. Elle n'a pas su se taire, elle lui a avoué son amour dans une lettre, une lettre qu'Angelina a lue devant toute la classe ! C'est une ancienne élève qui m'a tout raconté. Ce fut un vrai scandale, tout le lycée fut au courant, l'inspecteur de l'académie intervint. Elle dut quitter la ville, fuir en province, renoncer à une grande carrière universitaire...

— Ma mère, imaginez... je lis donc la lettre, toute la classe est debout et le professeur entre dans le plus grand bruit. Elle s'étonne, demande : que se passe-t-il enfin ? qu'avez-vous aujourd'hui ? est-ce une si bonne nouvelle que vous ne vous contrôlez plus ?

Alors un des garçons s'empare de ma lettre et la lit à haute voix, en éclatant de rire, il l'exhibe, la commente... Lesbos, Sapho, Sodome et Gomorrhe... ce fut atroce, ma mère. Je la vis devenir blanche, tomber d'un seul coup sur sa chaise, baisser la tête et rester immobile, sans vie, pendant un long moment, un moment si long que nous ne savions plus que faire, nous nous regardions et comprenions soudain que nous avions été trop loin. Elle déclara alors d'une voix d'outre-tombe : prenez vos livres et lisez au hasard un texte que vous me commenterez par écrit, je relève les copies dans une heure. Nous obéissons tous, c'est la fin de l'année, c'est le dernier cours, les dés en sont jetés. Tapie dans mon coin, je n'ose la regarder...

— Angelina, aviez-vous encouragé cette femme, lui aviez-vous donné l'espoir de répondre à sa flamme ?

— Oh ! ma mère ! j'étais si jeune...

— Angelina, ne trichez pas... quand on se confesse, il faut tout avouer.

— Je sentais qu'elle avait pour moi une affection spéciale... tout le monde le savait, on en riait entre nous, ils m'appelaient l'élue, la préférée, on n'imaginait pas que cela puisse aller plus loin, et puis, un jour, elle m'a invitée à aller au concert. C'était un samedi après-midi, à la salle Pleyel... Je ne me souviens de rien tellement j'étais troublée... J'étais assise à côté d'une femme que j'avais l'habitude de voir juchée sur son estrade, lointaine, savante. Nos coudes se touchaient, et quand je décroisais les jambes je frôlais les siennes sans le faire exprès, je n'osais plus bouger, à peine respirer, nous étions dans une loge, nous occupions les deux fauteuils de la dernière rangée, personne ne nous voyait... je sentais son odeur, l'odeur de son corps lourd, de l'écharpe de mousseline posée sur ses épaules, l'odeur de ses cheveux, l'odeur de son savon quand elle tournait la tête vers moi. Chaque fois qu'elle bougeait, j'étais pétrifiée... je n'entendais plus la musique, je n'écoutais que son grand corps qui versait lentement vers moi. A un moment, prise de panique, je me suis mise à tousser et elle a pris ma main entre les siennes, en un geste d'abord tendre, maternel, l'a étreinte, caressée, j'ai baissé la tête et me suis laissée faire... on était dans le noir, personne ne pouvait nous voir. Elle m'a caressé la joue, a incliné ma tête sur le foulard léger et je me suis laissée aller contre elle, sans rien dire, elle a soupiré, a murmuré mon nom deux fois en un tendre aveu, je ne bougeais pas, je n'entendais plus rien que sa respiration qui se faisait pressante, et puis... elle s'est penchée vers moi et a déposé sur mes lèvres un très léger baiser, Angelina, je suis si heureuse, si heureuse, ne dites rien, laissez-moi vivre ce moment avec vous... Quand les lumières se sont rallumées, on aurait juré que rien ne s'était passé. Nous nous sommes séparées sur le trottoir, elle m'a dit la semaine prochaine ils jouent Debussy, voulez-vous que je prenne deux places ? J'ai dit oui, j'ai souri, je suis vite partie... C'était avant la lettre...

— C'est terrible, en effet, mais vous n'êtes coupable que d'avoir été lâche...

— Ce n'est pas fini, ma mère... le jour où je passe le bac, le dernier jour de juin, j'étais dans un café avec d'autres élèves à comparer les sujets de nos examens, à nous donner des notes, je vois une petite femme qui s'approche, habillée comme une enfant, une longue jupe plissée, un cardigan sur un col blanc, des socquettes, des bottines, un cartable à la main... elle demande à me parler, m'attire dans un coin... Je la suis, je l'écoute et pâlis. Oh ma mère ! Chaque mot est gravé à jamais dans ma tête ! et sa voix ! âpre, dure, puis aiguë et stridente sur la fin... un sifflement de haine : vous êtes belle, c'est vrai, vous êtes jeune, avide, vous serez sans doute reçue à votre examen, la vie vous appartient mais je voudrais vous dire avant que vous ne vous réjouissiez,

240

que vous ramassiez à pleiñs bras vos lauriers, que vous vous couronniez, impériale et gourmande...

Je l'écoutais, je ne comprenais pas où elle voulait en venir, je jetais des regards vers les autres attablés.

— ... que ma sœur s'est pendue hier soir dans sa chambre... elle a laissé une lettre où elle redit sa flamme, son amour pour vous, qu'elle ne peut oublier l'affront que vous lui avez fait, la fin de sa carrière... Angelina m'a trahie, Angelina m'a trahie... Elle préfère partir, écrit-elle, plutôt que d'être un poids, une caricature, un sujet de ragots et de calomnie... Elle redit qu'elle vous aime, qu'elle ne vous en veut pas... Voilà, vous savez tout, vous avez les mains propres mais vous avez commis un crime, le crime le plus lâche, le plus odieux, le crime parfait car vous serez impunie... adieu, mademoiselle... Elle a craché ces derniers mots et puis, elle est partie. Je n'ai rien dit aux autres, je suis allée m'asseoir mais tout était fini, je n'avais plus d'espoir... Angelina m'a trahie... ces mots martelaient ma conscience, le moindre de mes gestes... je n'ai plus jamais été insouciante, légère, déterminée et fière. Je n'étais plus digne de vivre, plus digne d'aimer, d'être aimée. J'ai pensé plusieurs fois à l'imiter mais je n'ai pas eu le courage ! Même ça, je l'ai raté. Voilà, ma mère, vous savez tout... Je ne peux plus vivre avec ce crime en mémoire, et le seul répit que j'éprouve, c'est dans votre couvent aux pieds des pauvres gens qui viennent s'y réfugier...

— Vous n'en avez jamais parlé à personne ?

— Jamais, ma mère, jamais... J'avais trop honte !

— Et jamais personne n'a essayé de savoir ?

— J'ai rencontré un homme... je n'ai jamais osé lui dire.

Ses mains se sont ouvertes sur ses genoux et reposent, offertes.

— Et pourtant, vous devez...

— Je ne pourrai jamais.

— Angelina, cet homme vous aime-t-il ?

— Oh ! ma mère... depuis aujourd'hui, je sais qu'il m'aime plus que tout mais je sais aussi que je n'en suis pas digne.

— Angelina, pourquoi refusez-vous l'amour ? car c'est ce que vous faites... avec rage d'abord en humiliant cette femme qui vous aime, vous l'avoue... puis avec trop d'humilité pour que cela ne soit suspect. Angelina, je ne veux pas d'un amour au rabais et, si vous voulez entrer dans notre communauté, vous devez d'abord solder votre passé.

— Non ! ma mère, demandez-moi n'importe quoi mais pas ça... Je ne pourrai jamais.

J'ai trop peur...

— Partout où vous irez votre faute vous poursuivra...

— J'essaierai autre chose alors ! N'importe quoi, mais j'oublierai, j'oublierai...

— Vous n'oublierez jamais, Angelina...

— C'est ce que vous croyez !

Elle se relève d'un bond, frotte ses genoux, un sourire rebelle se dessine sur ses lèvres, elle lâche ses cheveux, ses longs cheveux châtains agités de reflets, les secoue, les relève avec volupté, frotte ses pommettes, cambre ses reins, étire son long cou, se pavane comme une catin...

— Si Dieu ne veut pas de moi, je m'adresserai au diable !

Elle marque une pause, accentue son sourire, vient s'asseoir sur le bord de la table.

— Il voudra bien de moi... je le sais !

— Vous le connaissez si bien qu'il vous est familier ?

Angelina se penche vers elle, retrousse ses longues manches, offre sa chair dorée, ses bras minces et déliés, plante un regard rusé dans les yeux de la sœur.

— Je n'ai plus rien à perdre, je n'ai plus peur de rien, je ne crains ni la mort, ni le péché ! Je ne veux rien d'autre qu'oublier... Oublier, ma mère, oublier !

J'ai connu le plaisir dans les bras de Mann, il fait tout oublier... Vous ne savez pas ça !

— Angelina ! la vie n'est pas si simple....

— Je m'offrirai à ceux qui voudront bien de moi, je m'étourdirai dans une ronde folle d'amants, de voyages, d'argent, de banquets, de frissons... je suis jeune encore, je suis belle, les hommes me chauffent des yeux et je suis prête à tout ! Je n'ai pas peur, oh non ! Que vaut ma pauvre vie ? Est-ce une vie d'ailleurs que de toujours m'enfuir, ramper devant un ennemi que je ne peux saisir ? J'apprendrai le plaisir, le plaisir sans le cœur, je goûterai ce poison si fin et si subtil...

— Vous n'apaiserez jamais votre conscience...

— Je la ferai taire ! Le diable sait remercier ceux qui le servent ! C'est un dieu plus clément que le vôtre... Il ne demande rien, il dispense sans compter à ceux qui l'honorent... Il est même généreux d'après ce que j'ai entendu dire ! On s'arrange avec lui. Je partirai, ma sœur, mais je ne parlerai pas.

— Partez, si vous le désirez, partez, Angelina, je ne vous retiens pas...

— Je venais m'offrir en petite sœur des pauvres... Je voulais me racheter et vous me demandez une autre confession et terrible, celle-là ! Vous n'avez pas le droit de marchander ainsi ! C'est ce que vous souffle votre Dieu d'amour, ce Dieu si bon qui pardonne aux plus grands criminels ? vous le servez bien mal, ma mère !

— Angelina, je vous conjure de tout avouer à l'homme qui vous aime et que vous aimez ! Votre vie est avec lui, vous le savez !

— Je ne veux pas qu'il sache ! Il n'y a pas de plus grand crime que de tuer l'amour comme je l'ai fait, sans état d'âme, par pure vanité. Et qui sait ? Je le tuerai aussi si d'aventure, il me pardonne... Je lui en voudrais, il serait mon complice ! Notre histoire était belle... je préfère disparaître.

— Je serai toujours là pour vous écouter, ma porte vous est ouverte...

— Je ne reviendrai pas...

— C'est alors que j'ai entendu une petite voix en moi... vous savez d'où je viens, Despax ? je viens d'un peuple de nomades qui tutoie Dieu même s'il sort son couteau plus souvent qu'il ne prie... la petite voix m'a parlé, hier soir, dans le train, dans le bruit des roues, le bruit du voyage, elle m'a délivré un message, elle m'a soufflé l'histoire d'un complot qui dépasse en horreur la faute d'Angelina. J'ai revu la petite femme au chandail rouge vif, son rictus de haine, sa rage inassouvie, j'ai compris en un éclair que cette femme-là avait, pour se venger, ourdi un vrai complot... Un chantage ? Un mensonge ? Une menace ? Je ne sais mais Angelina en est la victime. Je dois la retrouver, Despax, je dois la retrouver... pendant tout le temps qu'on a vécu ensemble, elle m'aimait, je n'en doute pas, je la tenais dans mes bras, je lisais dans ses yeux, j'écoutais battre le plaisir sous sa peau, elle me disait des mots qui ne trompent pas, elle m'aimait... mais se reprenait toujours ! Comme si cet amour lui était interdit... elle se tenait à distance, elle restait sur le bord, mystérieuse, armée, elle refusait que je l'approche... j'allais tout deviner. Elle était en sursis, elle attendait, muette, que le malheur l'emporte et, pour ne pas le provoquer, elle demeurait immobile, presque morte. Cela me rendait fou ! A la fin, vous l'ignorez, on ne se parlait presque plus, on se frôlait, on se guettait, on marchait sur la pointe des pieds, il fallait attendre le soir pour qu'elle s'abandonne... et au petit matin, elle repartait très loin ! Un mur se dressait entre nous. J'ai commencé l'enquête, j'ai retrouvé les filles qu'elle fréquentait au lycée... très vite, j'ai connu l'histoire de la lettre, j'ai d'abord cru que cela s'arrêtait là mais, poussé par une intuition secrète, je suis allé plus loin, et hier soir, dans le train, j'ai compris... Angelina est en danger... vous devez m'aider puisque vous savez, vous savez, n'est-ce pas, où elle s'est réfugiée ? Elle vous l'a dit, vous l'a écrit peut-être...

— Oui, je sais, Mann, mais je ne vous livrerai pas ce qu'elle m'a confié. Elle m'a fait promettre le plus complet secret. Dans chaque lettre elle répète que je suis son seul ami, le seul qui la comprenne, la respecte.

— Je vois la croix, Despax... je vois la croix sur elle... Je l'ai vue une seule fois dans ma vie, il y a long-temps, quand Mia est montée dans l'avion. J'avais presque vingt ans, elle partait en tournée, deux semaines de récital à l'étranger. Je l'avais emmenée à l'aéroport avec celui qui me servait de père, ils par-taient tous les deux, ils étaient heureux, ils faisaient des projets, ils comptaient les jours qui nous sépa-raient, je devais les rejoindre plus tard, après mon examen au Conservatoire. Quand on a annoncé le vol pour Lima, ma vue s'est brouillée d'un coup, une grande croix s'est imposée à moi. J'ai failli lui crier : n'y va pas, Mia, n'y va pas, ne partez pas là-bas, pre-nez le prochain vol... mais je me suis repris ! Je me suis traité d'idiot, de faible d'esprit. J'ai failli tout avouer... mais je n'ai pas osé, comment aurais-je pu expliquer ? Il aurait rigolé, m'aurait conseillé d'aller me faire soigner, elle aurait serré mon visage dans ses mains, m'aurait soufflé ce ne sera pas long, n'aie pas peur, tu es grand maintenant, que crains-tu, mon amour adoré, la fleur de mon cœur ? Je n'ai rien dit, mais j'avais beau m'agiter, parler pour ne rien dire, les abrutir de mots, de recommandations, de conseils avisés, la croix se tenait droite, dressée devant mes prunelles, toute voilée de noir. Ils m'avaient tant aimé, protégé, éduqué comme un petit homme civilisé, que j'en avais oublié mon sang de gitan. J'étais devenu un gadjé. Je les ai vus s'embarquer, disparaître dans le couloir, se retourner, me faire un signe de la main, brandir leurs billets, Mia m'a envoyé un très très long baiser. Ce devait être le dernier. L'avion s'est écrasé, aucun survivant... Il m'en a fallu du temps pour oublier, pour me pardonner, longtemps moi aussi j'ai recherché l'oubli, j'ai fait n'importe quoi, séduit toutes les femmes, dansé sur des geysers, plongé dans des cascades, parcouru la lande à bride abattue, dormi à la belle étoile, vomi mes remords à la face du Ciel, je ne tenais pas en place... Je voulais oublier, oublier que j'avais envoyé Mia à la mort. Rien que pour avoir l'air civilisé et fort ! Intelligent, rationnel ! Conneries que tout ça ! Angelina ne connaîtra pas le même sort, je ferai n'importe quoi, vous entendez, Despax, n'importe quoi mais je la sauverai...

— Elle m'a supplié de garder le secret... je ne peux pas, Mann, je ne peux pas. Mon premier acte de père serait de la trahir !

— Votre premier acte de père ? Que voulez-vous dire ?

— Angelina est ma fille, Mann, c'est une longue histoire... Je suis son père, elle ne le sait pas.

— Si vous êtes son père, sauvez-la ! Aidez-moi ! A quoi sert d'être père ? Le père donne la vie, donnez-la-lui une seconde fois !

— Oh ! Mann... je ne sais plus... qui croire ? Elle qui me supplie de la laisser en paix, de lui laisser le temps de se retrouver ou vous qui me parlez d'un monde que je ne connais pas ?

— Despax, vous aimez votre fille ?

— Je l'aime plus que tout...

— Alors, allons la chercher...

Les présentoirs de fards s'alignent sous ses yeux : des pinceaux, des crayons, des poudres mordorées, des rouges à lèvres, des nacres irisées, des bâtons rouges, des vernis roses, des ombres bleues, quelle couleur convient à ses yeux ? De quels artifices se parer ? Ils portent des noms étranges qui la font sourire, lui mettent l'eau à la bouche, elle ne sait que choisir.

Ce soir, elle sera belle...

Ce soir, elle a un rendez-vous...

... avec cet homme qui l'a emmenée au sortir du couvent, un homme beau, jeune et fort qui lui a parlé comme à une enfant... vous allez où, mademoiselle aux prunelles dorées ? Je vais en ville, monsieur, vous pouvez m'y mener ? Et qu'allez-vous donc y faire ? Cela ne vous regarde pas, c'est un secret, les secrets sont faits pour être partagés ! C'est ce que vous pensez, moi je ne le crois pas, je vous donnerai dix sous si vous me dites tout, je vous accorderai un baiser si vous vous taisez... Ils ont parlé pour ne rien dire, badin, badine, pour faire connaissance, s'approcher en sourdine et, quand il a garé son estafette devant les Galeries Lafayette, elle lui a dit merci et à bientôt... peut-être ! Je vous attendrai ce soir à la Gauloise Bleue, c'est une brasserie au centre de la ville, on y mange des langoustines, des chapons aux morilles, des glaces meringuées couvertes de chantilly et d'amandes grillées... je vous emmènerai danser si vous voulez ! Elle lui a lancé un regard mutin, a disparu dans le grand magasin. Que c'est bon d'être désirée, convoitée ! Elle avance légère, gainée dans ce regard, sourit à chaque passant, passe le dos de sa main sur sa joue veloutée. Elle avait oublié à force de se prosterner aux pieds de vagabonds crasseux !

Ce temps-là est fini, je vais vivre maintenant et mieux ! Je tourne le dos aux anges dans leur robe miteuse, ils n'ont pas su comprendre que je mourais d'amour, ils m'ont accusée d'être fière, orgueilleuse, et pourtant je l'aimais, je l'aimais, il était le soleil que je voulais garder brûlant et pur, sans aucune souillure.

Elle s'empare d'un crayon brun onctueux, se dessine un trait au-dessus des longs cils puis un trait en dessous, se recule un peu, juge du bel effet, et si j'ajoutais du bleu sur les paupières, un bleu transparent comme celui de l'hiver ou un vert moussu rehaussé de lierre ? Elle hésite, se dandine devant la grande glace, sa main attrape le bleu, le pose sur les yeux... Mmmm ! dit-elle en se mordant les lèvres. Elle ne se reconnaît plus et se penche, amusée, sur la femme qui se tient face à elle dans le miroir, que vous êtes belle, madame, que vous êtes exquise ! tous les hommes vont tomber dans votre escarcelle ! mais vous manquez un peu de rouge sur les joues comme les belles marquises qui se préparaient à danser le menuet, je danserai ce soir, ferai mille étincelles, j'éclaterai de rire, je boirai du champagne, j'offrirai ma gorge aux baisers du jeune homme, je passerai mes doigts dans ses longues boucles sombres... Alors je sentirai la fièvre du frisson sous ma peau, du frisson sous ses doigts, je veux vivre, vivre ! vous m'entendez, madame ! On n'est pas sérieuse quand on a vingt-sept ans ! C'est Rimbaud qui...

Rimbaud ! Mann surgit derrière elle, c'est lui dans la glace, c'est son ombre qui passe, son ombre qui l'enlace, la renverse, lui récite le vers offert lors de sa nuit de noces, Parce qu'il était fort, l'homme était chaste et doux, parce qu'il était fort, l'homme était chaste et doux... Il le répète en boucle, s'enivre de ces mots, Angelina, tu te souviens de la robe découpée aux ciseaux, du poids de nos deux corps dans le grand lit-radeau, de mes mains de marin qui allumaient tes yeux, du poème que je scandais en te creusant les reins...

Angelina... qu'as-tu fait de notre bonheur d'antan ? l'as-tu oublié ?

Mann ! que fais-tu là ?

Elle se retourne, personne ! Mon Dieu ! je deviens folle... je vois des fantômes ! Elle revient vers la femme dans la glace, ne la reconnaît plus, déteste son audace, son air de courtisane, ses mines de rouée, elle n'est pas belle ! toute fanée, usée, une poule maquillée de fards bariolés, elle la barbouille de rouge, éclate de rire en la montrant du doigt, je ne veux pas être comme cette femme-là, je ne veux pas embrasser le premier homme qui passe, me ramasse sur la route, m'entortille de sottises, me fait les yeux doux ! Mann, viens me chercher, Mann, je te dirai tout, oh Mann ! j'ai tant besoin de toi...

Où es-tu ?

Mon amour...

Mon amour...

T'ai-je dit que je t'aimais au moins une fois ?

Dans quelle ville lointaine es-tu allé te réfugier ? Dans ton île de froidure, au pied des grands glaciers, des vapeurs brûlantes, des roches enchantées ? Oh ! mon amour, reviens, je t'aime plus que tout...

Une demoiselle en blouse rayée s'approche, lui dit : on va fermer, vous désirez acheter ce que vous avez en poche ou simplement le reposer ?

Angelina rougit, remet dans le présentoir les crayons, les poudres roses, les rimmels noirs. La jeune fille acquiesce et tire doucement un long drap comme un linceul blafard sur les boîtes ouvertes. Vous reviendrez demain, n'est-ce pas ? avec de l'argent, ce serait plus sage...

Angelina balbutie et s'éloigne sans bruit.

Elle ne reviendra pas, cette fois, elle a compris.

Elle doit retrouver Mann, et tout lui avouer.

On oublie si on peut, on ne décide pas d'oublier. Plus on veut oublier, plus on se souvient, et plus on désespère. Oublier est un grand mot qui ne dépend pas de nous. Un mot inventé par les hommes qui se croient plus forts que tout. Qui décide, d'ailleurs ? On oublie ce qui est léger, futile, accessoire, on n'oublie pas le noir qui tache la mémoire. Elle n'a jamais oublié les heures qu'elle passait, enfant, à guetter la silhouette de son père devant le ministère. C'est une blessure qu'elle aimait raviver quand elle était triste et qu'elle voulait pleurer... il lui suffisait de fermer les yeux, de se revoir plantée devant la grande bâtisse, interrogeant sa mère jusqu'à ce que la nuit frémisse. Elle ne sait plus ce qui était le plus pénible, d'attendre pleine d'avenir ou de s'en aller, défaite, vidée de cet espoir qui la tenait bien droite.

Elle se souvient de la rage muette qui l'envoyait dans sa chambre se coucher sans manger, de la rage qui montait comme un ressort, la rage d'être trompée encore. Elle s'empêchait de pleurer, elle chantait à tue-tête jusqu'à ce que la douleur s'éloigne et la laisse, épuisée, la voix cassée. Le lendemain, elle repartait, résolue et muette, au même poste de guet. Elle n'était jamais fatiguée d'attendre, elle espérait toujours. L'espoir toujours déçu nourrissait une violence qu'elle ne contrôlait plus. Un crime, vite, que j'y vide ma rage ! Un crime pour que j'oublie...

La colère la déserte, elle marche au hasard des rues, elle marche, la tête en l'air, évite les passants, évite les regards, c'est l'heure où le jour se mélange à la nuit, devient ombres tremblantes, lumières d'aquarelles, taches de buvard, boules de Noël... elle écarte ses cheveux que la pluie colle sur ses tempes, elle ne voit plus très bien, elle voudrait pleurer, laisser couler les larmes, ces vieilles larmes séchées en une croûte épaisse, ses jambes ne la portent plus, le rimmel bave sur ses joues, les maculant de noir, elle a oublié d'ôter le rouge sur ses lèvres, le rose sur les

pommettes, on dirait une enfant sortie d'un carna-
val raté. Elle avale ses larmes, elle avance sans savoir,
elle guette un signe, je n'irai pas manger de langoustines, je n'irai pas danser, je ne veux plus oublier, je
veux le retrouver... Mann, mon arbre de haute futaie,
ma source, ma montagne, je veux boire tes baisers,
m'abriter dans tes bras profonds comme des cre-
vasses...

Mann, t'ai-je dit une fois, une seule fois que je
t'aimais ?

Je n'ai jamais osé... Je portais ce baiser de Judas
comme une malédiction, une marque au fer rouge.
Tout ce que j'embrassais, tous mes serments d'amour
étaient voués à une mort infâme. L'amour de cette
femme, l'amour que j'avais trahi me changeait en
statue de sel. Je ne pouvais pas aimer, cela m'était
interdit.

Je ne pouvais pas aimer...

Ou alors en secret.

Je ne pouvais pas parler, mes lèvres étaient scel-
lées. Chaque mot tombait comme une peau de ser-
pent de ma bouche desséchée.

Je ne pouvais pas parler mais tu as deviné...

Mann, viens me chercher !

Alors elle aperçoit un panneau qui indique la gare,
il troue la nuit comme un signal d'espoir... Je vais
prendre le train, se dit-elle, le premier train pour le
retrouver, lui...

Une joie inconnue, une joie innocente, l'envahit,
accélère son pas, elle avance, hardie, je vais le retrouver, je vais tout avouer, il me pardonnera... J'attendrai s'il le faut comme j'attendais mon père mais il
m'écoutera, il le faut. J'ai assez de patience pour
attendre cent ans que ses bras se dénouent et
s'emparent de moi.

Alors elle s'élance droit devant elle, enjouée, résolue, elle s'élance dans la nuit qui se mélange au jour,
il me pardonnera, les hommes forts pardonnent, et
tout recommencera... portée par son espoir, elle tra-

verse la route sans regarder à droite sans regarder à gauche, elle court le retrouver, elle n'a que trop tardé...

Elle lui dira, Mann, il était une fois au lycée Condorcet...

Et il écoutera...

Il ouvrira les bras...

Elle fait un bond de joie, elle ne voit pas le camion qui surgit dans le noir, entend un bruit terrible, une voix qui crie « attention ! attention ! mais elle est folle ! », un hurlement de ferrailles qui dérape jusqu'à elle, lui brise les tympans...

Trop tard ! elle a été heurtée, son corps est soulevé, projeté au loin sur la chaussée, un mince filet de sang coule sur sa tempe droite et dans un dernier souffle, les yeux dans les étoiles, elle lâche ces ultimes mots : « Dites-lui que je l'aime... dites-lui que je l'aime... »

Les deux hommes se tiennent face à la porte d'entrée. Campés sur leurs deux jambes, ils attendent sans rien dire. Ils ne se regardent pas, leurs grands corps s'évitent, plantés comme deux arbres qui refusent de plier. Un vent froid s'est levé dans la plaine rouge et grasse qui vient buter aux portes du couvent, il souffle en tourbillons furieux, fait voler la poussière qui leur pique les yeux mais ils ne se dérobent pas, ne s'inclinent pas, ne s'abritent pas sous l'auvent, ils restent debout, tout droits.

Aucun d'eux n'ose frapper, aucun d'eux n'ose prononcer les mots qui décideront de leur sort. Ils se tiennent debout et forts, comme deux hommes résolus, et, sur leur visage, on ne lit rien d'autre que leur détermination.

Et pourtant, chacun entend battre la peur dans son cœur en alerte. Bientôt ils vont savoir. Ils désirent si fort la revoir qu'ils préfèrent maîtriser la violence du désir en leurs veines, faire taire ce sang chaud qui réclame l'aimée, assourdit leur pensée, avive leur attente. Il n'est pas bon de désirer si fort. Il faut faire la paix d'abord. Il n'est pas bon de se précipiter. Afficher un front calme et serein pour que la chance vous tombe entre les mains.

Les deux hommes le savent. Ils ne se parlent pas mais chacun reconnaît l'inquiétude chez l'autre. Ils lisent la violence de l'espoir dans leurs jambes tendues, dans leurs mains nouées qui reposent sur leurs cuisses.

Fouettés par le vent qui balaye la plaine, ils guettent l'accalmie.

Ils attendent que chacun ait maîtrisé son souffle, ils attendent en silence, écoutent leur souffle qui s'allonge, leur sang qui se tiédit, leur corps qui se détend en un profond soupir.

Alors ils n'hésitent plus, se concertent sans rien dire... Mann frappe le premier, frappe à la lourde porte. Un pas léger s'approche, un visage de femme s'encadre dans l'ouverture, vous désirez ? demande-t-elle dans un murmure, nous désirons voir la mère supérieure, elle sait qui nous sommes, elle nous attend.

Ils donnent leurs noms et la porte s'ouvre. Ils pénètrent dans une salle voûtée, suivent la petite sœur à travers un dédale de couloirs. Le souffle coupé, ils avancent, tentent de l'apercevoir dans chaque silhouette qu'ils croisent, chaque regard baissé. Leurs lèvres sont crispées, pas un souffle ne passe, pas un sourire, on pourrait croire, à les voir progresser, deux statues de pierre soudain animées.

Ils dépassent le cloître, empruntent un escalier, puis un autre, se voûtent pour franchir des portes basses et étroites, la sœur s'efface et les laisse pénétrer dans un très grand bureau où une sœur plus âgée les attend derrière une table, au pied d'un crucifix.

Mann tressaille en apercevant la croix. Elle accroche la lumière, la fractionne, la renvoie dans un éblouissement bleuté qui le fait vaciller. Il cligne des yeux, se reprend, s'avance vers le siège que lui désigne la mère supérieure. Monsieur Despax le suit.

Ils s'inclinent sans parler.

— Asseyez-vous, messieurs...

La sœur reste debout et demeure silencieuse. Elle pose ses deux mains à plat sur le bureau, redresse son torse, prie le Ciel de trouver les bons mots. Les deux hommes la fixent et, bien qu'ils soient très différents, elle peut lire la même angoisse dans la pose qu'ils prennent. Elle les observe, raides, empruntés, dans leurs grands fauteuils, ils ne se laissent pas aller contre le dossier, ils sont tendus vers elle, ils attendent qu'elle parle. Elle tente de sourire pour les apaiser puis se reprend et...

— Si je vous reçois, c'est parce qu'il s'est passé quelque chose de grave... Angelina nous a quittées, hier matin, sans rien dire. Personne ne sait où elle est allée... elle est partie sans rien prendre ni ses effets ni ses papiers...

Alors le poing de Mann s'abat sur la table. Il renverse la tête en arrière et pousse un très long cri. Ses yeux se sont fermés, ses mâchoires sont blanches, ses lèvres sont muettes mais tout son corps tremble et du plus profond de lui monte une plainte de bête meurtrie.

— Car vous l'avez laissée partir ! Vous l'avez donc chassée !

Monsieur Despax le retient, calmez-vous, Mann, calmez-vous, laissez-la parler.

— Votre ami a raison, vous devriez m'écouter... Je reconnais en vous cette même violence qui l'a jetée à mes genoux, cette même impatience. Ecoutez-moi plutôt et calmez votre ardeur...

Elle leur raconte alors la confession d'Angelina, son crime, son remords, sa colère, elle leur explique pourquoi elle a dû refuser de la laisser entrer dans la communauté.

— Je ne trahis pas d'ordinaire les aveux qu'on me fait... Si je le fais aujourd'hui, c'est parce que Angelina a choisi un chemin dangereux... Il faut la retrouver, vous seuls le pouvez ou alors la police...

Et comme ils ouvrent la bouche en même temps pour poser la même question, elle leur fait signe de se taire et ajoute : je ne sais pas où elle est allée, je ne sais rien, je sais seulement la lueur dans ses yeux, la lueur diabolique... j'ai reconnu l'orgueil d'une âme en perdition qui choisit n'importe quelle issue pour ne pas perdre la face.

Au loin, dans la chapelle, c'est l'heure des matines et des psaumes chantés. Les chants des petites sœurs parviennent jusqu'à eux, pénètrent dans leur cœur, un air clair qui chante l'humilité. La mère supérieure s'incline et cet instant fugace, cet instant de paix si douce, apaise le courroux des deux hommes qui se laissent retomber contre le dossier de leurs sièges et demeurent muets. Les voix des petites sœurs s'élèvent, rassemblent dans leurs chants toutes les peines du monde, toutes les douleurs des hommes qui montent en offrande pour être pacifiées.

— Nous la retrouverons, dit Mann se redressant enfin, bandant toutes ses forces. Nous la retrouverons...

La mère supérieure acquiesce.

— Vous la retrouverez et vous lui direz que je l'aimais et que je la respectais... Il faudra bien un jour qu'elle accepte l'idée qu'elle est digne d'être aimée et qu'elle le mérite. Les hommes courent après l'amour et ne le reconnaissent jamais quand il s'offre humblement. Ils veulent que ce soit grand, furieux, compliqué. L'amour, c'est faire la paix avec soi d'abord, l'amour c'est accepter...

Elle soupire, les regarde comme deux garnements furieux, joint ses longues mains en un geste familier de prière.

— Ce fut une aspirante modèle et dévouée. Tout le monde la regrette ici, tout le monde... Dieu vous bénisse, mes enfants, Dieu bénisse vos efforts, votre amour ! Dieu bénisse Angelina qu'Il n'a jamais reniée...

Les deux hommes se lèvent sans ajouter un mot. Ils prennent congé en inclinant le front, les mains toujours nouées, la nuque raide et fière.

La mère supérieure les dirige vers la porte.

Ils quittent le couvent, se retrouvent sur le petit chemin qui mène vers la route. Le vent fou est tombé, les arbres ne sont plus agités que d'un faible tremblement. Au loin, des oiseaux chantent la fin de la bourrasque.

Mann fouille l'horizon des yeux.

Il se sent seul, impuissant, désarmé.

Plus de colère en lui, plus la moindre impatience, il pose son regard sur l'immense plaine noyée de brume ocre qui se répand en nappes, prend le Ciel à témoin, murmure entre ses dents : je la retrouverai, je la retrouverai... J'arrêterai sa course folle, sa course vers l'oubli impossible et stérile... Je l'aimerai pour deux si elle s'y refuse, je l'apprivoiserai, je prendrai tout mon temps, toutes mes forces vives, je la délivrerai du poids de ce remords qui l'empêche de vivre, j'en fais le serment, Angelina, j'en fais le serment devant Dieu et les hommes, rien ne m'arrêtera...

Ils sont assis tous les trois. Tous de noir vêtus. Les deux hommes se tiennent droits, madame Rosier joue avec ses gants qu'elle lisse de ses doigts comme si elle les repassait. Il faut y aller, cela ne sert à rien de s'attarder, ils nous attendent, on a promis... Il faut y aller, répète monsieur Despax en écho, on a promis, il serre le nœud de sa cravate qui d'un coup n'est plus droite, madame Rosier s'approche pour la remettre en place, il la repousse doucement, non, laissez-moi faire ! Madame Rosier se reprend et s'écarte.

Monsieur Despax se dirige vers la glace et son regard accroche l'immense carte d'état-major collée au mur. Des pointes de couleur indiquent les villes et les villages qu'ils ont arpentés pour tenter de la retrouver. Ils dormaient n'importe où dans des hôtels ou à la belle étoile. Mann était heureux de camper sous la Voie lactée. Il regardait les étoiles avant de s'endormir, marmonnait des paroles inaudibles et sombrait dans un sommeil profond. Il avait, quant à lui, plus de mal à trouver le sommeil, le sol était trop dur, des insectes le frôlaient, un chien aboyait au loin, des brindilles craquaient... Au petit matin, Mann s'étirait, prêt pour une longue journée de marche. Il refusait de louer une voiture car, expliquait-il, elle est peut-être tombée dans un fossé, on pourrait passer à côté sans la remarquer. Ils marchaient, ils se parlaient à peine. La carte devient floue sous ses yeux. Il pousse un long soupir et entreprend de rectifier son nœud de cravate.

Mann, Boubou Bleu, tous ceux qui viennent dans la loge à l'heure de la pause se sont réparti les tâches. Depuis ce jour terrible où ils ont perdu sa trace, ils sont allés partout et n'ont rien découvert. Rien n'a été laissé au hasard. Fermes, hôpitaux, commissariats, boîtes de nuit, hôtels, cafés, banques... Ils ont fait tirer en grande quantité des portraits d'Angelina qu'ils ont placardés dans des endroits publics, mis en pile chez des commerçants, collés sur les réverbères, les montants d'abribus, les arrêts de car. Boubou Bleu a des cousins, des cousines qui travaillent dans des hôpitaux, ils ont consulté des ordinateurs, des fichiers sans que son nom n'apparaisse une seule fois.

— Et les aéroports ? demande monsieur Despax, on n'a pas pensé aux aéroports...

— Elle n'avait ni argent ni papiers... comment aurait-elle pu prendre un billet ? répond Mann qui, lui aussi, contemple la carte.

— Il faut essayer les aéroports, insiste monsieur Despax.

— J'y ai pensé, dit Mann, mais les compagnies aériennes refusent de livrer le nom de leurs passagers.

— Elle a peut-être pris un faux nom...

— Ou la fuite en voiture, cela lui ressemblerait, dit madame Rosier.

Ils contemplent les punaises de couleur qui indiquent l'ampleur de leurs recherches. Elles partent du couvent en cercles concentriques, rouges quand il n'y a plus d'espoir, vertes quand il convient d'essayer encore, bleues en attente d'une dernière réponse, jaunes pour les fausses pistes... ces dernières sont les plus nombreuses, des appels téléphoniques de personnes qui, comme eux, cherchent un enfant, un mari, une femme enfuie... ou des charlatans qui se prétendent mages et demandent de l'argent.

— Ce matin encore, dit Mann, j'ai appelé la mère

supérieure... elle a alerté les communautés, les églises de la région, en vain ! Je l'appelle tous les jours, elle répond toujours la même chose : aucune nouvelle... Elle a demandé aux petites sœurs d'en parler à ceux qui frappent à la porte du couvent... Personne ne sait, personne !

— Si elle a passé les frontières, poursuit monsieur Despax, on n'a plus guère de chance !

— On la retrouvera, Despax, on la retrouvera, j'en suis sûr !

— J'aimerais pouvoir penser comme vous...

Il baisse la tête, vaincu.

— Il faut y croire, sinon on est perdu ! Si on accepte de baisser les bras, le mauvais œil l'emportera ! C'est une nouvelle épreuve, on s'en sortira !

Madame Rosier soupire. La vie s'est arrêtée depuis qu'Angelina a disparu. Leur espoir avait été si grand quand ils avaient cru l'avoir retrouvée au couvent ! Ils étaient partis, tous les deux, fringants, sûrs de la ramener. Ma fille ! répétait monsieur Despax, ma fille ! Je dois m'habituer à prononcer ce mot ! Je dois me faire beau pour qu'elle n'ait pas honte !

Leur déception avait été terrible, mais ils s'étaient repris et avaient commencé leurs recherches de ville en ville, de bourg en bourg, méthodiquement, avec leur grande carte. Ils étaient revenus, bredouilles, il n'y a plus qu'à attendre maintenant, on a posé des lignes partout, on a laissé des photos, un numéro de téléphone, une adresse...

Ils ne sont plus que trois désespérés qui miment les actes de la vie quotidienne et font semblant d'y croire. Monsieur Despax a vieilli, ses cheveux sont devenus blancs, il tremble quand il tend le courrier, fait les vitres ou passe l'aspirateur. L'autre jour, elle l'a surpris en train d'arroser la cour : il pleuvait et il passait le jet sans bouger, perdu dans ses pensées, l'eau coulait à ses pieds, la pluie ruisselait sur sa tête, il arrosait sans relâche le même périmètre... elle est allée couper l'eau, a enroulé le tuyau, l'a reconduit doucement à la loge. Elle s'est peut-être noyée, a-t-il murmuré quand elle lui a servi un café, est-ce qu'elle savait nager ? tu lui avais appris ? Il ne la tutoie que lorsqu'il parle d'elle, sinon il demeure lointain, étranger. Il ne lit presque plus, ses dictionnaires reposent fermés, l'autre jour elle a passé un chiffon sur les couvertures glacées : elles étaient couvertes de poussière.

Mann a maigri, ses joues se sont creusées, il n'a plus de lueur dans les yeux. Il vient prendre ses repas dans la loge, ils épluchent les faits divers, relancent des hypothèses, cherchent des noms dans l'annuaire, découvrent un village qu'ils ont négligé et partent vérifier qu'elle ne s'y cache pas. Madame Rosier garde la loge, les réconforte quand ils reviennent, les exhorte à ne pas désespérer. Elle n'aimerait pas vous voir comme ça ! Ça ne vous ressemble pas ! Qui va-t-elle retrouver quand elle reviendra ? deux vieillards usés ! vous parlez d'un cadeau ! Ils lui sourient doucement et marmonnent, c'est vrai, ça, elle a raison !

— Il faut y aller maintenant, ils nous attendent, reprend madame Rosier d'une voix plus ferme.

Quand ils arrivent, le service a déjà commencé.

Ils s'assoient tous les trois sur un banc, au fond de l'église. De loin, ils aperçoivent le docteur Boulez et Margret dans sa belle robe blanche. Mann grimace, il ne comprend rien à ce mariage. Il enfonce la tête dans les épaules et ferme les yeux. Le prêtre commence une prière d'une voix caverneuse, Mann se dit qu'il pourrait aussi bien présider un enterrement ! Moi, quand je me marierai, ce sera dans un cirque avec un orchestre de tziganes... On chantera, on jouera du violon, il y aura des acrobates, des avaleurs de feu, des jongleurs, des trapézistes, des contorsionnistes, des lanceurs de couteaux, Angelina dansera pieds nus sur la piste ! On boira des alcools, on cassera les verres, et je l'embrasserai, et je l'embrasserai ! Il y a sur sa lèvre supérieure une légère boursouflure qui la fait paraître plus rebondie, un peu boudeuse aussi, j'aimais y promener ma langue... Moi, quand je me marierai, il n'y aura pas de prêtre en habit de croque-mort ni d'invités transis ! Moi quand je me marierai... je ne verrai qu'elle, ses longs cheveux qui prennent les odeurs du temps, de la pluie, du soleil, je savais toujours le temps qu'il faisait le matin quand je me réveillais, il me suffisait de la respirer...

Le docteur Boulez rayonne, il est habillé en premier communiant, l'orgue entonne un *Magnificat*, il se tourne vers Margret et lui prend la main, elle ploie gracieusement la nuque vers son nouvel époux. Les clients du docteur sont venus en famille assister au mariage, sages comme des images, réservés comme des étrangers.

Le prêtre appelle les témoins et Mann sursaute. Madame Rosier le pousse du coude, allez-y, c'est à vous, il descend l'allée de l'église et vient se placer aux côtés de Boulez. Il esquisse un sourire, lui donne une tape dans le dos. Bravo, mon vieux, bravo, toutes mes félicitations... les mêmes mots qu'il a prononcés quand le docteur lui a annoncé qu'il se mariait. Tu ne m'en veux pas, Mann, tu ne m'en veux pas, avait demandé Boulez, inquiet, oh ! mon pauvre vieux ! si tu savais, j'ai oublié, j'ai tourné la page ! sûr de sûr, avait-il dit alors, reprenant une expression d'enfant. Plus que sûr ! Vas-y et sois heureux ! Il le pensait. Il avait lu dans ses yeux un soulagement immense, j'avais peur, tu comprends, peur que tu m'en veuilles de ce bonheur qui m'est offert soudain et qui me vient de toi... Mann, elle m'a dit oui ! Elle m'a dit oui à moi ! Je suis content pour toi ! Boulez lui était tombé dans les bras, et Mann, embarrassé, ne savait que faire.

Il signe le registre, se place sur le côté, la secrétaire du docteur sert de témoin à Margret. Elle n'a pas l'air heureuse, son sourire est contraint, ses lèvres un peu pincées. Elle vient se ranger près de Mann et soupire.

La cérémonie se termine, les invités s'avancent pour féliciter les jeunes mariés.

— Allez, embrasse la mariée ! ordonne Boulez en poussant Mann vers Margret.

Elle se tient en retrait, lui sourit doucement, elle est vraiment très belle dans sa robe de satin, ses cheveux sont tirés en arrière, deux diamants brillent à ses oreilles.

— D'accord, d'accord, dit Mann, se dirigeant vers Margret.

Il la prend dans ses bras, dépose un baiser furtif sur ses cheveux, elle le retient contre elle, profite de la cohue pour le garder un peu...

Les invités piétinent, égrènent leurs vœux. Mann veut se dégager, laisser la place aux autres mais Margret supplie : embrasse-moi, Mann, embrasse-moi, il effleure sa joue de ses lèvres pressées, Mann, Mann... il dénoue ses mains et demande, réprimant sa colère : Margret pourquoi fais-tu ça ? Pourquoi ? Tu me connais, Mann, tu me connais si bien... je peux jouer tous les rôles ! Il lui lance un regard furieux et se dérobe enfin.

Il a failli ne pas aller à la petite fête organisée chez le docteur mais, une fois encore, madame Rosier l'a convaincu de s'y rendre. Vous ne pouvez pas lui faire défaut, vous êtes sa seule famille ! Retiré dans un coin, il observe Margret, elle joue à la mariée, minaude, remercie, prend son époux par la main, le regarde avec tendresse puis son regard glisse vers Mann et s'ancre dans ses yeux en une prière ardente. Pauvre vieux, pense Mann, et son cœur se remplit de pitié pour ce frère manqué, pauvre vieux !

— Et toi, que comptes-tu faire ? demande alors Boulez qui surgit près de lui. Tu as des projets ?

— Aucun, dit Mann. Je vais attendre encore un peu et peut-être repartir mais je n'irai pas loin, je veux qu'elle puisse me retrouver si elle doit revenir...

— Tu n'as pas renoncé, hein ? Tu es toujours le même !

— Je ne renoncerai jamais... jamais, tu m'entends !

— Mann, ne te fâche pas !

— Un jour, elle reviendra ! C'est une épreuve, une épreuve qu'on m'envoie pour savoir si je la veux vraiment... j'ai joué si souvent, j'ai fait semblant d'aimer, je ne donnais rien, je prenais sans compter et maintenant je paie... c'est un juste châtiment ! Je l'accepte... mais je suis sûr de moi.

— Mann, tu deviens fou !

— Parce que c'est folie d'aimer plus que tout ! C'est la seule manière que je connaisse, la seule ! Ne me plains surtout pas, je suis heureux, chaque jour je l'aime un peu plus, chaque jour je découvre chez elle une perle nouvelle que je n'avais pas vue... Je m'émerveille d'un sourire, d'une certaine manière de pencher la tête, d'une interrogation muette, de ce rire qu'elle avait quand elle était heureuse, qu'elle ouvrait grand les bras pour mesurer sa joie et qu'elle me disait : je n'y arrive pas, c'est trop grand, c'est trop fort, Mann aide-moi ! Le bonheur, ce n'est jamais quand il est là qu'on le mesure, c'est quand il est parti... tout revient, on se retrouve comme un vieux à se dire : j'étais heureux alors et ne le savais pas ! Aujourd'hui je comprends et, quand elle reviendra, je ne lâcherai pas une miette de bonheur sans l'avoir dégustée. Pas une miette, tu m'entends ?

— Je comprends, Mann, je comprends...

— Non, tu ne comprends pas mais ce n'est pas grave ! Allez, c'est ton jour de bonheur aujourd'hui, buvons à ta santé !

Il attrape une coupe de champagne sur le buffet et la vide d'un trait. Boulez le regarde, attendri.

— Tu ne changeras jamais !

— Le jour où je me résoudrai à vivre tout petit, sans espoir, sans rêve, c'est que je serai mort !

— Ne parle pas de ça ! Ce soir, faisons la fête !

On apporte le gâteau des mariés, une pièce montée sur laquelle est inscrit en pâte d'amande et dragées de couleurs « Tous nos vœux de bonheur », on réclame le docteur pour venir le couper.

— Vas-y, mon vieux, vas-y. Cesse de te tourmenter pour moi !

Il le pousse vers la table où Margret l'attend, resplendissante et rose. Elle lui tend le couteau pour qu'il pose sa main sur le manche et qu'ils tranchent tous les deux les choux caramélisés, bouffis de crème Chantilly.

— Fais un vœu, ma chérie ! lui souffle-t-il tendrement à l'oreille.

Elle ferme les yeux, laisse filtrer un regard amusé sur l'assistance, ils la regardent tous, le souffle suspendu, la larme à l'œil, une si belle mariée, un si bon docteur ! ils ont tout pour être heureux, c'est un homme courageux, consciencieux, il fera un bon père... elle est si belle ! si amoureuse ! si fraîche !

— Ça y est ! murmure Margret en s'appuyant au bras de son mari, mais je ne dirai rien ! C'est un secret... Même pour moi ? supplie en riant le docteur Boulez. Surtout pour toi ! chuchote-t-elle dans un tendre abandon en se tournant vers Mann qu'elle caresse des yeux.

— Cette fille est folle ! souffle Mann à Despax, on est assez restés ! J'ai rempli mon devoir... Je pars, j'étouffe, il faut que je respire !

« Voilà longtemps que celle avec qui j'ai dormi,
Ô Seigneur ! a quitté ma couche pour la vôtre ;
Et nous sommes encore tout mêlés l'un à l'autre,
Elle à demi vivante et moi mort à demi. »

Il est encore très tôt ce matin-là quand une voiture s'arrête à l'entrée du village.

Un jeune homme en descend, vêtu d'un long manteau, il a les cheveux courts hérissés en épis, on ne voit guère ses traits mais ses joues sont imberbes, ombrées d'une pâleur bleutée de jeune convalescent. Il porte autour du cou une écharpe qu'il resserre, tire de sa poche une paire de gants en laine, un bonnet, les enfile sans hâte, se penche vers la voiture où un homme l'observe.

Il s'accroupit, caresse la joue de l'homme.

— Je crois que c'est mieux si je vous laisse seuls, dit l'homme. Tu iras, n'est-ce pas ?

— Je ne me déroberai pas.

— C'est une belle maison. Elle lui ressemble...

L'homme désigne, au loin, une grande demeure flanquée de tourelles en silex noirs et blancs, de balcons en bois bleu, de fenêtres hautes et claires, de lierre qui grimpe parmi les briques rouges et les granits gris ; des céramiques blanches dessinent sur les murs des losanges espacés. La maison tout entière s'élance vers le ciel, défie les vents, la pluie, une torche majestueuse qui lèche les nuages. On dirait un manoir inventé par un fou qui se riait des princes, du ciel et des tempêtes, voulait régner en maître sur ce morceau de terre du bout de l'univers.

L'homme dans la voiture et le jeune homme sur la route contemplent en silence le nuage de brume qui nappe le village couché au pied de la maison. Le nuage se déplace, découvre des toits d'ardoise, des branches qui balancent, un pan de mer laiteuse, une falaise verte et brune qui jaillit d'un seul trait... puis disparaît à nouveau, escamotée dans la grisaille du ciel. Le jeune homme est songeur... a-t-il rêvé ou le village est-il là, tapi dans l'opacité d'un climat capricieux ?

Tout lui paraît irréel et il guette des yeux la maison qui surgit de la brume liquide. L'homme dans la voiture lui indique le chemin, le contemple un instant, les yeux mouillés de larmes, attire son visage, le prend entre ses mains, baise sa tempe droite d'un long baiser d'amour. Le jeune homme étreint les mains de l'homme, lui murmure quelques mots, se redresse, et agite le bras comme la voiture démarre, laissant des marques noires sur le givre matinal.

Il reste un long moment immobile. Regarde le village endormi, pose la main sur son cœur pour contenir une peur qu'il ne peut apaiser. Un instant, il hésite, ses jambes le portent vers la route où la voiture s'éloigne puis il se reprend et descend le chemin qui mène dans la valleuse.

Deux immenses falaises se dressent de part et d'autre. L'une verte, boisée, où trône la maison, l'autre pelée et jaune, érodée par les vents. Le soleil apparaît, trouant la vapeur légère qui résiste, recule, s'effiloche, danse sur la mer, laissant apparaître un léger poudroiement et des vagues d'argent. Le chemin s'enfonce entre les deux falaises et le soleil l'éclaire pour indiquer au jeune homme hésitant qu'il lui faut suivre la route.

Il avance d'un pas mal assuré dans ses gros godillots. Ses épaules sont frêles, sa taille est élancée. Il tient en bandoulière un grand sac qui tombe sur ses hanches, lui donnant l'allure du soldat qui revient après une longue absence dans un lieu jadis familier mais qu'il ne connaît plus.

Sa démarche s'enhardit. Il dégage les mains de ses poches et adopte une cadence décidée. Il ne reculera plus, il enfonce les talons dans le sol comme pour se convaincre qu'il ne doit pas trembler, l'homme dans la voiture lui a tout raconté, il sait que le repos l'attend là-haut, caché dans ce château, au sommet de la falaise, qu'il n'a plus qu'à gravir la côte dure et raide qui surplombe la mer.

A cette idée, à cette idée précise que sa fuite s'arrête là, qu'il n'y a plus d'issue, il s'arrête soudain, saisi d'une tristesse profonde, d'une lassitude familière. Il reste debout, tout droit, son corps se vide, ses jambes se dérobent. Il n'est plus sûr de rien. Il voudrait s'en aller, prendre ses jambes à son cou, repartir... mais la voix de l'homme dans la voiture revient l'encourager, l'enjoint de monter vers le manoir aux tours de silex. Prends ton temps, monte lentement, lentement...

Il avance, malgré la peur, malgré le dénouement qu'il souhaite et redoute, il marche les épaules jetées en avant. En lui chantent l'allégresse et le doute. Il réajuste le sac qui lui barre la poitrine, reprend son souffle, descend vers le village, s'enfonce dans la brume, apparaît, disparaît, apparaît à nouveau, rit de ce brouillard changeant qui épouse son humeur.

Le village est blotti entre les deux falaises, derrière une digue grise qui longe les rochers. Des mouettes planent dans le ciel irisé. Elles guettent d'un œil perçant la nourriture qui s'échappe des sacs-poubelle qu'elles ont éventrés d'un coup de bec tranchant puis elles tombent en piqué, arrachent à la volée des morceaux de victuailles qu'elles emportent triomphantes, en piaillant de plus belle.

Une épicerie-boulangerie-bazar est le seul commerce de la petite place où reposent des bateaux de pêcheurs aux coques amples, rondes, recouvertes de mousse verte, de coquillages nichés dans les plis de lichen. Un vieillard voûté contemple la mer, immobile, un chien à ses pieds. Un pêcheur nettoie ses filets où s'accrochent des algues brunes, des algues vertes, des crustacés. Il défait une à une les mailles embrouillées, gluantes de sable gris, de crabes et de varech, il ne se hâte pas, concentré sur sa tâche, ne relève pas la tête devant l'étranger.

Le jeune homme pousse la porte de l'épicerie, souffle sur ses doigts gourds, demande un café à la femme qui lit un journal derrière le comptoir. Il est tôt et la lumière d'un plafonnier jette une lumière crue dans la boutique encombrée de cageots de fruits, de sacs de pommes de terre, de salades, de poireaux, de longs pains dorés, de bottes en caoutchouc, de bouteilles de vin, de paquets de café, de beurre cru en motte jaune, de crème à la louche, de fromages odorants, de bonbons en bocaux.

Elle le regarde, méfiante. Qui est cet étranger ? demande la lueur dans ses yeux. Que vient-il faire ici ? La cafetière repose sur une cuisinière en fonte, elle la montre du menton, c'est tout ce que j'ai comme café, cela fera l'affaire, dit le jeune homme amusé par son air peu commerçant. Vous ne descendez pas du car ? demande-t-elle rusée, il passe bien plus tard, non, en effet... et comme il n'ajoute rien, elle parle du brouillard matinal, de la rosée, de la marée qui monte et appelle le soleil ou la pluie, on ne sait jamais, le temps change souvent par ici, on y est habitué, mais pour un mois de mai il fait vraiment frisquet....

Il tient sa tasse entre les mains, s'approche du présentoir de cartes postales, le fait tourner. Comment s'appelle le château qui figure sur les cartes ? Il n'a pas de nom, on dit que c'est la plus vieille maison du village, qu'elle a été construite par un retraité qui observait les étoiles, les nuages, elle n'est dans aucun guide, on ne la visite pas... Est-elle habitée ? Elle a été rachetée il n'y a pas si longtemps par un drôle de bonhomme... un étranger, je crois, on ne sait rien de lui, il fait ses courses ici, il ne parle presque pas, donne des nouvelles du vent qui souffle sur la falaise, qui fait fumer le feu, il parle de ses bêtes, il élève des chevaux, de belles bêtes racées, il va deux fois par an les vendre à l'étranger, il vit seul, le peu que nous savons, c'est la femme de ménage qui nous le raconte, elle dit qu'il est très bon, généreux, courageux, qu'il ne rechigne pas à l'ouvrage, il a bâti lui-même l'abri de ses chevaux, l'enclos où il les dresse, la charpente du manège... il a étudié la nature du bois, la direction des vents, la souplesse du mortier, il marche souvent seul, il ne voit personne... un homme de temps en temps vient lui rendre visite. Un homme plus âgé avec les cheveux blancs. Il s'arrête chez nous, renifle les marchandises, les respire longuement comme des parfums d'Orient, achète ce qui sent bon ! du pain d'épice, des feuilletés aux pommes, des mandarines, les brioches qui sortent du four, il n'est pas très causant... Une fois, il a fallu qu'on aille le dépanner, sa voiture patinait dans la côte verglacée, il a fini à pied, il soufflait comme un bœuf ! il y avait des perles de glace sur sa moustache blanche ! Faut dire qu'elle est ardue, la côte qui mène là-haut, le facteur n'y va plus, il pose le courrier chez nous... Mais vous venez peut-être travailler au château ? Il cherche un jeune homme pour l'aider à soigner les chevaux... Il a trop de travail, c'est sûr ! Il a bien besoin d'aide et de compagnie aussi. On devient fou là-haut, les vents vous raclent la tête, on parle à des fantômes, les gens se pendent, par ici... ils ne se manquent jamais... c'est là-haut que vous vous rendez, n'est-ce pas ?

Il hoche la tête. Il finit son café, fait tourner le liquide bouillant entre ses doigts glacés. Attend que ses forces reviennent pour reprendre sa marche...

Elle voudrait bien savoir mais elle n'ose pas, elle le dévisage, il est bien jeune et frêle pour venir travailler, c'est qu'on ne voit rien avec cette épaisseur de laine, ce bonnet qui lui serre la tête, ce col qui remonte et lui cache le visage... et le manteau trop long dissimule le corps. C'est sûr, ça lui fera de la compagnie si vous travaillez pour lui, il sera moins sauvage. On l'a vu certaines nuits de tempête debout sur le toit de l'abri à chevaux, il retenait les pans de roseaux qu'il venait de poser. Il ne fait pas le fier ! Il s'y connaît, c'est un homme robuste habitué au travail. Il commande des outils, des pointes, des rabots, des limes, des vrilles et, quand il ne trouve pas, il se rend à la ville. On l'a vu une ou deux fois au cinéma, à la banque. Toujours seul... Les gens jasent par ici, vous pensez bien ! Un si petit village et cet homme qui arrive ! Venu d'on ne sait où, sans femme ni enfants ! Forcément, on se pose des questions. Il l'a achetée comptant la maison, c'est sûr, il ne manque pas, et plutôt beau garçon, les femmes le regardent quand il vient faire les courses, elles traînent à se décider, tripotent les denrées, louchent de son côté mais jamais une fille sauf celle qui, la pauvre... on l'avait prévenue pourtant de monter lentement, elle tenait absolument à prendre sa voiture, la falaise s'éboule un peu plus chaque année, ils ont mis des écriteaux partout mais personne ne les lit ! Les touristes, ils font pas attention ! Ils sont toujours pressés ! elle ne nous a pas écoutés, elle est partie d'un trait, on a entendu ses roues mordre le sentier quand elle s'est élancée, les cailloux et la boue giclaient, la voiture dérapait ! elle a dû tourner trop vite là haut, elle a manqué le virage, vous verrez, la maison est à gauche mais le chemin continue, longe la falaise, se perd dans les genêts... une chute de cent mètres, on a trouvé son corps sur les rochers, ses longs cheveux flottaient... Le visage était intact ! Elle était jolie même morte ! C'est vous dire ! Le mari ! vous auriez dû le voir ! Le pauvre homme ! Il était comme fou ! Un docteur tout ce qu'il y a de bien, il divaguait... D'habitude, ce sont les vaches qui se précipitent ou les désespérés... ils viennent de la ville pour se jeter d'en haut... on appelle les pompiers...

Elle se penche pour mesurer l'effet de ses paroles. Le jeune homme recule, blafard, porte la main à ses lèvres, étouffe une plainte, vous la connaissiez alors ? vous la connaissiez ? Cela se peut, il dit en s'appuyant sur les cageots de fruits, attention, vous

allez tout faire tomber ! Elle était belle, vous dites ?
Oh oui... elle était belle, un peu hautaine et froide,
elle avait fait comme vous, elle s'était arrêtée ici
avant de monter, ils font tous ça hors saison, comme
si la côte leur faisait peur, qu'ils prenaient du courage ! Elle, elle avait pas peur, elle était pressée, elle
voulait savoir comment on y allait ! Elle piaffait
d'impatience ! On lui avait dit pourtant de monter à
pied mais elle n'écoutait pas, elle avait laissé le
moteur tourner devant la porte, elle cherchait le sentier... Mais ça, elle était belle, c'est sûr et jeune
encore ! Elle n'avait pas...

Elle s'agite sur sa chaise, dévisage le jeune homme,
ne finit pas sa phrase pour qu'il prenne la parole. Il
ne bouge pas, il demeure muet. Lui lance un pâle
sourire, défait un peu son col, vous voulez un verre
d'eau, vous n'avez pas l'air bien, vous la connaissiez
alors ? elle questionne, insistante, et vous le connaissez lui aussi, ce n'est pas un inconnu, il vous attend
peut-être, vous êtes déjà venu ?

Il fait non de la tête, desserre la longue écharpe,
repousse le bonnet, dégage un front lisse et blanc,
deux sourcils sombres, son regard est doré, sa lèvre
tremble, il frissonne, passe les doigts sur une grosse
cicatrice qui lui barre la tempe. Les yeux de la femme
clignent, fixent la peau encore rouge, boursouflée sur
le front, elle s'exclame mais vous êtes une fille alors !
le jeune la regarde, sourit timidement, vous croyiez
que j'étais un garçon ? Ben, je me demandais... j'hésitais, alors comme ça vous êtes une fille ! On ne sait
plus aujourd'hui, les femmes de mon temps on les
reconnaissait... vous voulez encore un peu de café ?

Elle fait signe que non, elle s'est laissée tomber sur
un gros panier rempli de filets, d'hameçons, de
palangrottes, de balances, d'épuisettes, se frotte le
visage, vous ne vous sentez pas bien ? vous voulez un
verre d'alcool ? ça vous remonterait, ça remet le sang
en place, elle fait signe que non, avale sa salive,
maintenant elle voit bien que c'est une jeune femme,

son manteau est ouvert, la gorge est découverte, la peau douce, lisse, on devine les seins sous le chandail, la taille fine, les longues jambes sous la jupe grise... il sait que vous venez ? elle fait non de la tête, dit je reprendrais bien un peu de café, s'avance vers le comptoir, s'appuie en tendant sa tasse. Elle avait mon âge, murmure-t-elle, elle venait le retrouver sans doute...

Asseyez-vous, dit la femme, reprenez vos esprits, c'est pas bon de rester debout quand les forces n'y sont plus. Non, ça ira, merci, vous êtes bien gentille... Je vais y aller maintenant, je vais y aller. Vous êtes sûre ? Le sentier est dur jusqu'en haut, il faut monter lentement, c'est glissant, escarpé, prenez tout votre temps, le vent souffle fort aujourd'hui, vous verrez à mi-chemin, il y a un petit banc en pierre, les gens s'y reposent, ils regardent la mer... on a une belle vue depuis le petit banc, moi, j'y vais le lundi...

Elle se rajuste, remercie et sourit. Son visage s'éclaircit, elle puise le courage qui lui manque dans les yeux de la femme. Je prendrai tout mon temps, j'ai déjà tant attendu... comme vous voulez, dit la femme en refusant l'argent que lui tend la jeune femme, vous me paierez une autre fois, hein ? faites bien attention à vous et n'allez pas vous promener au bord de la falaise, c'est dangereux, je vous dis... ça tombe sans prévenir !

Elle lui montre de la main le sentier escarpé qui part de la place et monte sur la falaise, vous allez tout droit et, une fois en haut, vous tournez à gauche, vous verrez la maison, vous ne pouvez pas la manquer, on ne voit qu'elle, il y a une grande grille en fer forgé et un chemin en pierre qui serpente au milieu d'une haie de rhododendrons, ils sont magnifiques en cette saison...

La femme avait raison, la côte est ardue, difficile, caillouteuse. Elle avance, courbée, elle bande toutes ses forces, se refuse à penser au terrible accident, ne peut s'en empêcher, que venait-elle faire ici ? est-ce qu'il l'attendait ? avaient-ils rendez-vous ? et cette mort atroce... elle frissonne, s'arc-boute, progresse lentement, lentement... son corps est à angle droit sur la petite route. Elle s'arrête pour reprendre son souffle. Que la route est dure et longue ! Elle préfère avancer sans regarder au loin, elle fixe le bout de ses pieds, le vent souffle, lui pique les yeux, les mouettes planent au-dessus d'elle en un ballet hostile, leurs cris sont menaçants, elle a chaud, elle a froid, elle se tient les côtes, se redresse, aperçoit le petit banc, encore quelques pas et je m'y arrêterai, je reprendrai mon souffle, mes forces et mes esprits, il ne savait pas qu'elle venait, il ne l'attendait pas, c'est moi qu'il attend, il me l'a dit dans la voiture, il t'attend, il t'attend depuis si longtemps...

Il dit que pendant tout ce temps il a appris l'amour, le vrai.

Elle s'assied sur le banc, tousse, à l'hôpital ils lui ont ordonné de ne pas aller trop vite, de bien se reposer mais il lui fallait le retrouver, elle ne pouvait plus attendre, tout ce temps perdu, tous ces jours sans lui, ces jours de souffrance, de tourment infini... il sait tout et il t'aime, il te racontera, c'est à lui de le faire, mais il t'aime, Angelina, il t'aime comme un fou, droit comme un marin qui défie la tempête, il a choisi de se retirer là-bas, la mer lui manquait, la mer, les chevaux, la lande, les arbres qui se balancent et crissent leur chanson, il y a transporté le piano blanc, il ne manque plus que toi... il n'a jamais cessé d'espérer, il dit que c'était écrit tout ce temps entre vous, ce temps de solitude, qu'il n'était pas perdu, qu'il avait un but...

La cicatrice lui fait mal, la brûle, la lance, elle porte les doigts à sa tempe, la masse doucement comme on le lui a appris, la peau est dure, épaisse, elle résiste sous ses doigts, c'est un miracle, lui a dit le médecin quand elle a rouvert les yeux, trois mois dans le coma, on n'en revient jamais... Trois mois sans connaissance ! On vous croyait perdue ! vous n'aviez pas de papiers, on n'a prévenu personne, c'est mieux comme ça, elle a dit et elle s'est endormie, elle était si lasse, si lasse, boire le verre d'eau qu'on lui tendait était un tel effort, on la nourrissait avec des tubes, elle ne pouvait pas manger, elle avait fini par ressembler aux autres malades, pâles et faibles, couchés dans la salle commune, mais vous avez un nom, vous vous en souvenez ? Angelina, elle avait dit, Angelina... et elle avait dormi, dormi pendant des jours, pendant des nuits, les infirmières se relayaient, elle était devenue leur petite chérie, si jeune, si seule, si jolie... Elle se laissait retourner, soigner, laver comme un bébé, elle ne voulait pas se remettre sur ses pieds, alors elle oubliait son nom et son adresse, elle demeurait muette, elle apprenait à sourire, à remercier, ses cheveux repoussaient en brosse comme un garçon, ses bras et ses jambes bougeaient, elle assistait, émue, aux mouvements de son corps mais elle était si faible encore, si faible...

Le brouillard se dissipe, s'étire en longs filaments dorés, chauffés par le soleil qui pointe, il accroche la falaise, flotte un peu, disparaît... la maison se dessine, majestueuse et solide, c'est là qu'il s'endort, c'est là qu'il respire, c'est là qu'il m'attend, qu'il regarde le ciel, qu'il parle aux étoiles, qu'il guette le sentier pour apercevoir une femme qui avance courbée... encore quelques efforts et je serai près de lui, sans peur, sans effroi, le cauchemar n'est plus, il a disparu de mes nuits, je pense encore à elle mais elle ne me poursuit plus.

J'ai fait la paix.

Elle monte lentement, elle rassemble toutes ses forces, évite les ornières qui creusent le chemin, elle ne veut pas tomber... atteindre la grande grille noire, la pousser de la main, contempler la maison, s'avancer doucement, le surprendre peut-être...

Il ne sera pas surpris, il t'attend, il dit que tu viendras un jour, il ne sait pas quand, son sang de gitan lui chante la chanson, elle dit que tu viendras quand vous aurez fait la paix avec vos vieux démons... Angelina, ma fille, mon amour adoré... elle ne peut pas encore lui donner le nom de père, elle le serre contre lui, elle l'étreint, elle réclame un peu de temps, l'amour c'est si rapide, mais c'est si lent aussi, on ne décide rien, un jour ça s'inscrit comme une belle évidence et ce jour-là, on soupire, délivré, ébloui. Il dit qu'il comprend, qu'il a fait le même chemin avant elle, le chemin pour s'aimer, se découvrir, accepter le destin surprenant et cruel, tout ce temps sans toi, Angelina, tout ce temps ! Il tremble d'émotion, elle le contemple, émue, elle dit : je t'ai tant attendu, enfant... je t'ai tant aimé, je t'ai tant détesté, je te cherchais partout, ça m'empêchait de vivre... ta mère m'a raconté, tu étais terrible, obstinée mais pleine d'amour aussi, je le sais... je lui en voulais, je t'en voulais, j'en voulais au monde entier, j'avais tant de haine en moi, tant de haine et je ne le savais pas ! La haine m'habitait, elle rongeait tout, elle me laissait rouillée, sans forces, désespérée, aveugle presque. Oh ! les douleurs d'enfant qui mangent toute une vie !

Le soleil a vaincu le brouillard et la mer apparaît immense à sa droite, elle s'étale en nappes de diamant entre les deux falaises qui viennent mordre le ciel, le découpent en festons légers. Angelina contemple les crêtes ourlées des vagues, l'étendue bleue et verte, pas un bruit de voiture, pas une âme qui vive, les arbres se balancent inclinés par le vent, ils sont tout déformés, tordus par les bourrasques, ils avancent couchés sur la falaise brune, ils rampent dans les bruyères, l'herbe verte, les genêts, je comprends qu'il se soit réfugié ici, je voudrais m'allonger sur cette terre marine, attendre qu'il me trouve, m'emporte dans ses bras...

J'ai fait la paix, j'ai fait la paix, je n'ai plus peur, je dois avancer...

Il ne bougera pas, il attend que je vienne jusqu'à lui.

Que je me replace à ses côtés...

La maison surgit haute et fière avec ses tourelles, son lierre sombre, ses massifs de fleurs qui brodent le bois bleu, la grille est grande ouverte, une allée empierrée descend en courbe douce vers un large perron, au milieu de rhododendrons géants, forts comme des arbres, aux têtes roses et bleues. Elle lève les yeux vers eux, guette une présence mais comme elle ne devine rien, elle avance...

Elle dépasse la maison, débouche sur une large pelouse, et au loin, tout au bout, un paddock où un homme fait tourner un cheval...

Un homme dans le paddock...

Sa silhouette haute, dressée comme une voile gonflée par le vent.

Dressée sur ses deux jambes fortes comme des haubans.

Les cheveux noirs, épais, qu'il repousse en arrière...

Ses bras tendus vers le cheval le guident, l'apprivoisent, le forcent à galoper, le forcent à s'arrêter, l'amènent d'un geste du poignet à se placer à ses côtés.

Il lui parle doucement, il fait claquer sa langue, pousse un juron, l'interpelle, l'encourage, le menace, le reprend, sa voix s'élève forte puis douce, caressante et sévère, oh là ! doucement, doucement, tout doux ! tout doux ! Vas-y, Angel, vas-y, là, là, oui, c'est ça, tout doux... Il chuchote, il murmure, l'approche la main tendue, le cheval recule, fait un écart, glisse, l'homme s'immobilise, reprend sa mélopée, tout doux, Angel, tout doux, là, là... Le cheval s'incline, tend son long cou luisant vers l'homme qui le caresse, flatte l'encolure, dépose un baiser entre les deux naseaux...

Ses jambes refusent d'avancer, elle se laisse tomber dans l'herbe humide et haute. C'est lui, disent ses yeux, c'est lui, disent ses oreilles, c'est lui, gargouille son ventre qui se plie, qui se tord, c'est lui, siffle l'air qu'elle respire, c'est lui, chante une voix qui s'élève dans son cœur, c'est lui, je suis arrivée...

Il ne bougera pas, il attend que je vienne, il ne se retournera pas. Il me recevra de dos, d'un coup contre son corps debout.

Il veut une dernière preuve, lui qui m'a tout donné.

Il veut que je me rende...

Que je lui rende la confiance que je lui ai volée.

Il sait que je suis là, pourtant. Il a lâché la longe.

Il s'est redressé, il a tendu l'oreille, je vois ses bras qui s'ouvrent. Le cheval s'échappe, il me laisse la place.

Elle se relève, fait un pas puis un autre.

Le vent est tombé d'un seul coup...

On n'entend plus rien, rien que le bruit du cheval qui s'ébroue, souffle, trottine, fier du travail accompli... Il me montre le chemin, il m'invite à le suivre, à danser jusqu'à lui, à entrer dans la ronde.

L'homme ne bouge plus.

Il reste campé dans l'enclos à chevaux. Tous ses sens aiguisés ont perçu une présence mais il ne bronche pas. Il a tant attendu, il veut savourer cette dernière attente, retenir chaque seconde de ces retrouvailles, écouter le sang qui bat dans ses entrailles, écouter les pas qui s'approchent, qui s'approchent...

Il tend l'oreille vers la mer dont la rumeur parvient étouffée, assagie, il écoute le vent qui ne lui répond plus, il regarde le cheval qui galope doucement... ses sabots martèlent une chanson sur le sol encore gelé, elle est là, elle est là derrière toi, elle avance, ne te retourne pas, elle est belle, c'est vrai, tu n'avais pas menti. Elle a les yeux dorés et aux cils une larme...

C'est beau un homme de dos qui attend une femme.

C'est fier comme un héros qui, ayant tout donné, n'attend plus qu'un seul geste pour se retourner.

Il ne se retourne pas, tout son corps se raidit.

Il voudrait recevoir contre lui le poids de ce corps

qu'il dessine dans ses rêves, qu'il enlace quand il marche dans les sous-bois la nuit, il voudrait le recevoir comme une profonde entaille, sentir deux bras se nouer autour de sa taille... sentir un souffle chaud lui dire c'est moi, je suis là, j'ai parcouru des villes et des villages, des nuits et des orages, des milliers de kilomètres pour te retrouver... Du jour où j'ai rouvert les yeux sous le bandeau ensanglanté, je n'ai plus voulu que ça, tes mains autour de moi, tes lèvres sur mes lèvres blanches, ton souffle dans mon cou, ton amour noué au mien en une immense prière qui monte vers le ciel...

Le ciel est bleu soudain, le soleil l'aveugle, la mer qui montait a chassé les nuages, a apaisé le vent, a relevé le front des arbres qui se penchaient soumis. Les mouettes se sont tues, leur vol s'immobilise en une longue attente devant ces deux humains tendus vers leur amour enfui, à portée de main.

Il ne veut rien demander, il veut juste attendre encore un peu...

Faire durer cet instant qu'il a rêvé le soir, seul devant la cheminée qui soufflait comme une forge, attisait les flammes, riait de son amour d'homme, lui faisait perdre espoir. Qui te fait croire qu'elle reviendra ? es-tu si sûr de toi ? sûr de ces vieilles légendes de ton sang maudit, de ton sang d'errant qui sème le malheur sur les chemins du monde ? reprends ta route, gitan, n'espère plus rien des hommes, ils ne sont pas taillés pour tes rêves insensés... Lâche ton fol espoir, il ruinera ta vie, empoigne ce qui passe, renonce à ta folie...

Alors il jetait de grands seaux d'eau glacée sur le feu et partait sur la falaise parler à son Dieu, elle reviendra, dis-moi, elle reviendra, Tu le sais, Toi qui sais tout, aide-moi, aide-moi, redonne-moi la force, redonne-moi l'espoir, je n'en puis plus d'attendre, je ne suis qu'un homme, elle avait sur la lèvre une légère boursouflure qui gonflait son sourire et la rendait boudeuse, elle avait le pas gracieux de la danseuse de corde, elle avait une fossette, une seule, et un grain de beauté, elle avait... il se rappelait le moindre détail d'elle qui lui rendait la paix. Tant que je me souviendrai, elle ne sera pas morte, tant que je me souviendrai, elle trouvera la force de monter jusqu'ici...

Ne pas se retourner de peur que le vent ne se lève et ne l'emporte...

Il attend. Il ne bouge plus, la longe repose dans la boue gelée comme une aiguille d'horloge cassée.

Ses bras sont grands ouverts, prêts à l'empoigner, à l'étreindre, à la renverser, à la chauffer de tous ces baisers rêvés, jamais donnés...

Angelina, mon amour, ma plus-que-femme, mon bout du monde...

Angelina, tu es là, je le sais. Ou je rêve encore ? je vais me retourner et trouver un daim égaré, une biche affolée... une jument qui vient brouter l'herbe tendre.

Angelina...

Angelina s'approche. Elle ne tremble plus, elle n'a plus froid, elle enlève l'écharpe, le bonnet, défait le lourd manteau, le laisse tomber dans l'herbe et comme une jeune mariée relève le coin de sa longue jupe et avance vers lui...

Des larmes lui montent aux yeux, elle les lèche et sourit...

Un bonheur trop grand lui barre la poitrine, elle sait qu'il l'attend, elle le lit dans son dos, alors elle s'élance, court vers l'enclos, saute une barrière en bois, saute jusqu'au milieu où il se dresse debout, les bras gonflés d'attente...

S'arrête pour le contempler une dernière fois...

Etend le bras...

Il lève la tête vers le ciel, remercie ses ancêtres, elle est revenue, n'est-ce pas, c'est elle, je reconnais son pas, elle a pris son élan, je vais la recevoir, l'étreindre de haut en bas, l'appliquer contre moi, je la ferai tourner entre mes bras et je l'embrasserai et je l'embrasserai...

Je lui dirai tous les mots que j'ai cousus pour elle sur ma peau.

Je chanterai ma joie, j'inventerai des notes qui n'existent pas...

C'est alors qu'il entend dans le ciel une musique d'abord hésitante, lointaine, quelques notes de piano... mi, la-si, do, do, ré-mi fa... La chanson de Mia... Elle murmure, elle le prévient de ce bonheur immense qui s'avance vers lui, adieu, Mann, je vous laisse tous les deux, je veillerai de là-haut à ce que vous soyez heureux, sois heureux, mon enfant adoré, sois heureux...

La musique s'éloigne comme elle était venue sur des doigts d'enfant qui hésitent et trébuchent... mi, la-si, do, do, ré-mi fa, si-do-ré la-sol-fa, mi-fa, mi-ré dièse mi... il la fredonne doucement, la chante entre ses dents...

Entend les pas qui sautent par-dessus les barrières, les pas qui dansent vers lui, reçoit le poids d'un corps contre son dos, deux mains qui se nouent à sa taille....

Il attrape les mains qui l'entourent, qui l'étreignent, les retourne doucement, les scrute comme pour y lire sa bonne aventure, les porte à ses lèvres, les embrasse...

Angelina ? il murmure...

Angelina ! il crie...

Il se retourne.

Il la voit.

Elle se laisse tomber contre lui.

Il ferme les yeux, l'écrase sur sa poitrine, ses bras l'enveloppent comme une enfant perdue, ses doigts déchiffrent son visage, déchiffrent sa blessure, déchiffrent le récit de ses mésaventures, recueillent les larmes qui coulent, fières et libres dans un torrent de joie...

Il recule, ébloui. Il demande, c'est toi ?

Elle dit, c'est moi, je suis là, je ne partirai plus.

Il rugit, plus jamais, plus jamais.

Ils s'empoignent, ils s'embrassent, ils se mordent, ils se mangent, ils s'étirent l'un vers l'autre, ils rentrent l'un dans l'autre en une étreinte folle et lancent vers le ciel un cri de joie sauvage qui fait trembler la terre jusqu'au petit village.

Merci à Arthur Rimbaud pour son long poème « Soleil et chair » que j'ai tronqué (désolée Arthur !) mais dégusté et dégusté dans tous les formats (Le Livre de Poche ou La Pléiade !)...

Merci à Max Ophüls pour son magnifique *Madame de...* que j'ai tronqué (désolée Max !) mais dégusté trente-huit fois et demie sur tous les écrans, grands ou petits...

Merci à Victor Hugo pour son « Booz endormi » que je lis souvent à haute voix et que j'ai tronqué lui aussi (désolée Victor !)

Merci à tous ceux que je lis et qui me donnent envie d'écrire...

Merci à tous ceux qui chantent et me donnent envie de danser...

Merci à Jean et à Jean-Marie, mes anges gardiens.

Du même auteur :

Aux Éditions Albin Michel

J'ÉTAIS LÀ AVANT, 1999.

UN HOMME À DISTANCE, 2002.

EMBRASSEZ-MOI, 2003.

LES YEUX JAUNES DES CROCODILES, 2006.

LA VALSE LENTE DES TORTUES, 2008.

LES ÉCUREUILS DE CENTRAL PARK SONT TRISTES LE LUNDI,
  2010.

Chez d'autres éditeurs

MOI D'ABORD, éd. du Seuil, 1979.

LA BARBARE, éd. du Seuil, 1981.

SCARLETT, SI POSSIBLE, éd. du Seuil, 1985.

LES HOMMES CRUELS NE COURENT PAS LES RUES, éd. du
  Seuil, 1990.

VU DE L'EXTÉRIEUR, éd. du Seuil, 1993.

UNE SI BELLE IMAGE, JACKIE KENNEDY, éd. du Seuil, 1994.

ENCORE UNE DANSE, éd. Fayard, 1998.

Site Internet : www.katherine-pancol.com

Adresse facebook :
http://www.facebook.com/katherine.pancol.fanpage

Composition réalisée par JOUVE

Achevé d'imprimer en avril 2012, en France sur Presse Offset par
Maury-Imprimeur - 45330 Malesherbes
N° d'imprimeur : 171953
Dépôt légal 1re publication : mars 2003
Édition 14 - avril 2012
LIBRAIRIE GÉNÉRALE FRANÇAISE - 31, rue de Fleurus -75278 Paris Cedex 06

31/5424/2